Si vous aimez jouer

SYLVIA DAY

Si vous aimez jouer

LA SÉRIE *GEORGIAN* - 2

Traduit de l'anglais (États-Unis)
par Camille Dubois

Flammarion
Québec

Catalogage avant publication de Bibliothèque et Archives nationales du Québec et Bibliothèque et Archives Canada

Day, Sylvia
  [Passion for the game. Français]
  Si vous aimez jouer
  (Georgian ; 2)
  Traduction de : Passion for the game.
  ISBN 978-2-89077-565-7
  I. Dubois, Camille. II. Titre. III. Titre : Passion for the game. Français.
PS3604.A986P3714 2014   813'.6   C2014-940741-6

COUVERTURE
Photo : © plainpicture/Ilona Wellmann

INTÉRIEUR
Composition : Nord Compo

Titre original : Passion For the Game
Éditeur original : Kensington Books,
filiale de Kensington Publishing Corp., New York

ISBN 978-2-89077-565-7
Dépôt légal BAnQ : 3ᵉ trimestre 2014

Imprimé au Canada
www.flammarion.qc.ca

À la déesse de l'édition, Kate Duffy.
Pour tout, mais surtout pour aimer
mes livres autant que je les aime.
J'adore écrire pour toi.

À Annette McCleave,
À mes amis Renee Luke
et Jordan Summers,
À ma famille,
À ma mère,
À mes lecteurs,
Quelle chance j'ai de vous avoir. Merci.

1

— Si les anges de la mort étaient tous aussi adorables que toi, les hommes se bousculeraient pour mourir.

Lady Maria Winter referma son poudrier d'un geste brusque. L'homme assis derrière elle la dégoûtait tellement que son simple reflet dans le petit miroir du couvercle suffisait à lui soulever le cœur. Elle respira profondément et feignit de s'intéresser à ce qui se passait sur la scène en contrebas. En fait, elle ne pensait qu'au superbe mâle tapi dans l'obscurité de la loge.

— Votre tour viendra, murmura-t-elle tout en continuant d'afficher un air souverain à l'intention des nombreuses lorgnettes braquées dans sa direction.

Ce soir-là, elle portait une robe de soie cramoisie dont les manches étaient, à partir du coude, agrémentées d'une délicate dentelle noire. Le rouge était sa couleur préférée. Non seulement parce qu'elle allait bien avec son type andalou – cheveux noirs, yeux noirs, teint mat –, mais parce que c'était un signal. *Attention, danger.*

« La veuve Winter, chuchotaient les curieux. Deux maris morts... et la liste n'est pas close. »

Ange de la mort. Comme c'était vrai ! Autour d'elle, ils mouraient tous. À l'exception de l'homme qu'elle maudissait le plus au monde.

Le rire bas dans son dos lui donna la chair de poule.

— Il faudra quelqu'un d'autre que toi, ma chère fille, pour m'envoyer dans l'autre monde.

— Pour vous envoyer dans l'autre monde, la lame de mon poignard devrait suffire, grinça-t-elle.

— Dans ce cas-là tu ne reverras jamais ta sœur, et elle commence à être grande.

— Ne me menacez pas, Welton. Une fois qu'Amelia sera mariée, je la retrouverai et vous ne me servirez plus à rien. Pensez-y avant de lui faire la même chose qu'à moi.

— Prends garde, je pourrais la vendre à un marchand d'esclaves, répliqua-t-il avec nonchalance.

Tout en jouant avec ses dentelles, Maria dissimula sa peur sous un léger sourire.

— Vous supposez, à tort, que je ne m'attendais pas à cette menace. Quoi que vous fassiez, je le saurai. Et vous serez un homme mort.

Elle le sentit se raidir et sourit pour de bon. Elle avait seize ans lorsque Welton avait détruit sa vie. Elle attendait le jour de sa vengeance. C'était la seule chose qui lui redonnait du courage lorsque son inquiétude sur le sort de sa sœur menaçait de la paralyser.

— St. John, dit-il.

Le nom plana un instant entre eux. Maria retint son souffle.

— Christopher St. John, le fameux pirate ?

Peu de choses la surprenaient encore. À vingt-six ans, elle avait presque tout vu, presque tout fait.

— Il a beaucoup d'argent, reprit-elle, mais je ne peux pas l'épouser sans me compromettre. Après cela, je ne vous servirais plus à rien.

— Il n'est pas question de mariage cette fois-ci. Je n'ai pas encore dépensé tout l'héritage de lord Winter. Il s'agit de rechercher des informations. J'ai des raisons de croire qu'ils ont engagé St. John. J'aimerais savoir pourquoi ils ont besoin de lui et, plus important encore, qui l'a fait libérer de prison.

Maria lissa l'étoffe cramoisie de sa jupe. Ses deux défunts maris étaient des agents de la Couronne, et donc très utiles à son beau-père. De surcroît, ils étaient riches et lui avaient laissé la plus grande partie de leur fortune – pour que Welton en dispose à sa guise.

Maria balaya du regard la salle du théâtre, remarquant au passage les volutes de fumée qui montaient des chandelles et les dorures qui brillaient dans la lumière des flammes. La soprano sur la scène se donnait beaucoup de mal pour se faire remarquer, car personne n'était venu pour elle. Les gens étaient là pour se montrer, rien de plus.

— Intéressant, murmura Maria, qui avait déjà vu un portrait du pirate.

Il était fort séduisant, et largement aussi dangereux qu'elle. On racontait partout ses exploits, dont certains étaient si extravagants qu'on avait peine à y croire. On se demandait combien de temps il pourrait encore échapper à la potence. Les paris étaient ouverts.

— Ils doivent avoir de bonnes raisons pour l'épargner, en effet, reprit-elle. Voilà des années qu'ils cherchent à rassembler des preuves contre lui et maintenant qu'ils les ont, au lieu de le pendre haut et court, ils le remettent en circulation. Cela doit leur fendre le cœur.

— Ce qu'ils ressentent, je m'en moque, riposta sèchement Welton. Tout ce qu'il me faut, c'est quelqu'un qui soit au courant de ce qui se trame.

— Quelle confiance en mes charmes ! commenta-t-elle d'une voix traînante alors même qu'un flot de bile lui emplissait la bouche.

Toutes les choses qu'elle avait été obligée de faire pour servir et protéger un homme qu'elle détestait ! Elle leva le menton. Non, ça n'était pas son beau-père qu'elle servait et protégeait. Elle avait juste besoin qu'il reste en vie parce que, s'il mourait, elle ne retrouverait jamais Amelia.

Welton ignora le sarcasme.

— Te rends-tu compte de ce que peut valoir une telle information ?

Elle répondit d'un imperceptible hochement de tête, se sachant observée. Il était notoire que ses deux maris n'étaient pas morts de mort naturelle. Mais les preuves manquaient. Malgré la certitude de sa culpabilité, elle était accueillie à bras ouverts dans les meilleures maisons. Elle était tristement célèbre et il n'y a rien de tel pour pimenter une réception qu'une pincée d'infamie.

— Comment vais-je le trouver ?

— Débrouille-toi.

Il se leva, la dominant dans l'ombre. Maria n'avait pas peur. À part les menaces sur Amelia, rien ne l'effrayait plus.

Welton prit une de ses boucles et la souleva légèrement.

— Les mêmes cheveux que ta sœur, murmura-t-il. Brillant malgré la poudre.

— Allez-vous-en !

L'écho de son rire persista longtemps après son départ. Combien d'années encore lui faudrait-il le supporter ? Les enquêteurs qui travaillaient pour elle avaient parfois retrouvé la trace d'Amelia, ils l'avaient même entraperçue. Mais rien de décisif. Jusqu'ici, Welton avait toujours eu un coup d'avance.

Et chaque jour qu'elle passait à son service, elle se souillait davantage.

— Elle est petite et menue, mais ne vous y fiez pas, c'est une vipère prête à frapper.

Christopher St. John prit ses aises dans son fauteuil, sans se soucier de l'agent de la Couronne avec lequel il partageait sa loge. Il avait les yeux rivés sur la femme en rouge assise de l'autre côté de la vaste salle. Ayant passé sa vie parmi la lie de la société, il savait reconnaître les gredins.

Avec sa robe chatoyante et son teint d'Espagnole, elle dégageait une impression de chaleur. Ce qui ne l'empêchait pas d'être glaciale. Il avait une mission : l'amadouer, s'insinuer dans ses bonnes grâces, et en apprendre suffisamment sur son compte pour la faire pendre à sa place.

Du vilain travail, certes. Mais le marché était honnête. Il était un voleur et un pirate, elle, une tigresse assoiffée de sang.

— Une bonne douzaine d'hommes travaillent pour elle, précisa le vicomte Sedgewick. Certains surveillent les docks, d'autres sillonnent la campagne.

Son intérêt pour notre agence est évident, et dangereux. Avec votre goût pour le grabuge, vous lui ressemblez beaucoup. Je ne vois pas comment elle pourrait refuser votre aide.

Christopher soupira ; la perspective de partager la couche de la veuve Winter n'avait rien de très plaisant. Il connaissait ce genre de femmes, trop soucieuses de leur apparence pour s'abandonner à de joyeuses cabrioles. Son train de vie dépendait de sa capacité à séduire des hommes fortunés. Elle ne devait pas avoir envie de s'agiter outre mesure ni de se mettre en nage. Cela risquerait de la décoiffer.

En bâillant, Christopher demanda :

— Puis-je me retirer, milord ?

Sedgewick secoua la tête.

— Je vous engage à commencer tout de suite. Vous avez une occasion en or, ne la laissez pas passer.

Christopher ravala difficilement la réplique cinglante qu'il avait au bout de la langue. Il était son propre maître, l'agence le découvrirait bien assez tôt.

— Laissez-moi m'occuper des détails, dit-il. Vous voulez que je devienne à la fois l'amant et l'associé de lady Winter, j'en fais mon affaire.

Il se leva et rajusta tranquillement sa tenue.

— C'est une femme qui a recours au mariage pour s'enrichir. De ce point de vue, un célibataire tel que moi ne l'intéressera pas. Je ne pourrai pas commencer par lui conter fleurette. Il faudra d'abord parler affaires et ensuite sceller le contrat au lit. C'est ainsi que l'on procède dans ces cas-là.

— Vous êtes un individu redoutable, observa Sedgewick avec flegme.

Christopher lui jeta un coup d'œil par-dessus son épaule tout en écartant le rideau qui fermait la loge.

— Vous feriez bien de vous en souvenir.

Maria avait l'impression d'être observée. Tournant la tête, elle scruta les loges situées en face d'elle et ne vit rien d'inquiétant. Pourtant, son instinct lui avait souvent sauvé la vie et elle s'y fiait sans réserve.

Quelqu'un s'intéressait à elle et pas par simple curiosité.

Son attention fut attirée par des voix d'hommes dans le corridor derrière elle. À sa place, la plupart des gens n'auraient rien entendu par-dessus la rumeur qui montait de la salle et les vocalises de la chanteuse, mais ses sens étaient aiguisés.

— La loge de la veuve Winter.

— Ah ! répliqua une voix masculine. Ça vaut le coup de prendre des risques pour passer quelques heures entre ses cuisses. Elle est incomparable. Une déesse parmi les simples mortelles.

Maria ricana.

Le plaisir naïf qu'elle avait éprouvé à se savoir plus belle que les autres était mort le jour où son beau-père avait déclaré en la lorgnant : « Toi, ma belle, tu vas me rapporter une fortune. » Ce n'était là qu'une des nombreuses morts qui avaient jalonné sa brève existence.

La première avait été celle de son père bien-aimé. Elle se souvenait de lui comme d'un homme plein d'entrain et de vitalité, toujours d'excellente humeur et qui adorait son épouse espagnole. Puis, il était tombé malade et avait dépéri. Par la suite, Maria avait appris à reconnaître les symptômes d'un empoisonnement. À l'époque, toutefois, elle ne connaissait que la peur et le désarroi, qui s'étaient aggravés quand sa mère l'avait présentée au très bel homme qui devait remplacer son père.

— Maria chérie, avait dit sa mère avec cette pointe d'accent qu'elle n'avait jamais perdue, voici le vicomte Welton. Nous avons l'intention de nous marier.

Elle avait déjà entendu ce nom. Le meilleur ami de son père. Que sa mère souhaite se remarier la dépassait. Son père avait-il donc si peu compté ?

— Il a l'intention de t'envoyer dans les meilleures écoles, expliqua sa mère. Tu auras l'avenir que ton père souhaitait pour toi.

On se débarrassait d'elle. C'était tout ce qu'elle avait entendu.

Le mariage eut lieu et lord Welton devint le chef de famille. Il les emmena chez lui, au milieu des landes, dans une demeure qui ressemblait à un château médiéval. Maria la prit en horreur. Elle était glaciale, ouverte à tous les vents, et assez effrayante, tout le contraire de la belle maison de brique rouge dans laquelle elle avait vécu auparavant.

Le temps de faire une fille à sa nouvelle épouse, et Welton les quitta. Maria alla en pension et lui à Londres, pour y dilapider l'argent de son père dans les tavernes, les bordels et les cercles de jeu. Sa mère pâlit, maigrit ; elle commença à perdre les cheveux. Maria ignora tout de sa maladie jusqu'au dernier moment.

On ne l'envoya chercher que lorsque la fin fut proche et certaine. En revenant chez son beau-père, elle constata que la vicomtesse Welton n'était plus que l'ombre d'elle-même, sa vigueur diminuant au même rythme que leur fortune.

— Maria, ma chérie, murmura sa mère sur son lit de mort en l'implorant du regard. Pardonne-moi. Welton a été si gentil après la mort de ton père. Je n'ai pas vu au-delà des apparences.

— Tout va s'arranger, maman, dit Maria sans y croire. Vous allez guérir et nous le quitterons.

— Non. Tu dois...

— Je vous en prie, n'en dites pas plus. Vous devez vous reposer.

Sa mère l'agrippa avec une force surprenante pour une femme aussi malade.

— Tu dois l'empêcher de faire du mal à ta sœur. Elle a beau être sa fille, il n'hésitera pas à se servir d'elle comme il s'est servi de moi. Et comme il a l'intention de se servir de toi. Amelia n'a pas ta force. Toi, tu tiens de ton père.

Elle avait regardé sa mère avec désarroi. Depuis dix ans que durait ce mariage, Maria avait appris beaucoup de choses, et surtout que le beau visage de Welton dissimulait le diable en personne.

— Je suis trop jeune, murmura-t-elle, en larmes.

Elle passait presque tout son temps au pension-nat, où l'on s'employait à faire d'elle une femme que Welton pourrait utiliser un jour. À l'occasion de ses rares visites, elle avait vu comment le vicomte humiliait sa mère avec ses sarcasmes. Les domestiques lui avaient parlé d'éclats de voix, de cris. Ils avaient vu des traces de coups. Des taches de sang. La vicomtesse gardait le lit pendant des semaines après le départ du vicomte.

La petite Amelia se retranchait dans ses appartements quand son père était là, effrayée et solitaire. Aucune gouvernante ne restait longtemps.

— Non, tu n'es pas trop jeune, murmura Cecille, les lèvres décolorées, les yeux rouges. Quand je serai partie, je continuerai à t'aider de toutes mes forces. Tu sentiras ma présence, ma douce Maria. La mienne et celle de ton père. Nous te protégerons.

Ces paroles furent son seul soutien durant les années qui suivirent.

— Est-elle morte ? s'enquit Welton lorsque Maria sortit de la chambre.

Son regard était absolument dépourvu d'émotion.

— Oui.

Le souffle saccadé, les mains tremblantes, elle attendit.

— Prends les dispositions que tu voudras.

Elle hocha la tête, fit demi-tour et s'éloigna, le froufrou de ses lourdes jupes de soie résonnant dans le morne silence de la maison.

— Maria ?

La voix de Welton flotta dans son sillage, menaçante.

Elle s'immobilisa, pivota sur ses talons et étudia d'un œil neuf son beau-père si malfaisant. Ses larges épaules, ses hanches étroites et ses longues jambes plaisaient à beaucoup de femmes. En dépit de la froideur de son caractère, c'était le plus bel homme qu'elle ait jamais vu, avec ses yeux verts, ses cheveux noirs et son sourire canaille. Un don du diable pour compenser la noirceur de son âme.

— Tu informeras Amelia, veux-tu ? Je suis en retard, je n'ai pas le temps.

Amelia.

Maria était accablée à la pensée de l'épreuve qui l'attendait, épreuve à laquelle s'ajoutait l'insupportable douleur d'avoir perdu sa mère. Elle faillit s'écrouler, anéantie par les paroles de son beau-père. Mais la force promise par sa mère lui permit de lever le menton et de défier Welton.

Un air bravache qui fit rire Welton.

— J'ai toujours su que tu serais parfaite, que tu valais la peine que je supporte ta mère pendant si longtemps.

Sur ce, il tourna les talons et descendit le grand escalier, dédaignant complètement sa femme.

Qu'allait-elle pouvoir dire à sa sœur pour atténuer le choc ? Amelia n'avait aucun des bons souvenirs auxquels Maria se raccrochait. À présent, la pauvre petite était orpheline, car, pour ce que son père s'occupait d'elle, il aurait pu tout aussi bien être mort.

— Bonjour, ma puce, dit-elle doucement en entrant dans la chambre de sa sœur, se préparant à la collision avec le petit corps qui se ruait vers elle.

— Maria !

Serrant sa sœur contre elle, Maria l'entraîna vers le lit, couvert d'une courtepointe de soie bleu foncé qui contrastait plaisamment avec les murs tendus de damas bleu clair. Elle berça l'enfant qui sanglotait et pleura en silence. Elles étaient seules au monde désormais.

— Qu'allons-nous faire ? murmura Amelia.

— Survivre, répondit Maria. Et rester ensemble. Je te protégerai. N'en doute jamais.

Elles s'endormirent et, lorsque Maria se réveilla, Amelia était partie.

Et sa vie avait changé à jamais.

Maria eut soudain envie de bouger. Elle se leva, écarta le rideau et sortit dans le corridor.

— Ma voiture, lança-t-elle à l'un des deux valets qui montaient la garde et dont la mission était de tenir à l'écart les importuns.

Il s'éloigna en toute hâte.

C'est alors que quelqu'un la bouscula par-derrière. Elle tituba, puis se retrouva plaquée contre un corps musclé.

— Je vous demande pardon, murmura une voix délicieusement rauque, si près de son oreille qu'elle en perçut les vibrations.

Elle se figea, retint son souffle, tous les sens en éveil. L'une après l'autre, elle recensa ses impressions – un torse puissant contre son dos, une main sur sa taille, une odeur virile mêlée à un parfum de bergamote. Au lieu de la laisser aller, il la serra plus fort.

— Lâchez-moi, ordonna-t-elle à voix basse.

— Quand cela me plaira.

Il posa sa main nue sur son cou, communiquant sa chaleur au collier de rubis qui ornait sa gorge. Le bout d'un doigt calleux caressa l'endroit où battait son pouls, qui s'accéléra follement. Il agissait avec un aplomb extraordinaire, sans la moindre hésitation, comme s'il avait le droit de la toucher où et quand il en avait envie, y compris en public. Pourtant, il ne manquait pas de douceur. Elle aurait

22

pu se libérer facilement si elle l'avait voulu, mais elle était sans forces.

Elle fit discrètement signe à son valet de ne rien tenter pour la secourir. Les yeux écarquillés, ce dernier regardait quelque chose au-dessus d'elle, sa pomme d'Adam s'agitant avec frénésie tandis qu'il déglutissait. Puis il détourna la tête.

Elle soupira. Apparemment, elle allait devoir se sauver toute seule.

Comme toujours.

Son geste suivant fut dicté autant par l'instinct que par la réflexion. Elle posa la main sur le poignet de l'homme et lui fit sentir la pointe de la lame qu'elle cachait dans son bracelet. Il se figea. Puis éclata de rire.

— J'adore les bonnes surprises.

— Je ne peux pas en dire autant.

— Vous avez peur ? demanda-t-il.

— De tacher ma robe avec votre sang ? Oui, répondit-elle, pince-sans-rire. C'est une de mes préférées.

— Ah, mais la couleur se marierait mieux avec le sang sur vos mains...

Il s'interrompit, le temps de lui caresser le lobe de l'oreille du bout de sa langue, lui arrachant un frisson alors même que sa peau s'échauffait.

— Et sur les miennes, acheva-t-il.

— Qui êtes-vous ?

— Celui dont vous avez besoin.

Maria prit une profonde inspiration, écrasant ses seins contre l'avant-bras de l'homme. Les questions se bousculaient dans son esprit, trop nombreuses pour qu'elle puisse en formuler une seule.

— J'ai tout ce qu'il me faut.

Lorsqu'il la relâcha, il en profita pour caresser son décolleté, sa main semant des frissons dans son sillage.

— Si vous changez d'avis, dit-il d'une voix suave, venez me trouver.

Il recula et elle pivota en faisant tournoyer ses jupes.

Elle parvint à dissimuler sa surprise. Les gravures dans les journaux ne lui rendaient pas justice. Cheveux blond clair, teint hâlé, yeux d'un bleu lumineux et traits d'une finesse quasiment angélique. Ses lèvres, quoique fines, étaient dessinées de main de maître. L'ensemble était si remarquable que c'était désarmant. On avait envie de lui faire confiance, sauf que son regard, aussi intense que froid, incitait à penser qu'on aurait tort.

Maria remarqua que les gens les observaient. Elle ne se donna pas la peine de les rappeler à l'ordre d'un regard. L'homme qui se tenait devant elle avec tant d'arrogance requérait toute son attention.

— St. John.

Avançant un pied, il s'inclina et sourit, mais son sourire n'atteignit pas ses yeux – des yeux magnifiques, rendus plus intenses par les cernes qui les entouraient. Cet homme-là ne dormait ni bien ni beaucoup.

— Je suis flatté que vous m'ayez reconnu, dit-il.

— Qu'est-ce qui me manque, selon vous ?

— Peut-être ce que vos hommes cherchent.

Cette fois, elle ne réussit pas à masquer sa surprise.

— Que savez-vous ?

— Beaucoup trop de choses, répondit-il en la jaugeant du regard. Et pas assez. Ensemble, nous pourrions sûrement atteindre nos buts.

— Et quel est le vôtre ?

Pourquoi venait-il la voir juste après Welton ? Ce n'était sûrement pas une coïncidence.

— La vengeance, répondit-il.

Le mot fut articulé avec une telle absence d'émotion qu'elle se demanda s'il n'était pas aussi mort qu'elle à l'intérieur. Pour un criminel comme lui, c'était inévitable. Pas de remords, pas de regrets, pas de conscience.

— L'agence s'est trop souvent mêlée de mes affaires, ajouta-t-il.

— Je ne vois pas du tout ce que vous voulez dire.

— Non ? Dommage !

Il la contourna, se pencha au passage pour lui chuchoter à l'oreille :

— Je reste à votre disposition, si jamais la mémoire vous revient.

L'espace d'un instant, elle refusa de se retourner pour le regarder partir. Un instant seulement. Et puis, elle l'étudia avec attention. Aucun détail ne lui échappa : sa haute taille, ses larges épaules, son habit de satin, ses souliers à talons. Habillé comme il l'était, il ne pouvait se fondre dans la foule qui se pressait dans le corridor. Sa veste et ses culottes jaune pâle contrastaient avec les costumes sombres des autres spectateurs. Il lui fit l'effet d'un dieu solaire, d'une présence rayonnante. Malgré sa démarche désinvolte, il avait l'air dangereux, à tel point que les hommes s'écartaient sur son passage.

Elle avait entendu parler de son charme. Maintenant, elle comprenait.

Elle se retourna vers son valet de pied.

— Suis-moi.

— Milady, dit-il plaintivement, je vous en prie, pardonnez-moi.

Le pauvre garçon ne semblait pas aller bien. Ses cheveux noirs lui tombaient sur les yeux et encadraient son visage poupin. Sans sa livrée, il aurait eu l'air du gamin qu'il était.

Elle haussa les sourcils.

— Pour quoi ?

— Je... je ne suis pas venu à votre aide.

Elle se radoucit. Tendant la main, elle lui effleura l'avant-bras, un geste qui le fit sursauter.

— Je ne suis pas en colère contre toi. Tu as eu peur. La peur ne m'est pas étrangère.

— Vraiment ?

Elle soupira et lui pressa le bras avant de le relâcher.

— Vraiment, confirma-t-elle.

Il lui sourit avec tant de reconnaissance qu'elle en eut le cœur serré. Depuis combien de temps n'avait-elle pas été aussi... franche ? Elle se sentait si étrangère à tout, parfois.

La vengeance. C'était sa seule raison de vivre. Elle en avait le goût dans la bouche matin et soir. C'était elle qui faisait circuler son sang dans ses veines, et l'air dans ses poumons.

Et Christopher St. John allait peut-être l'aider à atteindre son but.

Quelques instants auparavant, elle le voyait comme une corvée dont il s'agissait de se débarrasser au plus vite. À présent, les perspectives qui s'ouvraient à elle apparaissaient intéressantes, pour ne pas dire séduisantes. Elle avait l'intention d'utiliser St. John à son profit. Ce ne serait pas un jeu d'enfant, mais elle était sûre d'y parvenir.

Pour la première fois depuis longtemps, elle sourit.

Christopher s'éloigna en sifflotant, sentant peser sur lui le regard de lady Winter. Il n'avait pas prévu de lui parler. Il avait juste espéré la voir de près et compter ses gardes du corps. Ç'avait été un heureux hasard qu'elle choisisse de sortir de sa loge à ce moment-là. Il ne l'avait pas seulement rencontrée, il l'avait touchée, tenue dans ses bras, humée.

Il ne craignait plus de s'ennuyer dans son lit. Surtout après avoir senti la pointe de sa lame. Mais elle n'avait pas seulement piqué son intérêt sur le plan charnel. Elle était plus jeune qu'il ne l'avait supposé. Sa peau sous le fard et les mouches de taffetas était exempte de rides et ses beaux yeux noirs trahissaient un mélange de lassitude et de curiosité. Lady Winter n'était pas complètement blasée. Comment était-ce possible alors qu'elle passait pour avoir tué deux hommes au moins ?

Il avait bien l'intention de le découvrir. Les agents du roi la voulaient, elle, plus encore qu'ils ne le voulaient, lui. Cela en soi l'intriguait.

En sortant de l'opéra, Christopher remarqua une voiture noire qui arborait les armoiries des Winter. Il s'arrêta à côté. Il fit un geste discret et attendit le hululement qui signifiait que ses ordres avaient été bien compris par au moins l'un des hommes qu'il avait postés dans les parages. Le carrosse serait suivi jusqu'à ce qu'il en décide autrement. Où qu'elle aille, il voulait en être informé.

— Je serai à la réception chez les Harwick le week-end prochain, dit-il au cocher qui le regarda avec des yeux ronds. Fais en sorte que ta maîtresse le sache.

Le vieil homme hocha vigoureusement la tête et Christopher eut un sourire satisfait.

Pour la première fois depuis longtemps, il avait quelque chose à espérer.

2

— Il y a toujours la possibilité qu'elle ait été vendue comme esclave.

Maria, qui était en train de faire les cent pas, s'immobilisa brusquement devant la cheminée et toisa Simon Quinn, son enquêteur et ancien amant. Quinn ne portait rien d'autre qu'une robe de chambre multicolore dont l'encolure dévoilait son cou tanné par le soleil et une partie de son torse. Ses yeux bleu vif contrastaient avec son teint basané et ses cheveux noirs. Tels sont quelquefois les Irlandais. Très différent d'un St. John, tout en blondeur, plus jeune de plusieurs années, et pourtant extrêmement séduisant à sa manière.

Hormis sa virilité flagrante, Simon avait l'air assez inoffensif. Seulement, cette façon qu'il avait d'être sans cesse sur le qui-vive suggérait une existence passée au milieu des périls. Depuis qu'elle le connaissait, il avait violé à peu près toutes les lois.

Elle aussi.

— C'est curieux que tu fasses cette remarque maintenant, murmura-t-elle. Welton m'a dit la même chose tout à l'heure.

— Ce n'est pas bon signe, n'est-ce pas ? demanda-t-il de sa voix de velours.

— Je ne peux pas me contenter de suppositions, Simon. Trouve-moi une preuve. Après quoi, nous pourrons éliminer Welton et nous lancer à la recherche d'Amelia.

Derrière elle, le feu dans l'âtre eut tôt fait de lui chauffer le bas de sa robe de chambre et de lui cuire les mollets. Intérieurement, elle était glacée de terreur. Les idées qui lui traversaient l'esprit la rendaient malade. Comment retrouver Amelia dès lors que celle-ci pouvait être n'importe où dans le monde ?

Simon arqua les sourcils.

— S'il lui fait quitter l'Angleterre, cela diminuera d'autant nos chances de la retrouver.

Maria porta son cognac à ses lèvres, l'avala d'un trait pour se donner du courage et posa le verre sur le manteau de la cheminée. Elle parcourut la vaste pièce du regard, puisant comme toujours un certain réconfort à contempler les boiseries teintées et les tentures vert bouteille. C'était un décor indéniablement masculin, qui remplissait deux fonctions. Primo, l'atmosphère de gravité décourageait les bavardages. Secundo, il lui procurait un sentiment de puissance, dont elle avait désespérément besoin. Parfois, elle avait l'impression d'être une marionnette dont Welton tirait les ficelles, mais ici, c'est elle qui commandait.

Elle haussa les épaules et se remit à marcher de long en large, sa robe de chambre noire voltigeant.

— Tu te comportes comme si j'avais une autre raison de vivre.

Simon Quinn se leva.

— Tu dois bien avoir d'autres buts, répondit-il. Des buts plus réjouissants que la mort.

— En termes d'avenir, je ne peux penser à rien d'autre que retrouver Amelia.

— Tu pourrais quand même te divertir de temps à autre. Ce n'est pas cela qui te ramollirait.

Elle lui lança un regard dur et glacial, qui en aurait découragé plus d'un. Simon, lui, se contenta de rire. Il avait partagé son lit autrefois et, du même coup, les inévitables scènes de ménage entre concubins.

Maria soupira. Son regard se porta sur le portrait de son premier mari suspendu au mur par un épais ruban – un homme grassouillet, aux joues rubicondes et aux yeux verts.

— Dayton me manque, avoua-t-elle en ralentissant sa marche. C'était un soutien solide.

Le comte de Dayton l'avait sauvée du pire. Ayant percé à jour les intentions de Welton, le brave homme était venu à son secours, payant une fortune pour épouser en secondes noces une gamine qui aurait pu être sa petite-fille. Sous sa tutelle, elle avait appris tout ce qu'il fallait savoir pour survivre, à commencer par le maniement des armes.

— Nous veillerons à ce qu'il soit vengé, murmura Simon. Je te le promets.

Faisant jouer les muscles de ses épaules pour essayer d'en soulager la tension, Maria s'approcha du bureau et se laissa tomber dans le fauteuil.

— Et St. John ? Tu crois qu'il pourrait m'être utile ?

— Bien sûr. Vu ce qu'il sait faire, il serait utile à n'importe qui. Mais il a sûrement quelque chose à y gagner, lui aussi. Il n'est pas renommé pour sa générosité.

Maria agrippa les accoudoirs du fauteuil.

— En tout cas, il ne s'agit pas juste de coucher avec moi. Un homme comme lui doit avoir toutes les femmes qu'il veut.

— Exact. Il passe pour être l'homme de tous les excès.

Simon alla se servir un digestif, puis s'appuya contre le bord du buffet. Il avait le don de feindre la nonchalance. En réalité, il ne baissait jamais sa garde un seul instant. Maria le savait et l'appréciait.

— Je suppose que c'est la mort de tes deux maris et leurs liens avec l'agence qui a éveillé son intérêt, dit-il.

Elle hocha la tête, étant du même avis. Elle ne voyait qu'une seule explication à la conduite de St. John : il comptait se servir d'elle, exactement comme Welton – l'employer à une besogne sordide dans laquelle les armes naturelles d'une femme étaient requises. Mais, dans son entourage, il ne manquait sûrement pas de femmes capables de faire aussi bien qu'elle.

— Comment s'est-il fait prendre ? Après toutes ces années, je ne peux pas m'empêcher de me demander quelle erreur il a commise.

— D'après ce que j'ai compris, il n'en a commis aucune. Ils ont trouvé un informateur prêt à témoigner contre lui.

Maria se rappela les quelques instants passés avec St. John. Il était incroyablement sûr de lui, comme un homme qui n'a peur de rien. Il fallait être stupide pour se mettre en travers de son chemin.

— Un témoin de bonne foi ? demanda-t-elle doucement. Ou quelqu'un à qui on a forcé la main ?

— La seconde hypothèse, sans doute. Je vais me renseigner.

— Oui, fais cela.

Maria tritura machinalement le coin d'une feuille sur son bureau. Son regard se posa sur le liquide ambré qui scintillait dans le verre de Simon puis remonta plus haut, au-delà de ses larges épaules et de ses bras puissants.

— J'aimerais pouvoir t'aider davantage, dit-il avec une sincérité sur laquelle il était impossible de se méprendre.

— Connais-tu une femme de confiance que nous pourrions mettre dans les bras de Welton ?

Simon portait son verre à ses lèvres, mais interrompit son geste tandis qu'un lent sourire illuminait ses traits.

— Par Dieu, tu es merveilleuse ! Dayton t'a bien éduquée.

— Je l'espère. Alors ? Welton préfère les blondes.

Si seulement sa mère avait su cela !

— Je vais me dépêcher de trouver la femme qu'il faut.

Maria appuya sa tête contre le dossier de son fauteuil et ferma les paupières.

— Ma douce ?

— Oui ?

Elle l'entendit reposer son verre sur le buffet, puis s'approcher de sa démarche si pleine d'assurance. Elle soupira, gagnée par un sentiment de paix auquel elle refusa de s'abandonner.

— Il est temps d'aller au lit.

Lorsqu'il se pencha pour s'emparer de ses mains, elle respira l'odeur familière de sa peau. Un parfum de bois de santal. Simon tout craché.

— Il y a trop de choses à envisager, protesta-t-elle en entrouvrant les yeux.

— Cela peut attendre demain matin.

Il la força à se lever. Lorsqu'elle trébucha, il la rattrapa, l'enveloppant dans sa chaleur.

— Tu me connais, ajouta-t-il. Je ne te laisserai pas tranquille tant que tu n'auras pas fait ce que j'ai dit.

Instinctivement, le corps de Maria chercha celui de Simon. Elle ferma les yeux pour mieux résister à la tentation.

Elle ne pouvait oublier le plaisir qu'elle avait eu à le sentir se mouvoir sur elle, en elle, une liaison à laquelle elle avait mis fin un an plus tôt. Lorsque les caresses de Simon en étaient venues à signifier davantage qu'un simple réconfort physique, elle avait rompu. Elle ne pouvait se permettre de savourer l'existence. Simon avait continué d'habiter avec elle. Elle refusait de l'aimer mais elle ne pouvait se résoudre à se séparer de lui. Elle l'adorait et était heureuse de l'avoir comme ami. Et puis, chose fort utile, il connaissait bien les bas-fonds de la société.

— Je n'ai pas oublié les règles du jeu, murmura-t-il en lui caressant le dos.

Il ne les avait pas oubliées et elles ne lui plaisaient guère. Il la désirait toujours. Elle en avait la preuve en ce moment même, appuyée fermement contre son ventre. Le désir d'un homme jeune.

— Si j'étais une femme bien, je te chasserais.

En soupirant, Simon la serra plus fort contre lui.

— Tu devrais me connaître mieux que cela, depuis le temps que nous sommes ensemble. Rien ne pourrait me décider à partir. Je te dois la vie.

— Tu exagères, le réprimanda-t-elle.

En réalité, lorsqu'elle l'avait vu pour la première fois dans cette ruelle, il se battait seul contre dix, défendant sa peau avec une férocité qu'elle avait trouvée à la fois épouvantable et troublante. Elle avait failli passer son chemin, car cette nuit-là elle suivait une piste qui avait peut-être plus de chances que les autres de la conduire à Amelia. Mais sa conscience lui interdisait de laisser se poursuivre un combat aussi inégal.

Brandissant une épée d'une main et un pistolet de l'autre, flanquée de quelques-uns de ses hommes, elle avait mis en fuite les assaillants. Épuisé, en sang, Simon, au lieu de lui dire merci, l'avait accablée de reproches. Il n'avait pas besoin d'aide, avait-il assuré.

Sur ce, il s'était affalé à ses pieds.

Au départ, elle avait juste voulu le décrasser, par acquit de conscience. Et puis, il avait émergé du bain, viril et beau à couper le souffle. Et elle l'avait gardé pour elle.

Simon fit un pas en arrière, sa bouche incurvée sur un sourire narquois, comme s'il avait deviné ses pensées.

— Je serais encore prêt à affronter une douzaine d'hommes, et même cent, si cela pouvait me rouvrir le chemin de ton lit.

Maria secoua la tête.

— Tu es incorrigible. Et excessivement lubrique.

— On n'est jamais trop lubrique, rétorqua-t-il avec un sourire dans la voix en posant la main au creux de ses reins pour la guider vers la porte. Tu ne m'empêcheras pas de te mettre au lit. Tu as besoin de te reposer et de faire de beaux rêves.

— Tu devrais mieux me connaître que cela, lâcha-t-elle, reprenant mot pour mot ses propres paroles. Je préfère ne pas rêver. Cela ne sert qu'à rendre les réveils plus pénibles, ajouta-t-elle alors qu'ils s'engageaient dans l'escalier.

— Un jour, tout ira bien, déclara-t-il d'un ton ferme. Je te le promets.

Maria commença par bâiller et réprima un cri de surprise lorsqu'il la souleva dans ses bras. En quelques secondes, elle se retrouva au lit, bordée, avec un petit baiser sur le front en guise de bonsoir. Puis Simon passa dans sa propre chambre. Lorsqu'elle entendit la porte se refermer derrière lui, elle poussa un soupir de soulagement.

Mais ce fut un autre regard bleu qui la suivit dans son sommeil.

— Bonsoir, Monsieur, dit Thompson.

Christopher salua son majordome d'un signe de tête. Par la double porte du salon, restée grande ouverte, de gros rires se répandaient jusque dans le vestibule où il se trouvait.

— Envoie-moi Philip sur-le-champ, ordonna-t-il en se débarrassant de son chapeau et de ses gants.

— Bien, Monsieur.

Tandis qu'il se dirigeait vers l'escalier, il passa devant le groupe tapageur – ses hommes en galante compagnie. Ils l'appelèrent. Alors, il s'arrêta sur le seuil et regarda avec bienveillance ces gens qu'il considérait comme sa famille. Ils étaient en train d'arroser sa libération – « une chance de tous les diables », disaient-ils –, mais du travail l'attendait. Il avait beaucoup à faire s'il voulait rester libre.

— Amusez-vous bien, leur recommanda-t-il avant de foncer dans l'escalier malgré les cris de protestation qui le poursuivirent jusqu'au deuxième étage.

Il atteignit ses appartements et, avec l'aide de son valet de chambre, commença à se déshabiller. Il ôtait son gilet lorsque le jeune homme qu'il avait fait appeler frappa doucement à la porte et entra à son invitation.

— Qu'as-tu appris ? demanda Christopher sans préambule.

— Autant qu'on puisse espérer en apprendre dans l'espace d'une journée.

Philip tritura sa cravate et se mit à faire les cent pas, sa veste et sa culotte vert tendre contrastant avec les murs revêtus de cuir gaufré.

— Je t'ai demandé cent fois de ne pas t'agiter ainsi, dit Christopher. Cela révèle un manque d'assurance qui ne demande qu'à être exploité.

— Pardon.

Le jeune homme rajusta ses lunettes et toussota.

— Inutile de t'excuser. Contente-toi de te corriger. Tiens-toi droit et regarde-moi dans les yeux comme si tu étais mon égal.

— Je ne suis pas votre égal ! protesta Philip en s'immobilisant abruptement.

Tout à coup, il ressemblait terriblement au gamin de cinq ans qui était apparu sur le pas de sa porte, malheureux orphelin, couvert de traces de coups.

— Non, tu ne l'es pas, acquiesça Christopher en bougeant pour faciliter la tâche à son valet qui était en train de lui ôter sa chemise, pourtant tu dois

37

essayer de te comporter comme si tu l'étais. Le respect, cela se conquiert. Personne ne te l'accordera simplement parce que tu es gentil et consciencieux. En fait, on ne compte plus les crétins qui sont parvenus au sommet uniquement en se comportant comme si ça leur était dû.

— Bien, Monsieur, dit Philip qui carra les épaules et leva le menton.

Christopher sourit. Le gamin n'allait pas tarder à devenir un homme qui serait capable d'affronter toutes les épreuves que la vie jetterait en travers de son chemin.

— Parfait. À présent, je t'écoute.

— Lady Winter a vingt-six ans, deux maris, dont aucun n'a survécu plus de deux ans dans son lit.

Secouant la tête, Christopher lâcha :

— Pourrais-tu commencer par quelque chose que je ne sache pas déjà et continuer dans la même veine ?

Philip s'empourpra.

— Ne te laisse pas démonter, reprit Christopher. Rappelle-toi juste que le temps, c'est de l'argent. Et que tu veux que les autres considèrent que le tien est précieux. Alors arrange-toi pour donner d'abord l'information la plus intéressante. Ensuite, tu fais ce que tu veux.

Philip prit une inspiration et annonça :

— Elle a un amant à demeure.

— Eh bien...

Christopher s'immobilisa, submergé par des visions d'une lady Winter alanguie et comblée. Ce fut son valet, en tirant un coup sec sur sa ceinture, qui le ramena au présent.

— Cela ne me surprend pas, dit-il après s'être éclairci la voix.

— Bon, je n'ai pas appris grand-chose sur lui à part qu'il est d'origine irlandaise, mais je peux vous dire qu'il vit chez elle depuis la mort de lord Winter, il y a deux ans.

Deux ans.

— Il y a aussi quelque chose que je trouve curieux concernant ses relations avec son beau-père, lord Welton, poursuivit Philip.

— Curieux ? répéta Christopher.

— Oui. Le serviteur à qui j'ai tiré les vers du nez m'a dit qu'il lui rendait souvent visite. Je trouve ça bizarre.

— Peut-être parce que tes relations avec ton propre beau-père n'étaient pas très satisfaisantes ?

— Peut-être.

Christopher enfila la robe de chambre que son valet lui présentait.

— Thompson, allez me chercher Beth et Angelica.

Le valet s'inclina légèrement et quitta la pièce. Christopher passa dans le salon.

— Que sais-tu de ses finances ? lança-t-il par-dessus son épaule.

— Rien d'essentiel pour le moment, répondit Philip en lui emboîtant le pas, mais j'en saurai davantage demain matin. Elle semble riche, aussi je ne comprends pas pourquoi elle ressent la nécessité de se procurer de l'argent d'une façon aussi répugnante.

— Et tu as de bonnes raisons de penser qu'elle est coupable ?

— Euh... non.

— Je ne peux pas me contenter de suppositions. Trouve-moi une preuve.

— Oui, Monsieur.

Deux ans. Cela signifiait qu'elle était capable de sentiments. Une femme ne partage pas les délices de son corps avec un homme aussi longtemps sans éprouver un minimum d'affection.

— Parle-moi de Welton.

— C'est un dépravé qui passe le plus clair de son temps dans les tripots et les bordels.

— Il va où ?

— Au White pour flamber et chez Bernadette pour les filles.

— Ses préférences ?

— Les dés et les blondes.

— Beau travail, le félicita Christopher en souriant. Je suis enchanté de ce que tu as été capable de faire en aussi peu de temps.

— Votre vie en dépend, répondit simplement Philip. Si j'étais vous, j'aurais envoyé quelqu'un de plus expérimenté.

— Tu étais prêt.

— Ça se discute. Quoi qu'il en soit, je vous en suis reconnaissant.

S'approchant des carafes alignées sur la table toute proche, Christopher écarta les remerciements d'un revers de main avant de se verser un verre d'eau.

— À quoi me servirais-tu si je ne te formais pas ?

— Oui, exploiter les gens, c'est tout ce qui vous guide, commenta Philip, pince-sans-rire, en s'accoudant au manteau de la cheminée. Ça ne me plairait pas de savoir que mon bien-être dépend d'un bref accès de générosité. Un accès *récurrent*, devrais-je dire, vu que tous ceux qui vivent sous ce toit en ont profité à un moment ou à un autre.

Christopher ricana et vida son verre.

— Je t'en prie, ne dis pas autant de bien de moi, c'est mauvais pour ma réputation.

Philip osa lever les yeux au ciel.

— Votre mauvaise réputation est amplement méritée. Vous pourrez toujours recueillir des chiens errants, ce n'est pas ça qui remettra à flot les bateaux que vous avez coulés, ni remplacera les cargaisons volées, ni ressuscitera ceux qui ont eu le tort de vous offenser. Vous n'avez pas d'inquiétude à avoir. Il faudra bien davantage que mon éternelle gratitude pour diminuer votre infamie.

— Petit insolent.

Le jeune homme sourit, puis le silence fut rompu par un coup léger frappé à la porte.

— Entrez, cria Christopher, inclinant la tête pour saluer la sculpturale blonde et la voluptueuse brunette qui les rejoignaient. J'ai besoin de vous deux.

— Tu nous as manqué, assura Beth en repoussant ses longs cheveux blonds d'un geste aguicheur.

Angelica se contenta d'une œillade. C'était la plus silencieuse des deux. À moins qu'elle ne soit en train de faire l'amour. Alors, elle jurait comme un charretier.

— Pardonnez-moi, intervint Philip en fronçant les sourcils. Comment saviez-vous que Welton ne préférait pas les rousses ?

— Comment sais-tu qu'elles ne sont pas là pour moi ? répliqua Christopher.

— Parce que je suis ici et que vous êtes concentré sur un problème. Vous ne mélangez jamais le travail et le plaisir.

41

— Peut-être que le travail et le plaisir sont une seule et même chose, mon garçon.

Derrière ses lunettes, Philip étrécit les yeux, signe d'une intense réflexion. C'était cette tendance à tout analyser qui avait d'abord retenu l'attention de Christopher. On a toujours besoin d'un homme intelligent.

Christopher posa son verre et se laissa choir dans le fauteuil le plus proche.

— Mesdames, j'ai quelque chose à vous demander.

— Tout ce que tu veux, ronronna Beth.

— Merci, dit-il aimablement, s'étant attendu à une telle réponse.

Avec lui, la loyauté marchait dans les deux sens. Il était prêt à combattre jusqu'à la mort pour tous ceux qui étaient sous sa protection mais il attendait d'eux la même chose en retour.

— La modiste viendra demain pour prendre vos mesures. Il va vous falloir de nouvelles robes.

La lueur avide dans les yeux des deux filles le fit sourire.

— Beth, reprit-il, tu es sur le point de devenir la confidente de lord Welton.

La blonde hocha la tête, un mouvement qui fit osciller ses seins lourds sous sa robe bleu pâle.

— Et moi ? demanda Angelica, ses lèvres fardées s'incurvant déjà sur un sourire.

— Toi, ma beauté aux yeux noirs, prépare-toi à distraire celui que je te désignerai.

Il ne savait pas si c'était l'argent de lady Winter qui intéressait son amant, ou sa beauté, ou les deux. Dans le doute, il espérait que le charme exotique d'Angelica associé à un semblant de richesse suffirait pour appâter son rival. Elle était loin d'être aussi raffinée que lady Winter, mais elle était plutôt bien faite, et de type espagnol. Dans la pénombre, elle pouvait faire l'affaire.

En frictionnant la légère piqûre laissée sur son poignet par la lame de lady Winter, Christopher se surprit à regretter que celle-ci ne soit pas là. C'était une très belle femme. Fragile en apparence, mais d'un tempérament farouche. Il savait sans l'ombre d'un doute que sa vie était sur le point de devenir plus intéressante qu'elle ne l'avait été depuis long-temps. C'était presque déprimant de devoir attendre plusieurs jours avant de la revoir.

En attendant, ses besoins physiques étaient d'autant plus féroces qu'il avait été privé de femmes durant les semaines passées en prison. C'était sans doute la seule raison pour laquelle il pensait à la veuve Winter avec tant d'intérêt. Elle était une mission à accomplir, rien de plus.

Pourtant, lorsqu'il fit signe à ses visiteurs de se retirer, il ajouta :

— Pas toi, Angelica. Je veux que tu restes.

Elle s'humecta les lèvres.

— Pousse le verrou, chérie. Et baisse les lampes.

Christopher soupira lorsque la lumière diminua. Ce n'était pas lady Winter. Mais dans la pénombre, elle ferait l'affaire.

3

— Veux-tu que je te dise tout ce que j'aime en toi, ma douce ?

Maria secoua la tête en esquissant un pâle sourire. Simon était assis sur le banc d'en face, ses larges épaules sanglées dans une veste de satin crème agrémentée de broderies or. Avec, à l'arrière-plan, un lac enchâssé dans une pelouse verdoyante, ses yeux bleus ressortaient magnifiquement.

— Non ? dit-il d'une voix traînante. D'accord. Puis-je au moins en nommer une ? J'adore ton port de tête quand tu joues les veuves Winter. Et cette robe de soie bleu ciel ornée de dentelle blanche, c'est un coup de génie.

Le sourire de Maria s'élargit. Elle était nerveuse, Simon avait remarqué qu'elle n'arrêtait pas de faire tournoyer son ombrelle et il s'efforçait de la tranquilliser. Derrière elle se trouvait l'imposant château du comte et de la comtesse de Harwick, où elle allait passer les trois prochains jours.

— On n'en attend pas moins de moi, mon cher Simon. Je ne peux pas décevoir mon hôtesse.

— Ça ne risque pas. Moi aussi, je la trouve délicieuse. J'aimerais savoir ce que la veuve tristement célèbre a prévu pour cette partie de campagne ?

— C'est trop tôt pour le dire, murmura-t-elle.

Son regard se porta sur la foule des invités. Les dames étaient assises, lisant ou brodant, les messieurs debout près d'elles.

— Je vais estropier quelqu'un, peut-être ? Ou ébaucher quelque intrigue ?

— Ou faire l'amour ?

— Simon ! dit-elle sur un ton de reproche.

Il leva les mains en un geste de défense, mais une lueur espiègle brillait dans ses yeux.

— Je ne voulais pas dire avec moi ! J'espère seulement que tu ne feras pas l'erreur de choisir St. John.

— Oh ? Et pourquoi cela ?

— Parce que c'est un grossier personnage, ma douce. Il est corrompu, ce qui n'est pas ton cas. Je n'aurais jamais dû te toucher, moi non plus. Tu es trop délicate pour un homme comme moi, et je suis loin d'être aussi mauvais que lui.

Elle baissa les yeux sur ses mains gantées qui reposaient sur ses cuisses. Simon ne voyait donc pas qu'elle était souillée par ses fautes ?

Se penchant en avant, il lui pressa les doigts.

— Il n'y a que Welton qui ait du sang sur les mains.

— Si cela pouvait être vrai.

— Ça l'est, assura-t-il en se redressant.

— Dis-moi, comment se fait-il qu'un criminel notoire soit invité ici ?

— À en croire la rumeur, le futur lord Harwick a été grièvement blessé lors d'une tentative d'enlèvement. Il est resté infirme. Il paraît que son père s'est adressé à St. John pour se venger. Les coupables ont été dûment châtiés et la reconnaissance de Harwick se manifeste par des invitations aux réceptions qu'il donne, entre autres choses.

— Un pacte avec le diable.

— C'est sûr, murmura Simon. Si tu me disais quels sont tes plans, je pourrais réfléchir à un moyen de te venir en aide.

— Il y a trop de zones d'ombre pour que je puisse établir un plan précis. Pourquoi St. John a-t-il choisi ce château pour me rencontrer ? Pourquoi pas chez lui ou chez moi ? Si je n'étais pas en aussi mauvaise posture, ajouta Maria en soupirant, jamais je ne serais entrée dans son jeu.

— C'est quand tu improvises que tu es la meilleure.

— Merci, répondit-elle, réconfortée par la confiance de Simon. Pour le moment, tout ce que je veux, c'est une petite conversation en tête à tête avec St. John. Peut-être me dira-t-il ce qu'il attend de notre association. Ensuite, j'aviserai.

— Un tête-à-tête avec St. John ? Je peux t'arranger ça. Je viens juste de le voir passer sur le chemin derrière toi. Il me semble que lady Harwick a parlé d'un kiosque dans cette direction-là. Si tu veux le suivre, je veillerai à ce que vous ne soyez pas dérangés.

— Simon, tu es un don du ciel.

— Je suis content que tu l'aies remarqué, répondit-il en souriant. Es-tu suffisamment armée ?

Elle acquiesça d'un hochement de tête.

— Bien ! À tout à l'heure.

Maria se leva sans hâte, cala posément le manche de son ombrelle sur son épaule, puis s'éloigna à pas lents. Risquant un coup d'œil par-dessus son épaule, elle vit Simon en train d'arrêter un couple qui s'apprêtait à s'engager dans la même allée qu'elle. Rassurée sur le fait qu'il allait s'occuper de tout avec efficacité, comme toujours, elle se concentra sur la tâche qui l'attendait.

Dès qu'elle eut tourné au coin d'une haie, elle accéléra l'allure, oubliant sa démarche tranquille et son air insouciant. Elle prit quelques points de repère le long du chemin pour ne pas se perdre – une pyramide ici, une statue là. Un instant plus tard, elle aperçut le kiosque. Elle quitta alors l'allée, ferma son ombrelle avant de s'enfoncer dans les taillis. Elle fit le tour de la petite construction, cherchant à voir à l'intérieur entre les montants.

— C'est moi que vous cherchez ?

Elle fit volte-face et découvrit St. John appuyé contre un arbre auprès duquel elle venait juste de passer. En voyant son air arrogant, elle se ressaisit promptement, un sourire aimable effaçant toutes traces de surprise sur ses traits.

— En fait, non.

Elle obtint l'effet recherché. Il perdit d'un coup sa mine goguenarde, et son regard devint grave. Elle en profita pour l'examiner à la lumière du soleil qui filtrait à travers les frondaisons. Puissamment charpenté, il était vêtu d'un velours bleu nuit qui mettait en valeur ses cheveux d'or pâle attachés en catogan. Ses yeux n'étaient pas du même bleu que ceux de Simon, ils étaient plus foncés, plus sombres, et contrastaient de façon étonnante avec la beauté incomparable de ses traits.

— Je ne vous crois pas, dit-il carrément, de cette voix rauque et pourtant aussi agréable que le contact de la soie brute sur la peau.

— Tant pis.

Il avait l'air d'un ange, tellement beau qu'il semblait presque irréel. Maria avait du mal à concevoir comment une créature quasi céleste pouvait avoir ce regard blasé et cette voix rauque très terrestre.

Il était de surcroît indéniablement viril, en dépit de sa perfection.

Ses bas blancs épousaient les contours de mollets musclés. Elle ne put s'empêcher de se demander ce qu'il avait fait pour acquérir cette silhouette de travailleur de force. Un genre de corps qu'elle admirait chez Simon, mais davantage encore chez St. John, qui semblait plus dur.

— Dans ce cas, expliquez-moi pourquoi vous baguenaudez dans la forêt, demanda-t-il.

— Et vous ? rétorqua-t-elle.

— Je suis un homme, j'ai autre chose à faire que de baguenauder.

— Moi aussi.

— J'ai remarqué, murmura-t-il. Vous étiez, ma chère lady Winter, très occupée à fureter partout.

— Je ne furetais pas plus que vous.

— Si ! Moi, j'ai une raison d'être ici. Un rendez-vous avec une dame.

Il s'écarta de l'arbre dans un mouvement à la fois fluide et menaçant, et elle résista à la tentation de reculer.

— Elle ne sera peut-être pas facile à séduire, murmura-t-elle.

Il s'avança d'un pas lent et délibérément charmeur. Tout en le trouvant bien audacieux, elle
l'admira. Mais elle réussit à cacher son trouble.

— Elle semble inaccessible. Mais je crois que
c'est une façade.

Elle rit.

— Vous a-t-elle donné des raisons de le penser ?

St. John s'immobilisa devant elle. Dans la brise
légère qui la frôla, elle reconnut le parfum de bergamote et de tabac qu'elle avait respiré lorsqu'il
l'avait enlacée au théâtre.

— Je l'attends ici. Intelligente comme elle est, elle
sait d'avance ce qui se passera si elle me rejoint.

— Vous avez fait en sorte que je vienne, dit-elle
doucement, la tête renversée afin de garder les yeux
rivés aux siens.

À cette distance, elle voyait distinctement les
ridules aux coins de ses yeux et celles, plus profondes, qui encadraient sa bouche, signes qu'il avait
une vie plus rude que ne le suggéraient ses habits
impeccables.

— Vous avez certainement remarqué que je ne
suis pas venue seule, ajouta-t-elle.

Cela se passa si vite qu'elle n'eut pas le temps de
réagir : St. John referma une main sur sa taille,
l'autre sur sa nuque, et la plaqua contre lui.

— J'ai aussi remarqué que vous ne baisez plus
avec lui.

Pendant un moment, la vigueur de son étreinte
et la crudité des paroles la réduisirent au silence.
Puis elle retrouva l'usage de la parole.

— Êtes-vous fou ? demanda-t-elle dans un
souffle.

Elle haletait dans l'étroite prison de son corset. Son ombrelle était tombée sans bruit sur le sol tapissé de feuilles.

La chaleur qui courait sur sa peau n'avait rien à voir avec la douceur du temps. Comme la dernière fois, toutes ses terminaisons nerveuses s'éveillèrent au contact de ces bras masculins. La masse de ses jupes la déséquilibrait. Leurs poitrines se touchaient mais leurs ventres et leurs cuisses étaient séparés par plusieurs épaisseurs d'étoffe. Cela ne l'empêchait pas de deviner qu'il était excité. Elle n'avait pas besoin de sentir son sexe pour savoir qu'il était en érection. Elle le voyait dans son regard.

Et lorsqu'il l'embrassa, elle en eut la confirmation sur ses lèvres.

Fermant les yeux, Maria s'ordonna d'ignorer cette bouche sur la sienne. Soyeuse, et qui la frôlait du bout de la langue. Bien qu'énigmatique et dangereux, St. John était délectable et, s'abandonnant, elle entrouvrit les lèvres. Elle fut récompensée par un petit grognement approbateur.

Il s'empara de sa bouche comme s'il avait l'éternité devant lui. Comme si un lit les attendait quelque part, où il pourrait tenir les promesses contenues dans ce baiser. Il l'étreignait d'une façon étrange, à la fois brutale et tendre. Il prenait ce dont il avait envie par la force, mais d'une manière non dépourvue de douceur.

Durant un long moment, elle se laissa griser. La tête lui tournait derrière ses paupières closes. Il lui caressait la nuque du pouce, une sensation enivrante qui lui faisait creuser les reins. Les pointes durcies de ses seins étaient douloureuses, ses lèvres tremblaient, de même que ses mains ; pour dissimuler sa réaction, elle se cramponna aux revers de sa veste.

Et puis elle se ressaisit et lui ôta d'un coup toutes ses illusions.

Il se raidit à la seconde où elle appuya la pointe de son poignard contre la cuisse. Relevant la tête, il ravala son souffle.

— La prochaine fois que j'essaierai de vous séduire, rappelez-moi de vous désarmer avant.

— Il n'y aura pas de prochaine fois, Christopher.

Comme il desserrait son étreinte, elle fit un pas en arrière.

— Vous permettez que je vous appelle Christopher ? Sans mentir, c'est l'un des meilleurs baisers dont on m'ait jamais gratifiée. Peut-être même le meilleur. Cette chose que vous faites avec votre langue... Mais, malheureusement pour vous, dans mes relations avec les hommes, l'intérêt passe avant le plaisir.

Plus tard, lorsqu'elle serait seule, elle se féliciterait d'avoir réussi à paraître aussi forte alors que ses jambes flageolaient. Pour l'heure, elle devait affronter un homme qui était dangereux à plus d'un titre.

— Qu'attendez-vous de moi ? demanda-t-elle.

Il sourit finement.

— Je croyais que c'était évident.

Peut-être que c'était sa difficulté à respirer qui l'empêchait d'avoir les idées claires mais, quelle que soit la manière dont elle envisageait la situation, elle ne comprenait pas pourquoi il lui faisait autant d'effet.

— La femme avec laquelle vous êtes arrivé ne demandera pas mieux que de vous rendre service.

Elle avait eu quelques beaux amants, comme Simon. Sa préférence allait aux bruns. Elle n'aimait pas les canailles ni les arrogants. Il n'y avait aucune raison pour qu'elle soit séduite par ce criminel.

— J'ai essayé ce tour de passe-passe l'autre nuit.

Son rire faisait plaisir à entendre. Il devait souvent lui donner libre cours. Pas comme elle.

— J'adore Angelica, ajouta-t-il, mais, hélas, ce n'est pas vous.

En imaginant la petite brune en train de se tortiller sous ce superbe apollon blond, Maria grinça des dents. Exactement le genre de réaction imbécile et sentimentale qu'elle ne souhaitait absolument pas éprouver.

— Je vous accorde une minute pour me dire ce que je viens faire dans vos plans de vengeance.

— Je vous le dirai au lit.

Elle haussa les sourcils.

— Vous pensez pouvoir m'obliger à vous accorder mes faveurs ? Alors que c'est *vous* qui avez besoin d'aide, et pas moi ?

— Vous attendez forcément quelque chose de moi, répliqua Christopher d'une voix traînante, sinon vous ne seriez pas venue ce week-end et vous ne m'auriez pas suivi jusqu'ici.

— Ce n'était peut-être que de la curiosité, prétendit-elle.

— Vous avez vos espions pour s'occuper de cela.

Maria prit une profonde inspiration et rengaina son poignard dans sa poche secrète.

— Nous sommes dans une impasse.

— Non, rétorqua Christopher, *vous* êtes dans une impasse. *Moi,* je suis tout à fait prêt à passer aux culbutes dans un grand lit.

Elle esquissa un sourire.

— Vous devriez savoir que nous ne coucherons pas ensemble avant de nous être entendus sur le reste. Si toutefois nous couchons ensemble un jour.

Christopher se figea. La veuve Winter exerçait sur lui une fascination un peu trop forte à son goût. Physiquement, elle était tout le contraire de lui. Il était blond, elle était brune. Il était grand, elle était petite. Il était ferme, elle était tout en douceur. Mais le cerveau qu'abritait son joli crâne était très semblable au sien, il devait l'admettre. Il avait prévu qu'elle ferait le tour du kiosque en catimini, comme un chasseur cherchant à surprendre son gibier, parce que c'est exactement ce qu'il aurait fait. Quant au poignard... Eh bien, il s'y serait attendu si elle n'avait pas fondu entre ses bras.

Ce qu'il n'avait pas prévu, c'était de la prendre dans ses bras. Jusqu'à ce qu'elle lui parle de son acolyte, un homme qui ne lui tenait plus chaud la nuit – il n'avait eu besoin que de les voir ensemble pour le deviner. Il avait eu l'intention d'y aller doucement. De s'en tenir aux travaux d'approche. De ne pas l'effrayer.

Mais ce n'était visiblement pas une femme facile à effrayer. Pour l'heure, elle soutenait son regard, un sourcil arqué d'un air interrogateur.

— La minute impartie est terminée, annonça-t-elle.

Sur ce, elle ramassa son ombrelle, rejoignit l'allée et retourna vers le château.

Christopher se demanda s'il allait la rattraper ou non. Puis il décida qu'elle venait de faire une très belle sortie et que ce serait dommage de lui gâcher son effet. Alors, il s'adossa à un arbre et la regarda s'éloigner jusqu'à ce que les reflets bleus de sa robe aient complètement disparu.

À la pensée des délices qu'elle lui réservait, l'attente était presque tolérable.

Presque.

Maria prit son temps pour rejoindre les autres invités. Comme St. John n'avait rien fait pour prolonger leur conversation, il n'allait pas la suivre non plus.

Il l'avait abordée à l'opéra. Elle l'avait rejoint ici. C'était à lui de jouer. Elle se demanda ce qu'il allait faire. Peut-être avait-il l'intention d'attendre qu'elle revienne vers lui, la curiosité étant la plus forte. Dans ce cas, il risquait d'attendre longtemps.

Lorsqu'elle émergea du bosquet, Simon l'aperçut et vint à sa rencontre à grands pas.

— Alors ? demanda-t-il en refermant la main sur son coude avant de l'entraîner vers le lac.

— Il veut coucher avec moi. Je n'en sais pas plus.

Simon ricana.

— Ça, nous le savions déjà.

— Pas nous !

— D'accord, *moi,* je le savais déjà.

Simon poussa un soupir et s'immobilisa.

— Il n'y a plus qu'à espérer que l'homme que j'ai fait engager chez St. John nous fournira des renseignements utiles, reprit-il.

— Ce serait l'idéal, acquiesça Maria.

— Si je disais que le pirate est un âne, je me tromperais lourdement. Il est intelligent et rusé. La preuve ? Il a tenu compte de moi.

— De quoi parles-tu ?

Maria leva les yeux vers Simon, qui s'était rembruni.

— La femme qui l'accompagne est pour mon usage, pas pour le sien. Elle me l'a clairement fait comprendre pendant que tu étais partie.

— Oh ?

Étonnamment, cette information la fit sourire d'une oreille à l'autre.

— Tu l'aimes bien ! s'exclama-t-il sur un ton accusateur.

— J'aime sa façon de penser, mon cher Simon.

Elle le tira par le bras et ils reprirent leur marche vers le lac. Des canards et des cygnes se laissaient bercer par les remous sous les arches d'un petit pont.

— Il est aussi très observateur, ajouta Maria. Il sait que nous ne couchons plus ensemble.

— Nous pourrions facilement lui donner tort sur ce point, fit remarquer Simon d'une voix sourde.

La gorge serrée, Maria répondit :

— Ou alors tu pourrais accepter la proposition de cette femme et voir si elle a des choses à nous apprendre.

Il s'immobilisa de nouveau et lui adressa un regard indigné.

— Tu joues les entremetteuses maintenant ?

— Elle te plaît, affirma-t-elle. Je le sens.

— *Certaines choses* en elle me plaisent, rectifia-t-il. Diantre ! tu n'éprouves donc rien pour moi ?

Comment peux-tu faire une telle suggestion sans un battement de cils ?

— Tu n'as pas l'air de te rendre compte que je te garderais pour moi toute seule si je le pouvais. Si j'étais une autre femme, Simon Quinn, je t'enfermerais à double tour et tu serais tout à moi. Mais je ne le suis pas, et la chasteté n'est pas ton fort, alors ne joue pas les amants éplorés tout en me faisant passer pour la méchante de l'histoire. C'est là un titre que je suis capable de gagner seule. Pour cela, je n'ai pas besoin de ton aide.

Maria s'éloigna.

— Ma douce… rappela Simon.

Elle l'ignora.

— Tu te donnes en spectacle, dit-il lorsqu'il l'eut rattrapée.

Elle se retourna en faisant tourbillonner ses jupes, si brusquement que Simon fit un saut en arrière.

— C'est pour cela que je suis ici – divertir et scandaliser.

— Il t'a fait perdre la tête, souffla Simon en écarquillant ses beaux yeux bleus. Par Dieu, regarde-toi !

— Quel rapport cela a-t-il avec St. John ?

— J'aimerais le savoir. Parce que j'aurais fait comme lui, avant que tu ne me donnes mon congé.

Maria soupira.

— Ne me dis pas que tu m'aimes à ce point-là.

— Je t'aime, ma douce, répondit-il avec un sourire contrit. Mais pas à ce point-là, tu as raison. J'en ai été tout près, plus près que je ne l'ai jamais été et ne le serai sans doute jamais.

Une larme solitaire accrochée aux cils de Maria lui tint lieu de réponse. Elle considérait le sentiment amoureux qui les avait unis naguère comme une victime de plus des machinations de Welton. Encore un assassinat pour lequel il devrait payer.

— Je n'aurais pas dû t'encourager à coucher avec cette fille. Je ne sais pas ce qui m'a poussée à le faire.

— Moi aussi, je ne le sais pas, dit-il nonchalamment en lui reprenant le bras. Tu me connais, tu devrais te douter que j'ai rendez-vous avec elle cette nuit.

— Cette nuit... Oooh !

Maria lui marcha sur le pied, lui arrachant un juron.

— Pourquoi m'avoir infligé cela, alors ? demanda-t-elle.

— Question d'amour-propre. Je voulais savoir si tu avais un pincement de cœur, même petit, en pensant à moi avec une autre. Parce que, moi, cela me chagrine de t'imaginer avec un autre homme.

Elle l'aurait sans doute cru s'il s'était abstenu de rire.

— Tu m'agaces en ce moment, déclara-t-elle en lui tournant le dos.

— Tu m'adores, lança-t-il tandis qu'elle s'éloignait. Et moi aussi, je t'adore.

Si un regard pouvait tuer, celui qu'elle lui lança par-dessus son épaule y serait parvenu.

Après le souper, Christopher s'adossa au mur du salon, tout près de la fenêtre qui donnait sur l'allée d'honneur. Il n'arrivait pas à quitter des yeux la petite mais voluptueuse silhouette moulée dans une étoffe miroitante de la couleur d'une pêche mûre.

La lumière des bougies caressait les courbes de ses seins, si ravissants qu'il sentait son sexe durcir douloureusement. En retour, lady Winter le toisait effrontément.

Le sang lui tambourinait aux oreilles à l'idée qu'il l'aurait bientôt. Il avait renoncé à comprendre pourquoi il la lui fallait absolument. Il la lui fallait, c'est tout. Tant que ça le démangerait, il aurait du mal à réfléchir sereinement.

Il savait parfaitement que ce n'était pas en couchant avec elle qu'il obtiendrait des réponses sur Welton ni sur ses deux maris et leurs liens avec l'agence. Elle lui ressemblait beaucoup trop. Il faudrait plus que quelques orgasmes pour lui donner envie de déballer ses secrets. Or c'étaient ses secrets qu'il voulait. Il en avait besoin.

Les agents qui travaillaient sous les auspices de la Royal Navy étaient une continuelle épine dans son flanc. Ils le suivaient sans cesse, l'espionnaient, récupéraient des cargaisons assez souvent pour finir par être agaçants. La raison pour laquelle Maria avait épousé deux d'entre eux était peut-être leur fortune, mais cela était peut-être aussi lié à l'agence elle-même et, dans ce cas, il voulait savoir pourquoi.

Le château des Harwick était parfait. D'abord, parce qu'il y était le bienvenu. Ensuite, pare qu'ils étaient obligés de vivre sous le même toit. Et enfin, parce que, pendant ce temps-là, il n'y avait personne chez elle à part les domestiques. L'un de ses hommes allait en profiter pour se faire embaucher comme valet de chambre. Elle ne pourrait même plus éternuer sans qu'il le sache.

Christopher leva son verre comme s'il portait un toast à sa santé et elle répondit d'un sourire très féminin, c'est-à-dire empli de mystère.

Que le meilleur gagne !

4

— Je viens d'avoir des nouvelles de Templeton, murmura Simon, la main au creux des reins de Maria. Il attendra près du kiosque à partir de 2 heures. Je ne pourrai pas le rejoindre, ma douce. Je serai occupé.

— J'irai, bien sûr. Qu'a-t-il à nous apprendre, selon toi ?

Il haussa les épaules, mais c'était pour donner le change car son regard était aussi acéré qu'une griffe.

— Je suppose qu'il a des nouvelles importantes à propos de ta sœur. Il ne prendrait pas le risque de venir ici sans une bonne raison.

Maria observait les occupants du salon entre ses cils. St. John était occupé à faire du charme à lady Harwick, mais elle savait que son véritable centre d'intérêt était ailleurs.

Elle le sentait – brûlant et intense.

— Tu as étendu les recherches jusqu'à la côte ?

— Oui. Et du coup, je manque d'hommes ici.

— Qu'est-ce que je peux faire d'autre ?

En soupirant, il lui caressa le bas du dos. Elle le sentit à peine à travers les multiples épaisseurs d'étoffe, mais elle sut quand même que ses doigts étaient là.

— Sois sur tes gardes. Templeton n'a ni foi ni loi. Il ne se soucie pas de ta sœur. Tout ce qui l'intéresse, c'est l'argent.

— Je suis toujours prudente, Simon.

Elle se tourna à demi vers lui et le regarda. C'était vraiment un très bel homme. Vêtu de soie grise, avec un gilet de satin matelassé, aucune couleur n'entrait en concurrence avec son charme viril. Il ne portait pas de perruque, ses cheveux noirs étaient noués en catogan. Mais c'était surtout ses yeux bleus, bordés de longs cils, qui la fascinaient. Ses paupières à demi baissées donnaient une impression d'ennui, mais tandis qu'elle l'observait, son regard s'assombrit.

— Je renvoie cette fille, ma douce, si tu as l'intention de tenir les promesses que j'aperçois dans tes yeux en ce moment.

— Toutes les femmes qui sont ici t'admirent. Tu ne voudrais pas me priver de ce plaisir ?

Simon esquissa un sourire carnassier. Il était sauvage, pas raffiné. Elle l'avait littéralement tiré du caniveau et l'impression qu'il était capable de tuer ou de baiser avec la même virtuosité était source de séduction pour la plupart des femmes.

— Je ne t'ai jamais privée de rien, dit-il en lui prenant la main et en la portant à ses lèvres. Ce n'est pas ce soir que je vais commencer.

Elle hocha la tête et rit doucement.

— Sois prudent, toi aussi, cher Simon.

S'inclinant, il murmura :

— Je suis, comme toujours, ton humble et dévoué serviteur.

Il s'en alla et, un court instant plus tard, l'amie de St. John s'éclipsa à son tour, visiblement pressée de le rejoindre. Maria était bien placée pour savoir qu'il ne la décevrait pas.

Tournant la tête, elle vit St. John qui s'approchait. Tout entière absorbée dans la contemplation de cet homme si troublant, elle oublia aussitôt Simon. Il la dominait de toute sa hauteur, ses cheveux comme sa peau paraissaient dorés à l'or fin par la lumière des chandelles. Des broderies au point de chaînette ornaient son gilet couleur crème qui contrastait avec son habit vert bouteille. Contrairement à Simon, son costume était fait pour attirer l'attention et mettre en valeur son teint et ses cheveux. Une fois de plus, Maria sentit le poids des multiples regards féminins braqués dans sa direction.

Il lui prit la main et la baisa, plus ou moins comme Simon l'avait fait, mais sa réaction fut complètement différente. Elle n'éprouva pas le moindre vague à l'âme, loin de là.

— Je vous le ferai oublier, dit-il d'une voix sourde, en la contemplant d'un regard pénétrant.

Il était aussi sauvage que Simon, et il ne faisait aucun doute qu'il ne reculait devant rien – pas même l'assassinat.

Il ne possédait toutefois pas la séduction désinvolte d'un Simon. Il affichait hardiment son animalité. Elle savait, comme seule une femme peut le savoir, que St. John n'était pas le genre d'homme à rire et à folâtrer dans un lit. Il était trop rude pour cela.

Elle se rendait compte qu'elle était attirée par le côté fruste du pirate. Ce qui était surprenant, surtout après avoir enduré les mauvais traitements de lord Welton. Et non seulement *attirée* mais en proie à des désirs primaires.

— Hmm...

Elle libéra sa main et détourna les yeux, feignant l'indifférence.

Il se déplaça légèrement, son parfum emplit l'atmosphère. Elle sentit une imperceptible caresse sur son cou.

— Ma belle menteuse. Votre cœur bat à tout rompre. Cela se voit ici.

Soudain, après ce bref contact, elle se retrouva au comble du désir. Elle leva vers lui des yeux ronds de stupeur. Il abaissa sur elle un regard sombre et avide. Un regard de propriétaire.

— Un chaste frôlement suffit pour que vous ayez envie de moi. J'ose à peine imaginer ce que ce sera quand je serai *en vous*.

Maria prit une brève inspiration.

— C'est tout ce que vous allez faire : *imaginer*.

Elle avait répliqué d'une voix forte et légèrement dédaigneuse, ce dont elle fut la première à s'étonner. Il répondit par un sourire très masculin, c'est-à-dire arrogant.

— Dites-moi que vous ne finirez pas dans mon lit, murmura-t-il en passant de nouveau le doigt sur la base palpitante de son cou. Dites-le, Maria. J'adore les défis.

— Je ne finirai pas dans votre lit, déclara-t-elle avec un sourire. Je préfère baiser dans le mien.

Il fut d'abord surpris, puis ravi. Ses yeux étincelèrent et il éclata d'un rire franc.

— Cela me convient.

— Mais pas ce soir, précisa-t-elle.

Se penchant, elle ajouta sur un ton de conspiratrice :

— Lady Smythe-Gleason vous a couvé des yeux toute la soirée. Vous devriez tenter votre chance avec elle. Bonne nuit, monsieur St. John.

La pensée de St. John avec une autre femme était aussi déplaisante que celle de Simon dans le même cas – et encore plus difficile à repousser...

St. John l'attrapa par le bras lorsqu'elle fit mine de s'éloigner. Sa main était brûlante. Et son regard ne l'était pas moins.

— Puisque nous sommes associés en affaires, j'ajoute au contrat que je veux l'usage exclusif de votre corps. En échange, je suis prêt à vous accorder le même privilège.

Maria battit des paupières.

— Je vous demande pardon ?

À l'abri sous le flot de dentelle blanche, St. John lui caressa le creux du coude avec le pouce. Elle ressentit des picotements qui remontèrent le long de son bras jusqu'à ses seins. Ses mamelons se dressèrent presque douloureusement. Dieu merci, son corset dissimulait sa réaction.

— Vous m'avez très bien entendu, dit-il.

— Pourquoi consentirais-je à un tel arrangement ? Et surtout, pourquoi y consentiriez-vous ?

Elle haussa un sourcil. Il l'imita.

Elle laissa échapper un rire tremblant et s'efforça de dissimuler combien l'idée de l'avoir pour elle seule lui plaisait. Il était indomptable, farouche, un loup déguisé en agneau.

— Vous m'amusez, Christopher.

— Non, ce n'est pas ce que vous ressentez, dit-il en se rapprochant un peu trop. Je vous excite, je vous intrigue, je vous fais peur. Au lit, je suis inventif, comme vous le constaterez bientôt. Je suis tout ce qu'on voudra *sauf amusant*. Cela suppose un niveau de frivolité dont je suis bien incapable.

Elle se mit à haleter légèrement, les lèvres entrouvertes.

— Venez me rejoindre dans ma chambre quand vous aurez changé d'avis, murmura-t-il en reculant de quelques pas.

Maria le gratifia d'un sourire moqueur et s'en alla. Mais il ne lui suffit pas de quitter Christopher St. John pour oublier sa proposition.

Sortir du château sans être vue fut à la fois plus simple et plus compliqué qu'elle ne s'y attendait.

Il avait certes suffi d'enjamber la balustrade du balcon. Mais ensuite elle avait dû descendre le long d'un treillage recouvert de vigne vierge. En culotte d'homme, c'était davantage un désagrément qu'une véritable épreuve. Mais ce n'était quand même pas la meilleure méthode pour franchir la distance qui séparait sa chambre du sol. Surtout avec une épée au côté.

Elle bondit sur le sol en faisant suffisamment de bruit pour être aussitôt sur ses gardes. Veillant à demeurer dans l'ombre, elle jeta un regard circulaire et attendit quelques secondes. Lorsqu'elle fut certaine que personne ne s'était penché à sa fenêtre à la recherche d'un éventuel intrus, elle s'écarta du mur et prit la direction du kiosque.

La nuit était calme, la brise fraîche mais pas froide. Le décor idéal pour une idylle au clair de lune. Seulement voilà, elle était habillée en homme et s'en allait rejoindre un fieffé vaurien. Il n'y avait pas de place dans sa vie pour des moments de bonheur et de bien-être. De toute façon, elle n'aurait pas pu les savourer, sachant qu'Amelia était dans la nature, peut-être terrifiée et seule.

Comme elle l'avait déjà fait dans l'après-midi, Maria se faufila entre les arbres et scruta l'intérieur du kiosque. Les feuillages étaient suffisamment épais pour masquer la lueur de la lune si bien qu'il y faisait noir comme dans un four. Elle s'immobilisa et cessa de respirer. Les poils sur sa nuque se hérissèrent, l'avertissant d'un danger.

Elle se retourna juste avant qu'une brindille ne claque sèchement derrière elle. La lame de son épée siffla dans l'air lorsqu'elle la tira de son fourreau. Un homme se trouvait à quelques pas de là, qui la regardait avec calme. Dans l'obscurité, elle ne le distinguait pas bien, mais il était plus petit que Simon ou Christopher et d'une minceur presque squelettique.

— Où est Quinn ? demanda-t-il.

— C'est avec moi que tu vas traiter ce soir, répondit Maria d'une voix aussi tranchante que sa lame.

Il ricana et se détourna.

— Qui crois-tu qui te paie ? murmura-t-elle.

Templeton, qui avait esquissé un pas, s'immobilisa. Il y eut un long silence, pendant lequel elle put presque l'entendre réfléchir. Finalement, il se retourna vers elle. En sifflotant, il s'appuya contre un arbre et fourra les mains dans ses poches.

Maria ouvrait la bouche pour parler quand elle remarqua que le regard de l'homme s'intéressait à quelque chose qui était derrière elle. Au même moment, elle eut conscience d'un mouvement à la limite de son champ de vision. Aussitôt, elle fit un pas de côté, juste à temps pour éviter la pointe d'une épée brandie par un deuxième homme.

Sans se démonter, elle para le coup suivant, les deux épées s'entrechoquant dans un fracas d'acier. À la vue du solide gaillard qui lui faisait face, elle serra les dents. Elle était une fine lame, aptitude qu'elle devait à la générosité de Dayton. Pourtant, son cœur battait.

« Hélas, ma chère Maria, tu fais partie de ceux qui seront contraints de vivre par l'épée, lui avait-il dit un jour. Il faut donc que tu deviennes une escrimeuse sans égal. »

Dieu qu'il lui manquait !

Sa tristesse à la pensée qu'il n'était plus agit sur elle comme un aiguillon. Elle commença à se battre avec tant d'ardeur que son adversaire, si costaud fût-il, recula en jurant. Tout en se battant, elle s'arrangeait pour garder un œil sur Templeton, qui regardait le spectacle avec avidité. Elle avait beau être légère et rapide, cela n'empêcha pas la pointe de sa botte de se prendre dans une racine. Maria trébucha en laissant échapper un cri de dépit. Son adversaire leva son épée, s'apprêtant à lui porter l'estocade.

— Tout doux, Harry ! cria Templeton.

Elle fit un roulé-boulé dès qu'elle eut touché le sol. Au moment où le dénommé Harry plantait son épée dans le sol, elle lui planta la sienne dans la cuisse. Il lâcha un hurlement d'ours blessé. C'est alors qu'une silhouette pâle surgit de l'obscurité et lui fonça dessus. Un coup d'épaule en pleine poitrine et il s'affala à terre avec un bruit sourd. Les deux hommes roulèrent sur le sol. On entendit un cri de douleur, puis plus rien.

À la fin, ce fut l'homme en tenue claire qui se releva et retira d'un coup sec son poignard planté dans la poitrine de son adversaire.

Le clair de lune révéla des cheveux clairs et un visage impassible. Et puis Christopher St. John s'approcha de Templeton, qui était pétrifié sur place.

— Tu sais qui je suis ? demanda-t-il d'une voix trompeusement calme.

— Euh, oui, St. John, balbutia Templeton en reculant prudemment. La dame a aucun mal, tu vois ?

— Pas grâce à toi.

D'un geste tellement vif qu'il aurait suffi d'un battement de cils pour le manquer, St. John enfonça son poignard dans l'épaule osseuse de Templeton et le cloua à l'arbre derrière lui.

La suite fut pénible à contempler. St. John parlait d'une voix douce, presque amicale, tout en remuant sa lame dans la plaie et Templeton se tortillait en haletant et sanglotant. Maria regardait alternativement St. John et le cadavre à ses pieds. Elle réprima un haut-le-cœur et se répéta l'habituelle litanie, celle qui lui évitait de se sentir coupable.

C'était lui ou moi. C'était lui ou moi. C'était lui ou moi.

Cela ne réussissait jamais vraiment mais que pouvait-elle faire d'autre ? Si elle s'interrogeait trop longtemps sur les raisons de sa déchéance, elle sombrait dans une mélancolie qui durait des semaines. Elle en avait souvent fait l'expérience.

— Tu vas me nettoyer tout ça, dit St. John en retirant son poignard.

L'homme tomba à genoux devant lui.

— Au lever du jour, je veux que cet endroit soit impeccable.

— C'est comme si c'était fait, répondit Templeton d'une voix crispée.

Christopher tourna alors son attention vers Maria, la rejoignit, lui prit le bras et l'entraîna vers le château.

— Il faut que je lui parle, protesta-t-elle.

— Ils ont engagé une gouvernante et ils l'ont envoyée à Douvres.

Maria se raidit, ce qu'il ne manqua pas de remarquer.

— Il n'a rien dit d'autre, assura-t-il d'une voix posée qui n'était pas pour autant rassurante. Faites-moi confiance, votre secret sera bien gardé. Vous avez eu raison de ne pas lui dire pourquoi vous aviez besoin de cette information. Il n'en sait pas assez pour vous faire chanter.

— Je ne suis pas idiote.

Elle lui glissa un regard de biais et frissonna. Il se contrôlait, mais tout juste.

— Par ailleurs, ajouta-t-elle, j'avais la situation bien en main.

— L'expression « bien en main » n'est sans doute pas la plus juste mais, j'en conviens, vous vous en sortiez plutôt pas mal. Mon intrusion est à mettre sur le compte d'un élan chevaleresque d'autant plus surprenant que jusqu'ici la chevalerie n'était pas mon fort.

Maria ne l'avoua pas, mais elle avait été soulagée de le voir apparaître. Elle s'était mise à le considérer différemment – avec beaucoup moins de méfiance. D'abord, elle n'avait pas compris la raison de ce changement de point de vue. Puis elle s'était rendu compte que c'était la première fois depuis Dayton que quelqu'un volait à son secours.

— Que faisiez-vous là ? demanda-t-elle.

En sortant du bosquet, elle se rendit compte qu'il ne portait qu'une chemise, des culottes, des bas et ses souliers. Il y avait du sang sur sa chemise et ses mains, signe de son goût pour la sauvagerie.

— Je vous ai suivie.

Elle battit des paupières.

— Comment avez-vous su ?

— J'ai attendu que votre domestique s'en aille. Quand je suis entré dans votre chambre, vous n'étiez pas là. Il était facile de deviner par où vous étiez sortie puisque je n'avais pas cessé de surveiller la porte. Il m'a suffi de jeter un coup d'œil par le balcon pour voir la direction que vous preniez.

Maria s'arrêta si brusquement que ses talons s'enfoncèrent dans les graviers.

— Vous êtes entré dans ma chambre ? À moitié nu ?

Il lui fit face et la balaya d'un lent regard. Comme s'il ne s'était rien passé d'exceptionnel, il sortit un mouchoir de sa poche et essuya le sang sur ses mains.

— C'est curieux mais je vous trouve encore plus excitante déguisée en garçon que lorsque je vous imaginais nue dans un lit.

Même dans la trompeuse clarté de la lune, elle vit distinctement les yeux de St. John s'assombrir. Il pinça les lèvres et carra les épaules. Elle frémit, ses narines palpitèrent et son pouls s'emballa. Son instinct de survie lui criait de ne pas rester plus longtemps auprès de ce grand prédateur.

Cours ! Il en a après toi.

— Je vous ai dit que je n'étais pas libre, murmura-t-elle, la main sur la poignée de son épée. Je ne suis pas réputée pour ma patience envers ceux qui se mêlent de mes affaires.

— Faites-vous référence à vos défunts maris ?

Maria se remit en marche.

— Vous n'auriez pas dû sortir seule, Maria, et vous n'auriez jamais dû arranger un rendez-vous en pleine nuit là-bas.

— Et vous, vous ne devriez pas essayer de me sermonner.

Il lui agrippa le bras et l'attira à lui. Lorsqu'elle voulut dégainer son épée, il lui saisit la main et la plaqua contre son propre cœur, qui battait aussi fort que le sien. De toute évidence, il n'était pas de marbre, comme la plupart des gens le croyaient.

Il lui avait immobilisé l'autre bras derrière le dos si bien qu'ils se retrouvaient dans une posture très intime, pressés l'un contre l'autre, le nez de Maria dans le cou de Christopher. Elle envisagea brièvement de se débattre, puis décida de ne pas lui faire ce plaisir. Du reste, elle se trouvait merveilleusement bien dans ses bras, surtout après les récents événements. Un moment de réconfort comme elle ne s'en autorisait jamais.

— J'ai l'intention de vous embrasser, murmura-t-il. Je suis obligé de vous immobiliser puisque, une fois de plus, vous êtes armée et que je n'ai pas envie de me faire embrocher. Je note que vos armes sont plus grandes à chaque rencontre.

— Si vous croyez que mes seules armes sont celles que je porte sur moi, répliqua-t-elle avec suavité, vous vous trompez lourdement.

— Alors, défendez-vous, suggéra-t-il d'une voix rauque en la dévisageant d'un air agressif comme elle levait les yeux vers lui. Vous devez être amusante quand vous donnez des coups de pied et de griffes.

Christopher St. John était implacable, et déterminé. Il bouillonnait de désir. Elle le sentait.

Il avait tué un homme pour elle.

Et cela avait manifestement déchaîné le diable qui était en lui.

Elle étudia ses traits durs, d'une sauvage beauté, et comprit ce qui était en train de se passer. Il s'était battu pour elle, elle était sa récompense. Elle frissonna, ce qui en réponse fit naître un sourire sensuel sur ses lèvres.

Une onde de chaleur se répandit sur la peau de Maria, s'insinua dans son sang. Un sang constamment glacé depuis que sa mère avait poussé son dernier soupir.

Était-elle folle d'avoir envie de lui sous prétexte qu'il avait tué quelqu'un pour elle ? Welton l'avait-il pervertie au point qu'elle trouvait cela excitant ?

Christopher resserra son étreinte, l'enveloppant dans son odeur riche et épicé.

— L'usage *exclusif,* lui rappela-t-il.

Puis il l'embrassa sur la bouche. Avec brutalité. La forçant à renverser la tête en arrière afin qu'elle soit déséquilibrée et perde tout moyen de défense.

Sauf un.

Elle lui mordit la lèvre. Il grogna et lâcha un juron.

— Je n'aurais jamais cru, dit-il, qu'une femme aussi douée que vous pour des activités typiquement masculines puisse me paraître si désirable. C'est pourtant le cas. J'ai très envie de vous.

— Vous ne m'aurez pas ce soir. Je ne suis pas d'humeur.

— Je peux vous en faire changer.

Christopher frotta lascivement contre elle son impressionnante érection. En réponse, ses muscles intimes se contractèrent presque douloureusement.

— Allez-y, le défia-t-elle.

Elle savait qu'il ne la forcerait pas, même s'il était tout à fait capable de rendre cela agréable. Il avait avant tout besoin d'une reddition, d'une capitulation totale. Elle le savait comme seule une femme intuitive pouvait le savoir – ou peut-être une femme qui pensait comme lui.

Il serra les dents. Puis lui immobilisa les deux mains derrière le dos avec une seule des siennes et, de sa main libre, il lui ôta son chapeau et lui tira les cheveux.

Elle hoqueta de douleur et il en profita pour glisser la langue dans la bouche avec une grâce et une sensualité dont il ne s'était pas préoccupé un instant plus tôt. Rien de brusque. Des caresses empreintes de douceur. En rythme. Il mimait l'union sexuelle. Il faisait l'amour à sa bouche avec sa langue. Elle sentit ses genoux mollir, s'affala contre lui. Il la soutint, la redressa, la colla contre lui et frotta son sexe si dur contre son ventre si tendre. Elle était toute moite entre les cuisses, et puis carrément chaude et onctueuse. Prête.

Elle gémit, se découvrit incapable de résister à un homme aussi habile. Il réagit d'une façon inattendue.

Il la souleva pour la traîner jusqu'au treillage et la laissa au pied du mur avec un ricanement irrité.

Maria se pencha en avant, les mains sur ses cuisses, le souffle court. Les yeux fermés, elle s'efforça de rassembler ses esprits. Elle se sentait abandonnée. Son corps vibrant d'une énergie toute sexuelle la suppliait d'oublier son orgueil et de courir après Christopher. Elle avait une multitude de raisons pour cela, à commencer par les exigences de Welton. D'un autre côté, elle savait qu'on obtient de meilleurs résultats en refusant à un homme ce qu'il demande plutôt qu'en le lui accordant sur-le-champ.

Après avoir poussé un profond soupir, elle escalada le treillage et sauta sur le balcon le plus silencieusement possible. Elle commença à se déshabiller en pensant tour à tour à toutes les bonnes raisons qu'elle avait d'accepter l'offre de St. John ou de ne pas l'accepter.

On frappa à la porte et sa femme de chambre entra. Efficace comme d'habitude, Sarah ramassa les vêtements éparpillés. Elle avait été embauchée par Dayton. C'était un modèle de discrétion qui nettoyait les taches de sang comme s'il s'agissait de taches de vin.

— Nous partons pour Douvres demain matin, annonça Maria.

St. John ne lui avait pas dit grand-chose, mais elle avait compris la portée du message.

Habituée aux départs précipités, Sarah acquiesça. Elle aida sa maîtresse à enfiler sa chemise de nuit et se retira.

Maria s'immobilisa près du lit dont la courtepointe avait été rabattue et le contempla pensivement. Elle imagina Simon tel qu'il devait être en ce moment même – nu dans un lit semblable, en train de donner du plaisir à une fille tout en lui tirant les vers du nez sans qu'elle soupçonne sa perfidie.

Elle ne put s'empêcher de l'envier. Ce n'était peut-être que physique mais c'était toujours plus qu'elle n'en avait eu en un an. Entre la recherche d'Amelia et la tyrannie que Welton exerçait sur elle, elle n'avait pas beaucoup de temps pour penser à ses propres besoins.

Welton. Maudit soit-il ! Il voulait qu'elle fasse exactement ce que Simon était en train de faire, se rapprocher de St. John, gagner sa confiance, découvrir ses secrets. Elle ignorait combien de temps elle passerait à Douvres. Pas plus d'une semaine ou Welton aurait des doutes. Mais avec un homme comme St. John, une séparation d'une semaine risquait d'être trop longue. Il pouvait très bien tomber sous le charme d'une autre femme et elle n'aurait plus qu'à attendre qu'il s'en lasse. Même alors, elle savait d'expérience que, dans ce domaine, ce qui est perdu ne se reconquiert pas facilement. Il la désirait follement, il fallait qu'elle en profite pour l'ensorceler – et elle ne disposait que de quelques heures pour ce faire.

S'étant persuadée qu'elle n'avait pas d'autre choix, Maria ouvrit la porte, jeta un coup d'œil d'un côté et de l'autre du couloir, puis se glissa jusqu'aux appartements de St. John. Sur le seuil, seulement vêtue de sa chemise de nuit translucide, la main déjà levée pour frapper, elle se figea. Une fois de plus, elle s'apprêtait à descendre dans la fosse aux lions.

La porte s'ouvrit à la volée et elle se retrouva nez à nez avec un beau pirate intégralement nu. Sa peau et ses cheveux dorés brillaient. La lumière des chandelles soulignait sa splendide musculature. Il emplissait l'embrasure de la porte. Et il l'emplissait, elle, d'un mélange de désir et de crainte.

Il fronça les sourcils.

— Je veux bien vous baiser dans le couloir, si vous y tenez, mais nous serons mieux dans mon lit.

Maria baissa les yeux, découvrant davantage à désirer. Elle chercha quelque chose de spirituel à dire mais sa langue semblait collée à son palais. Elle avait envie de lui, de lui tout entier – le côté qu'elle pouvait voir et l'envers aussi.

Christopher l'examina de la tête aux pieds avec la même attention. Ses yeux brûlants recelaient une menace. Un murmure, qui ressemblait à un feulement, monta de sa puissante poitrine.

Sans lui laisser le temps de se ressaisir, il lui attrapa la main et l'attira à l'intérieur.

5

— Vous êtes folle ou quoi ?

Christopher referma la porte avant de fusiller du regard la superbe tentatrice plantée devant lui.

— Vous ne pouvez pas vous promener dans cette tenue ! aboya-t-il.

La fine étoffe qui épousait ses formes désirables était redoutablement transparente, révélant tous ses charmes – ses jambes joliment galbées, ses hanches rondes, sa taille fine, sa poitrine ferme et pleine. La toison au creux de ses cuisses et les cercles bruns de ses mamelons se voyaient comme le nez au milieu de la figure.

Christopher serra les mâchoires si fort que ses dents grincèrent. À la lueur des bougies, la peau de Maria chatoyait comme de la soie et il était prêt à parier qu'elle était tout aussi douce. Dire qu'elle avait parcouru le couloir où n'importe qui aurait pu la voir !

— Vous ne devriez pas ouvrir votre porte nu, rétorqua-t-elle avec un gracieux haussement d'épaules.

— Je suis dans mes appartements.

— J'y suis aussi.

— Vous n'y étiez pas il y a un instant !

— Avez-vous l'intention de me reprocher mon passé ? Si oui, sachez que j'ai fait pire.

— Bon Dieu, c'était il y a une minute !

— Oui, et il y a une minute vous étiez nu dans le couloir.

Elle arqua un sourcil hautain – la veuve Winter dans toute sa splendeur. Il aurait peut-être été dupe si son regard et son corps presque nu n'avaient exsudé de sensualité. Et puis, elle était là pour faire l'amour.

— Je pense que vous êtes plus fautif que moi, reprit-elle. Moi, au moins, je suis vêtue.

Christopher grogna. La prenant par les épaules, il l'attira à lui et entendit un bruit d'étoffe déchirée. Ce qui ne fit qu'accroître son ressentiment. Ce qu'elle portait la protégeait encore moins contre les mains que contre le regard.

— Je n'appelle pas ça un vêtement, j'appelle ça une tentation. Et vous proposez à tout venant ce qui m'appartient.

Elle en demeura bouche bée.

— Brute ! Vous déchirez ma chemise de nuit et vous me maltraitez.

Elle recula d'un pas, repoussa les mains de Christopher et le gifla.

Il fut tellement surpris que, d'abord, il n'en pensa rien. Personne n'osait l'attaquer. Même ceux qui avaient envie de mourir se cherchaient un moyen plus tranquille...

Il hésita sur la conduite à tenir. Son sexe palpitant répondit à sa place et, plutôt que de tout gâcher par une parole malheureuse, il se rua à la suite de Maria qui battait en retraite. Il plongea en avant avec une telle force que tous deux s'affalèrent sur le sol. Par miracle, il réussit à se jeter sur le côté avant de l'écraser.

— *Qu'est-ce que vous...*

Christopher laissa échapper un grognement. Un simple tapis n'avait pas suffi à amortir le choc, et tous les os de son corps en furent ébranlés.

— Par Dieu ! cria Maria, qui tourna la tête pour le regarder avec des yeux ronds. Vous êtes bon pour l'asile de fous !

Couchée à plat ventre, elle tenta de se relever. La sentir se trémousser sous le bras et la jambe avec lesquels il la clouait au sol était délicieux. Elle était à la fois douce et voluptueuse, exactement comme il l'avait imaginé. Et elle sentait divinement bon, un mélange de fruits et de fleurs qui promettait l'innocence, promesse qu'elle était bien incapable de tenir.

Il savait qu'il aurait dû lui présenter ses excuses, ou quelque platitude de ce genre, pour avoir déchiré sa chemise de nuit, mais il ne put que grommeler vaguement tout en essayant de la lui retrousser avec le genou.

Lorsqu'elle lui donna un coup de coude dans les côtes, il laissa échapper un grondement menaçant. Loin de faire peur à Maria, ce dernier attisa sa colère.

— Cesse de grogner ainsi ! ordonna-t-elle, en se débattant avec tant de vigueur qu'il craignit de lui faire mal en cherchant à la retenir.

Dès lors, il n'essaya même plus d'être doux, sachant qu'il n'y arriverait pas, qu'il en était au point où la seule chose qui comptait, c'était le désir qu'elle lui inspirait.

Lui prenant les deux poignets dans une seule main, il glissa sur elle, et la força à écarter les jambes en s'installant entre elles.

Maria se figea, le temps de comprendre ce qu'il avait en tête. Puis elle se défendit comme il l'avait encouragée à le faire un peu plus tôt – comme un chat sauvage. Elle se débattit, essaya de ramper sur le tapis jusqu'à la porte du salon, sans succès.

— Oh, non ! Vous ne m'aurez pas !

Il ricana, et, pressé de dénuder ses jolies fesses rondes, il déchira sa chemise de nuit. Cette fois, il marmonna quelque chose qui aurait pu passer pour des excuses.

Elle ne se laissa pas amadouer.

— J'aimerais encore mieux coucher avec lord Farsham qu'avec vous.

Cette remarque lui valut une claque sur les fesses, qui lui arracha un cri de protestation. Farsham avait une quarantaine d'années, au bas mot, et passait pour impuissant, ce qui n'apaisa nullement l'agacement de Christopher à l'idée qu'un autre homme pourrait la voir ainsi.

Les représailles ne se firent pas attendre. Maria enfonça les dents dans son avant-bras avec un enthousiasme cruel. Il rugit de douleur et, au même moment, il sentit une goutte tiède jaillir à l'extrémité de son sexe. Insinuant la main entre les cuisses de Maria, il trouva sa fente mouillée, chaude, et prête à le recevoir.

Dieu merci, car il n'y tenait plus. Il était tellement impatient de la posséder que sa semence s'écoulait déjà !

Maria s'immobilisa. L'espace d'un instant il n'y eut d'autre bruit dans la pièce que son hoquet de stupeur quand elle sentit les doigts de Christopher. Fermant les yeux, il glissa un doigt entre les pétales veloutés de son sexe. Sans réfléchir, il s'inclina et l'embrassa entre les omoplates.

Cessant de la caresser, il referma la main sur sa virilité et la positionna à l'orée de l'étroit passage.

— *Maria.*

Enfin. Un mot.

Il commença à la pénétrer. Elle poussa une petite plainte et fit basculer ses hanches – dans la mesure du possible, vu qu'il pesait sur elle de tout son poids – pour lui faciliter la tâche. Il s'enfonça un peu plus profondément.

La respiration de Christopher devint sifflante. Bon Dieu, elle était brûlante – et serrée comme un poing...

— Ça fait combien de temps ? articula-t-il.

Elle ondula du bassin avec impatience.

Il lui mordilla le lobe de l'oreille.

— Combien de temps ? insista-t-il.

— Un an, répondit-elle d'une voix faible et entre-coupée. Mais si vous continuez à ce rythme-là, cela finira par faire deux. Avez-vous oublié comment baiser en même temps que vos bonnes manières ?

— Exaspérante... contrariante... insupportable petite garce.

Il ponctua chaque mot d'un coup de reins, s'ouvrant un passage en elle, poussant sur ses cuisses avec ses genoux pour la forcer à les écarter davantage.

— Pour vous... Ce sera... *milady,* répliqua-t-elle en haletant.

Puis il atteignit un point sensible. Elle gémit et se mit à bouger d'une façon complètement différente – empreinte de sensualité et non plus de colère.

— Comme ça ? murmura-t-il en esquissant un sourire paresseux.

Cette capitulation soudaine l'apaisait considérablement. Le fait d'être en elle aussi. Depuis qu'il l'avait touchée dans le corridor de l'opéra, c'était là qu'il avait envie d'être.

— Un peu plus ? suggéra-t-il.

Christopher plongea plus profondément, grisé de la sentir sous lui, autour de lui. Elle contracta ses muscles intimes comme pour l'aspirer en elle. La sensation qui en résulta fut si intense qu'il frémit de la tête aux pieds.

— Maria, souffla-t-il, la tête inclinée, tout près de la sienne. Vous...

Il avait le cerveau si embrumé de désir qu'il était incapable de trouver les mots pour décrire... il ne savait trop quoi. Il se contenta donc de se retirer, savourant au passage la caresse soyeuse de son sexe sur le sien.

— Salaud ! marmonna-t-elle en roulant sur le dos comme il basculait sur le côté.

Elle le foudroya du regard, son beau visage reflétant sa déception et sa colère. D'ordinaire, le spectacle d'une femme furieuse le dégoûtait plutôt. Avec Maria, c'était tout le contraire.

Elle n'avait pas peur de lui et ne cherchait pas à dissimuler qu'elle se considérait comme son égale. Sa réaction lui donna envie de l'écarteler sur son lit et de s'enfoncer en elle. Encore et encore.

— Pas ici, dit-il.

Il se releva et l'aida à en faire autant. Comme elle titubait, Christopher la souleva dans ses bras et la jeta en travers de son épaule.

— Brute !

— Garce !

De nouveau, il lui flanqua une claque sur les fesses. Puis, incapable de s'en empêcher, il caressa sa chair ferme de la paume.

— Poltron ! Vous n'avez pas le cran de m'affronter face à face. Au lieu de cela, vous frappez quand j'ai le dos tourné.

Il sourit. Il adorait son ton si plein de défi.

Quittant le salon, il entra dans la chambre, traversa la grande pièce et laissa tomber Maria sur le lit.

Elle rebondit et chercha à lui donner des coups de pied tout en débitant une bordée d'injures. Ce ne fut pas suffisant pour sauver ce qui restait de sa chemise de nuit. Christopher la déchira et jeta les morceaux dans un coin.

— Je vais vous *baiser* face à face, ma bouillante sauvageonne, dit-il d'une voix enrouée en la clouant sur le matelas de tout son poids. D'où le changement de décor. Cela va nous prendre un certain temps, et je n'ai pas envie de me brûler les genoux sur le tapis, ni votre superbe poitrine.

Elle enfonça les ongles dans le dos de ses mains lorsqu'il entrelaça ses doigts aux siens. D'un coup de genou, il lui écarta largement les cuisses et puis la pénétra. Le grondement qu'il poussa lorsqu'il plongea en elle jusqu'à la garde fut bref, rude et instinctif. Il approcha les lèvres d'un de ses seins et en aspira la pointe avec avidité.

— Oui ! cria-t-elle.

Elle se tortilla follement sous lui.

— Tout doux ! Arrêtez ça ! ordonna-t-il en levant la tête pour croiser son regard. Vous allez m'épuiser avant que j'aie eu le temps de vous monter correctement.

Maria répliqua d'une ruade.

— Qu'est-ce que vous attendez, bon sang ? s'exclama-t-elle. Allez-y ! Piquez des deux !

Il éclata de rire, les riches sonorités emplissant rapidement le petit espace délimité par le baldaquin.

Elle cilla, se figea, les yeux rivés aux siens.

— Refaites cela, le pressa-t-elle.

Christopher haussa les sourcils, et remua en elle. Le halètement qu'elle laissa échapper fit durcir davantage son sexe – ce qu'il croyait impossible.

— Je peux rire ou baiser, milady, mais pas les deux à la fois. Vous préférez que je commence par quoi ?

Pour toute réponse, elle se cabra impatiemment.

— Bien, murmura-t-il en lui léchant la lèvre inférieure. C'est aussi ce que j'aurais choisi.

Alors, appuyé sur les coudes, il commença à aller et venir en elle. Ses hanches montaient et descendaient lentement. Il sortait d'elle presque complètement avant de s'engouffrer jusqu'à la garde. En même temps, il se pencha jusqu'à ce qu'ils se retrouvent joue contre joue.

— Allez, murmura-t-il, les lèvres tout près de la tempe de Maria. Dites-moi si ça vous plaît.

Elle tourna la tête et lui mordit méchamment le lobe de l'oreille.

— Je promets de vous le dire aussitôt que vous aurez commencé la besogne, répondit-elle.

Il accéléra le rythme, sachant qu'il allait au-devant d'un magnifique orgasme. Cela ne pouvait pas être autrement. Parce que c'était elle – elle et sa langue bien pendue et son fichu caractère. Elle le rendait fou. Il était si excité que son sexe lui faisait mal. Son corps s'était couvert d'un voile de transpiration, et il ahanait à chaque coup de boutoir. Et durant tout ce temps, il essayait de faire en sorte que ce soit le meilleur possible pour elle – un souci qu'il n'avait jamais eu avec aucune femme et qui, pour l'heure, lui occupait l'esprit.

Maria récompensait son ardeur par une ardeur égale. Elle avait enroulé les jambes autour de la taille et ondulait avec ferveur, et les pointes dressées de ses seins s'écrasant contre son torse à chaque poussée leur arrachaient de voluptueuses plaintes. Ce qui n'empêchait pas Maria de lui murmurer à l'oreille des mots canailles, des piques et même des insultes qui lui faisaient presque perdre la raison.

Christopher s'enfonça en elle profondément et imprima un mouvement circulaire à ses hanches, les yeux rivés sur son visage. Elle écarquilla imperceptiblement les yeux, entrouvrit les lèvres, et renversa la tête en arrière comme son pubis frottait contre son clitoris. Il assista à la naissance de son orgasme, le vit se déployer en elle, assombrir son regard et détendre ses traits.

C'était peu dire qu'elle était belle. Elle était bien plus que cela, si magnifique qu'il en fut frappé alors même qu'il commençait à être emporté dans les affres de sa propre jouissance. Il sentit les muscles intimes de Maria tressaillir, le comprimer, l'aspirer, l'attirer le plus profondément possible jusqu'à ce qu'il ne puisse plus se retenir.

Cela commença par une pression dans les épaules, qui dégringola le long de sa colonne vertébrale, et jaillit finalement de son sexe sous la forme d'un jet de semence brûlante. Comment il se retint de rugir, il ne le saurait jamais. Tout ce qu'il savait, c'était qu'il était pressé contre les courbes d'une douceur inouïe, que des petites mains lui pétrissaient les fesses et qu'une voix haletante l'empêchait de perdre complètement pied.

Ainsi qu'un baiser. À la base du cou. Aussi léger qu'une plume.

Perdu dans la tempête de l'orgasme, il le sentit quand même.

Maria regarda les ombres accumulées dans les coins du ciel de lit et s'agita nerveusement. Christopher en fit autant. Le silence commençait à devenir pesant. Si elle avait été couchée avec Simon, il serait allé chercher du vin et aurait raconté des histoires insensées qui l'auraient fait rire. Avec Christopher, il y avait juste cette satanée tension. Et ce fourmillement dans tous ses membres.

Elle soupira, et se remémora les événements de la nuit.

Le rire de Christopher l'avait prise au dépourvu. Quelle sonorité merveilleuse ! Comme ç'avait été bon de le sentir vibrer contre elle. Son rire avait métamorphosé ses traits, au point que son cœur avait un instant cessé de battre. L'un dans l'autre, l'échange avait été... *intense*. Exactement comme elle l'avait prévu. Il était dangereux et cela l'émoustillait. Elle en oubliait toute prudence. C'était tellement agréable de pousser à bout un homme aussi imperturbable, de lui faire perdre son sang-froid. Il baisait avec ardeur, avec force, son corps ne semblant avoir été créé que pour donner du plaisir aux femmes.

Son désir se ranima. En frissonnant, elle tourna la tête vers lui, et découvrit qu'il l'observait. Il haussa un sourcil et l'attira à lui.

C'était bon d'être serrée si étroitement contre lui, ses bras musclés enroulés autour d'elle et leurs jambes entremêlées. Des vestiges de transpiration collaient leurs peaux l'une à l'autre. Maria ferma les yeux et respira l'odeur de Christopher, plus âcre après tous ces efforts. Manifestement, il n'avait pas l'habitude des démonstrations de tendresse. Il lui caressait le dos d'une main hésitante, comme s'il ne savait pas trop quoi faire.

— Avez-vous un peu mal ? demanda-t-il doucement.

— Nous pouvons refaire l'amour tout de suite, si vous le souhaitez. Ou bien je peux m'en aller, si vous voulez bien me prêter une robe de chambre.

Il resserra son étreinte.

— Restez.

L'aube était proche. De toute façon, elle allait devoir partir bientôt. La possibilité de retrouver Amelia à Douvres était un moteur puissant. L'optimisme était un luxe, mais elle avait besoin d'un minimum d'espoir pour continuer.

Christopher laissa sa main courir le long de son dos. Creusant spontanément les reins, elle sentit son sexe durcir de nouveau contre sa cuisse. Un désir plus paisible que la fièvre qui s'était emparée d'eux un peu plus tôt se répandit dans ses veines. Ses seins se gonflèrent et ses mamelons durcirent.

Avec un grondement approbateur, il la hissa sur lui.

Elle eut tout loisir de le contempler, son bel ange déchu à la férocité d'un prédateur. Elle glissa la main dans ses cheveux. Les yeux clos, il se délecta.

— Je n'aime pas les blonds, dit-elle, se parlant à elle-même.

En réponse, il éclata de ce rire franc et chaleureux qui la saisissait aux entrailles.

— Par chance pour moi, dit-il, votre joli corps n'est pas du même avis.

L'air moqueur, elle se redressa.

— D'ordinaire, je n'aime pas les mégères, poursuivit-il avec un sourire amusé. Mais, vous, je vous aime bien. Dieu seul sait pourquoi.

Ce compliment, quoique désinvolte, fit plaisir à Maria. Elle entendit une pendule résonner au loin. Le sourire de Christopher s'évanouit.

— Dommage que nous ne soyons pas chez moi, dit-il, du feu dans ses yeux saphir. Je n'aime pas me presser.

Maria haussa les épaules, refusant de reconnaître qu'elle éprouvait la même chose. Ni l'un ni l'autre ne savait comment se comporter, mais elle se sentait suffisamment bien avec lui pour deviner qu'il allait lui manquer.

Elle s'assit à califourchon sur sa virilité qu'elle fit glisser entre les replis de son sexe. Il lui agrippa les cuisses pour l'inciter à continuer. Ce qu'elle fit volontiers, avant de s'arrêter.

Il ne la quittait pas des yeux, et son regard était d'une intensité rare. Elle n'aurait su dire si cela lui plaisait ou non. Alors, elle empoigna le sexe de Christopher, l'orienta verticalement, le prit en elle... et cessa de se poser des questions.

Il inhala bruyamment et se tendit. Maria éprouva le même brutal déferlement de sensations. Cela faisait longtemps qu'elle n'avait pas eu de relation sexuelle – trop longtemps. En outre, Christopher était bien pourvu et lui étirait délicieusement les chairs.

— Bonté divine ! dit-il tandis qu'il tressaillait et se dilatait en elle. Comment ai-je pu un jour penser que vous étiez froide ?

Pas certaine de bien comprendre, elle s'immobilisa juste avant de l'avoir avalé jusqu'à la garde.

Un muscle tressauta sur la joue de Christopher.

— Votre petite chatte est brûlante et avide. Elle me tète littéralement. C'est une sensation incroyable.

Le sourire aux lèvres, Maria acheva sa descente le long de son sexe. Elle avait toute son attention, à présent. Il penserait à elle, il la désirerait lorsqu'elle serait partie, et aurait hâte de la revoir. Ce qui servait ses desseins.

Satisfaite, elle s'inclina sur Christopher et fit planer sa bouche au-dessus de la sienne.

— Puis-je vous embrasser ? souffla-t-elle.

Il souleva la tête pour capturer ses lèvres. Sa langue plongea dans sa bouche, puis se mit à aller et venir, à lécher, à caresser, et elle frissonnait de la tête aux pieds.

— Oui, dit-il d'une voix sourde, le souffle court, les mains agrippées à ses fesses. Faites-moi tout ce que vous voudrez.

Elle se redressa et il en profita pour happer la pointe d'un sein dans sa bouche, qu'il se mit à sucer. Elle retint son souffle et ferma les yeux. Elle était de plus en plus mouillée. À chaque longue succion, elle se contractait autour de son sexe. Il bougea en elle et elle poussa une faible plainte.

— Voilà comment nous allons commencer la journée, chuchota Christopher, les inflexions de sa voix rauque pareilles à des caresses sur sa peau enflammée. Ne bougez pas. Je vais vous faire jouir en vous tétant. Et vous allez me faire pareil avec votre chatte.

Si elle avait pu parler, elle lui aurait dit que c'était impossible, mais il lui aurait prouvé le contraire. Sa bouche était dotée d'un pouvoir magique. Ses lèvres tiraient en rythme sur ses mamelons l'un après l'autre, sa langue les caressait. Elle commença à s'agiter frénétiquement en quête d'un orgasme. Avec ses grandes mains calleuses, il la soutint.

Lorsqu'elle jouit enfin, il la suivit de peu, ses muscles intimes se refermant rythmiquement autour de sa virilité, aspirant sa semence. Elle fut secouée de spasmes lorsqu'il se répandit en elle en poussant un cri rauque.

Il la serra contre lui, l'enveloppant dans une chaude et puissante étreinte, lui embrassant le front. Il s'endormit ainsi.

Mais même dans son sommeil, il ne la lâcha pas.

Maria pénétra dans ses appartements et laissa échapper un soupir de soulagement. Personne ne l'avait vue, même si elle avait dû se cacher à plusieurs reprises dans le renfoncement des portes pour éviter les femmes de chambre.

Dans un autre endroit du château, Christopher dormait. Il avait grogné lorsqu'elle s'était levée mais ne s'était pas réveillé.

La porte refermée derrière elle, Maria se dirigea vers sa chambre et s'immobilisa au milieu du salon, surprise par la silhouette qui venait de s'encadrer sur le seuil.

— Ma douce.

Élégamment vêtu d'une culotte rose foncé et d'une veste assortie, Simon s'appuya contre le chambranle. Sa décontraction apparente dissimulait mal sa tension.

— Tu as couché avec lui, dit-il.

Se redressant, il s'approcha d'elle à pas lents et lui prit le visage entre ses mains.

— Il ne m'inspire pas confiance, avoua-t-il. C'est pourquoi je ne suis pas tranquille quand tu es avec lui.

— Ne t'inquiète pas.

— C'est plus facile à dire qu'à faire. Les femmes ont du mal à séparer sexe et sentiments.

— À part avec toi, je n'ai jamais eu ce problème.

Il esquissa un sourire.

— Je suis flatté.

— Non, tu es arrogant, répliqua-t-elle, pince-sans-rire.

Il sourit franchement.

— L'un n'empêche pas l'autre.

Maria secoua la tête en étouffant un bâillement.

— J'ai besoin de sommeil. Je vais faire ma toilette et nous nous mettrons en route. Je dormirai dans le carrosse.

Simon déposa un baiser sur son front.

— Douvres. Sarah me l'a dit. Elle a presque fini de préparer tes bagages. La voiture attend dans l'allée et mes malles sont déjà chargées.

— Je n'en ai pas pour longtemps.

L'odeur de Christopher s'attardait sur sa peau, et la bouleversait. Il avait tué un homme pour elle, puis il lui avait fait l'amour avec passion, puis il l'avait serrée dans ses bras avec une tendresse inouïe... Les multiples aspects de sa personnalité la prenaient au dépourvu, modifiant du tout au tout l'image qu'elle s'était faite du pirate.

Simon s'approcha d'une console pour se verser un verre d'eau.

— Je te conseille de te presser, ma douce. Plus tôt nous partirons, moins nous croiserons de gens.

Maria se hâta vers la chambre, puis s'arrêta sur le seuil.

— Simon ?

Il lui lança un regard interrogateur.

— T'ai-je assez dit à quel point je t'appréciais ?

— Tu es folle de moi, répondit-il avec un sourire espiègle. Mais tu n'as pas besoin de me le dire, je le sais.

Il vida son verre d'un trait et s'en versa un autre.

— Mais sens-toi libre de me le dire aussi souvent que tu le souhaites, reprit-il. Ma modestie dût-elle en souffrir.

En riant, Maria referma la porte.

6

— Vous saviez qu'elle allait partir ce matin ? demanda Thompson, l'air impassible.

— Oui, oui.

Christopher était assis de biais dans un fauteuil, le bras drapé sur le dossier. Il ne portait ni veste ni gilet, pourtant il avait chaud. Son corps réclamait du mouvement. Il avait envie de se lancer à la poursuite de la femme qui l'avait quitté sans un au revoir et il faisait des efforts méritoires pour rester assis.

Son valet était en train de disposer les outils nécessaires pour lui faire la barbe.

— Les hommes que vous avez chargés de la suivre sont fiables, lui rappela Thompson. Cela n'apaise-t-il pas votre inquiétude ?

Christopher eut un rire bref. Son inquiétude ? Était-ce vraiment ce qu'il ressentait ? Si oui, pourquoi, alors qu'il savait Maria tout à fait capable de se débrouiller seule ?

Peut-être parce que Simon Quinn était avec elle. Il serra les dents.

Quinn.

— Angelica, mon ange, dit-il en tournant la tête vers la jeune femme, qui achevait de boire son thé près de la fenêtre, tu n'as rien appris ?

Elle secoua la tête et fit la moue.

— J'ai essayé, mais cet homme-là a le don de vous... distraire.

Il eut une drôle de mimique.

— Et toi, que lui as-tu dit ?

Il savait peu de chose sur Quinn, mais il se doutait que l'homme était malin.

Angelica rougit et Christopher lâcha un juron.

— Presque rien, se hâta-t-elle de dire. Il voulait surtout savoir pourquoi tu t'intéressais à lady Winter.

— Et qu'as-tu répondu ?

— Je lui ai dit que tu ne parlais jamais de tes affaires mais que, si tu avais jeté ton dévolu sur elle, tu finirais par l'avoir.

Elle poussa un long soupir et s'adossa à son siège. Les cernes autour de ses yeux témoignaient d'une nuit aussi agitée que la sienne.

Au souvenir de Maria, douce et ouverte à son désir, le sang de Christopher s'échauffa dans ses veines. Des griffures lui striaient le dos et les bras. Il avait la marque de ses dents sur les deux épaules. Il avait partagé son lit avec une adorable furie et la rencontre avait laissé des traces. Et pas seulement physiques.

— Qu'a-t-il répondu ?

Angelica fit la grimace.

— Qu'il te souhaitait bonne chance, mais qu'en attendant c'était lui qui l'avait.

Cette réponse lui fit l'effet d'un coup de cravache en pleine figure. Pourtant, Christopher demeura imperturbable. Quinn avait raison. C'est lui qui vivait sous le même toit que Maria, partageait sa vie et recueillait ses confidences. Lui-même n'avait rien eu d'elle, à part quelques heures de plaisir.

— Va faire tes bagages, ordonna-t-il à Angelica.

Cette dernière se hâta d'obéir.

— Vous avez l'intention d'aller la chercher ? s'enquit Thompson en s'écartant pour que Christopher puisse prendre place sur la bonne chaise.

— Non. Les hommes qui la surveillent savent ce qu'ils ont à faire. Ce que je désire savoir sur son compte se trouve à Londres. C'est pourquoi je vais y retourner le plus vite possible.

En soupirant, Christopher reconnut intérieurement qu'il avait encore envie d'elle. Il l'aimait de la façon dont les hommes aiment la plupart des femmes, mais il l'aimait aussi comme il avait rarement aimé quelqu'un – il l'admirait, il la respectait, il la considérait comme une âme sœur. C'était précisément pour cette raison qu'il ne pouvait pas lui faire confiance. Il n'avait qu'un seul but : survivre, et elle devait avoir le même.

Et puis, il y avait un petit bémol. Il devait la sacrifier pour rester libre. Il était prévu qu'il couche avec elle, pas qu'il la trouve à son goût : cela allait à l'encontre des plans de l'agence.

Il y avait encore autre chose à prendre en considération, en plus de son désir et de l'agence. Quinn ne veillait pas correctement sur elle. Il l'avait laissée se rendre seule à un rendez-vous avec une canaille de l'acabit de Templeton. Et, peut-être plus périlleux encore, il la lui avait laissée toute une nuit pour qu'il en dispose à sa guise.

En songeant au piège qui attendait Maria, il étreignit les accoudoirs de son siège.

Il ne resta assis qu'au prix d'un gros effort de volonté. Le désir de la rattraper était presque irrésistible. Maria menait une existence dangereuse et cela le tarabustait comme une dent malade.

Il ferma les yeux alors que Thompson faisait glisser la lame du rasoir sur sa joue. Tristement, en dépit de son désir de la protéger, il était bien obligé de reconnaître que le plus grand danger pour elle en ce moment, c'était lui-même.

Maria s'appuya au dossier de sa chaise et balaya du regard la petite salle à manger. En face d'elle, Simon suivait des yeux les évolutions de la jolie servante. L'auberge où ils avaient passé les quelques nuits précédentes était confortable et chaleureuse, et pas seulement à cause du feu qui pétillait dans la cheminée et des tapis répandus sur le sol.

— Elle s'intéresse à toi aussi, commenta Maria avec un sourire lorsque la servante fut partie.

— Possible, admit Simon en haussant les épaules. Mais, étant donné les circonstances, je ne peux pas me permettre d'en profiter. Nous touchons au but, ma douce, je le sens.

Après quatre jours de recherche et d'enquête, ils avaient fini par dénicher un marchand ambulant qui avait entendu parler d'une gouvernante qui venait juste d'arriver en ville. Et, pas plus tard que cet après-midi, ils avaient découvert l'endroit où elle travaillait. Personne ne savait rien à propos de la jeune fille qu'elle devait instruire, mais Maria espérait de tout son cœur qu'il s'agissait d'Amelia. Les

renseignements recueillis ces derniers temps suggéraient que c'était le cas.

— Tu as travaillé sans relâche depuis plusieurs
jours, mon cher Simon. Tu mérites de souffler un
peu.

— Et toi, quand vas-tu te reposer ? demanda-t-il.
Elle soupira.

— Tu as déjà beaucoup fait pour moi, tu m'as
consacré du temps, tu m'as encouragée et soutenue.
Prends tout le plaisir que tu peux, ne t'en prive pas
pour moi. Ce n'est pas cela qui m'aidera. Je suis
heureuse quand je te sais heureux.

— Mon bonheur est intimement lié au tien.

— Alors, tu es bien à plaindre. Arrête. Amuse-
toi !

En riant, Simon tendit le bras par-dessus la table
et posa sa main sur la sienne.

— L'autre jour, tu m'as demandé si je savais à
quel point tu m'appréciais. À mon tour de te
demander si tu sais à quel point j'ai besoin de ton
affection. Tu es la seule personne que j'aie jamais
rencontrée – homme ou femme – qui me veuille
sincèrement du bien. Tout ce que je fais pour toi,
je le fais par gratitude, et parce que, moi aussi, j'ai
envie de te voir heureuse.

— Merci.

Simon était d'une loyauté sans faille et franc,
deux qualités qu'elle admirait et dont elle avait
grand besoin. Elle comprenait ce qu'il ressentait. Il
remplissait dans sa vie le même rôle qu'elle-même
dans la sienne. Simon était la seule personne qui
tenait à elle.

Il lui tapota la main avant de s'adosser à sa
chaise.

— Les hommes qui sont arrivés de Londres aujourd'hui surveillent la maison. Demain, quand il fera jour, nous irons nous-mêmes.

— Je suis d'accord, nous pouvons attendre demain matin.

En souriant, elle ajouta :

— Ce qui veut dire que la nuit est à toi. Fais-en ce que tu veux.

Au même moment, la servante revint avec un pichet d'eau fraîche. Maria adressa un clin d'œil à Simon, qui éclata de rire.

— Excuse-moi, dit-elle en faisant mine de bâiller derrière sa main. Je vais aller me coucher. Je tombe de fatigue.

Simon se leva, contourna la table, lui tint sa chaise tandis qu'elle se levait et lui baisa la main. Une lueur amusée dans le regard, il lui souhaita bonne nuit. Heureuse pour lui, Maria retourna dans sa chambre, où Sarah l'attendait pour l'aider à se déshabiller.

Elle avait beau se réjouir pour Simon, il y avait du désagrément à être privée de sa compagnie : elle n'avait plus personne pour la distraire de ses souvenirs de Christopher St. John, l'homme qui lui avait fait éprouver du plaisir contre son gré.

Et qui lui avait fait aimer cela.

Elle pensait si souvent à lui que ç'en était ridicule. Elle mit cela sur le compte de la longue période d'abstinence qui avait précédé. Décida que l'acte en lui-même avait davantage compté que le partenaire.

— Merci, Sarah, murmura-t-elle lorsque sa femme de chambre eut fini de lui brosser les cheveux.

Après une rapide révérence, la domestique se prépara à partir, mais un coup frappé à la porte l'arrêta. D'un geste de la main, Maria la dissuada d'ouvrir et s'empara de son épée. Puis elle se posta près de la porte et autorisa Sarah à répondre d'un hochement de tête.

— Oui ? dit celle-ci.

Maria reconnut la voix d'un de ses hommes. Aussitôt tranquillisée, elle abaissa son arme.

— Va voir ce qu'il veut.

Sarah sortit dans le couloir et revint un instant plus tard.

— C'était John, milady. Il dit que M. Quinn et vous feriez bien de venir avec lui sur-le-champ. Il y a de l'agitation dans de la maison et il craint qu'ils ne se préparent à partir.

— Mon Dieu !

Le cœur de Maria fit un bond dans sa poitrine.

— Va voir en bas si tu peux trouver M. Quinn, ordonna-t-elle à Sarah. J'en doute, mais essaie quand même.

Après le départ de Sarah, Maria s'approcha de la malle posée au pied du lit et se changea de nouveau. Elle s'efforça d'imaginer toutes les situations possibles et réfléchit à la meilleure façon de réagir dans chaque cas – tout en sachant que rien ne se passe jamais comme prévu.

Elle n'avait avec elle qu'une douzaine d'hommes et la plupart seraient assignés à la surveillance des alentours. Au mieux, elle pourrait en garder deux auprès d'elle pour sa protection.

Un petit coup fut frappé à la porte, et Sarah réapparut.

— M. Quinn n'est pas au rez-de-chaussée, dit-elle. Voulez-vous que j'aille voir dans sa chambre ?

— Surtout pas !

Maria boucla la ceinture à laquelle était fixé le fourreau de son épée.

— Quand je serai partie, ajouta-t-elle, informes-en son valet, veux-tu ?

Bottée, culottée, chapeautée, elle pouvait facilement passer pour un garçon, ce qui éviterait des racontars à propos de femmes inquiétantes chevauchant de nuit.

Après un sourire rassurant à Sarah, Maria rejoignit John dans le couloir. Ils sortirent par-derrière, où des chevaux les attendaient.

La porte de service s'ouvrit comme par magie et Christopher pénétra sans bruit chez Maria. Celui de ses hommes qui s'était fait engager comme valet de pied quelques jours plus tôt se tenait devant lui. Si Maria avait été là, il n'aurait pas été choisi, mais elle était absente depuis une quinzaine de jours. Christopher avait débauché trois de ses valets de pied en leur offrant des emplois mieux payés ailleurs. En désespoir de cause, la gouvernante avait dû décider seule.

D'un hochement de tête, il salua le travail bien fait, prit la bougie que lui tendait son homme et s'engagea dans l'escalier en colimaçon. À l'étage, le couloir était joliment décoré, les tapis épais et colorés, les murs ornés d'appliques dorées.

La maison empestait l'argent. Deux maris morts en laissant derrière eux des fortunes permettaient à Maria de mener grand train.

Il avait enquêté sur ses mariages parce qu'elle avait choisi des hommes qui l'intéressaient beaucoup. Le vieux lord Dayton s'était retiré à la campagne avec elle, et le couple n'en avait plus bougé tant qu'avait duré le mariage. Au contraire, avec lord Winter, elle avait habité en ville, où il avait été fier de l'exhiber partout. C'est la mort de Winter qui avait fait naître des soupçons concernant celle de Dayton. Winter était dans la force de l'âge, athlétique, gourmand de tout. Qu'un homme aussi vaillant vienne à mourir de maladie avait paru inconcevable.

Christopher serra les dents à l'idée que Maria ait pu appartenir à un autre homme. Presque une semaine s'était écoulée depuis leur nuit ensemble et il ne pouvait toujours pas passer plus de deux heures sans y penser. Il avait reçu un rapport qui lui rapportait dans les moindres détails l'enquête à Douvres pour retrouver la gouvernante. Pourquoi cette femme était-elle si importante pour Maria ? Qui était-ce pour qu'une crapule comme Templeton ait été engagé pour la retrouver ?

Christopher ouvrit la première porte qu'il rencontra, puis poursuivit l'exploration méticuleuse de la maison. Il ne fut pas ravi de constater que Quinn occupait la suite voisine de celle de Maria. Cela révélait la profondeur de leur attachement.

Il savait qu'ils ne couchaient plus ensemble. Maria avait admis qu'elle n'avait pas fait l'amour depuis un an et son corps avait confirmé ses dires. N'empêche, ce Quinn l'agaçait et, pire encore, il ne comprenait pas pourquoi.

Tandis qu'il fouillait dans les tiroirs et les armoires de Quinn, l'humeur de Christopher s'assombrit davantage. L'abondance d'armes, de lettres énigmatiques, ainsi qu'une malle pleine de masques et de déguisements suggéraient que le bonhomme n'était pas qu'un simple ami de cœur.

Christopher sortit de la chambre de Quinn, traversa le salon commun et entra dans le boudoir de Maria. D'emblée, il perçut son parfum aux délicates nuances fruitées. Sa verge commença par tressaillir, puis se gonfla légèrement.

Il jura entre ses dents. Il n'avait pas été victime d'une érection intempestive depuis l'adolescence. Cependant, cela faisait une semaine que ses compagnes de lit ne le satisfaisaient plus.

Aucune des femmes de son entourage ne lui avait permis d'atteindre un plaisir aussi intense qu'avec Maria. Même ses deux visites au bordel de la délicieuse Emaline Stewart n'avaient servi à rien. Trois des plus belles protégées de la célèbre maquerelle lui avaient prodigué leurs soins experts jusqu'au matin, deux nuits d'affilée. Il avait fini épuisé mais pas rassasié. Il voulait une femme indomptable et, jusqu'ici, il n'en avait rencontré qu'une.

Levant haut sa chandelle, Christopher fit le tour du boudoir, admirant au passage les différentes nuances de bleu dont Maria l'avait décoré. Curieusement, comparée aux autres pièces, celle-ci était beaucoup plus sobre. Rien n'ornait les murs, à part le portrait d'un couple au-dessus de la cheminée.

Il s'approcha, le bruit de ses pas étouffé par le tapis. Plissant les yeux, il examina avec soin ce qui devait être les parents de Maria. La ressemblance était telle qu'il n'y avait pas d'erreur possible. Mais pourquoi avoir accroché ce tableau ici ? Un endroit où personne d'autre qu'elle ne pouvait le voir.

Quelque chose d'autre lui parut bizarre. Elle chérissait l'image de son vrai père, et pourtant on la disait très proche de son beau-père, lord Welton. Christopher connaissait Welton. C'était un animal à sang froid alors que le père de Maria, à en juger par son regard, était on ne peut plus chaleureux. Les deux hommes n'étaient pas taillés dans la même étoffe.

— Maria, quels sont tes secrets ? demanda-t-il à mi-voix avant d'aller fouiller la chambre voisine.

Son homme aurait pu faire ce travail aussi bien que lui et avec moins de risques, mais il ne supportait pas l'idée que les objets personnels et les vêtements de Maria soient manipulés par un laquais.

Elle était son égale et il la traiterait comme telle. Pour ce qui concernait Maria, il s'occuperait de tout lui-même. Question de respect.

Après avoir attaché leurs chevaux à une vieille clôture, Maria et deux de ses hommes s'enfoncèrent dans l'obscurité. Ils étaient entièrement vêtus de noir, ce qui faisait que même John, avec son mètre quatre-vingt-dix, était difficile à repérer.

Tom prit à gauche, sa courte silhouette disparaissant dans les fourrés. Maria lui emboîta le pas et John ferma la marche. Dans la faible clarté de la lune, ils franchirent lentement la distance qui les séparait de la maison.

À chaque pas, le cœur de Maria battait plus vite. L'anxiété et l'impatience lui faisaient tourner la tête. Le vent refroidissait l'atmosphère et cependant elle transpirait. Malgré les déceptions nombreuses, et de plus en plus insupportables à chaque nouvel échec, elle ne pouvait s'empêcher d'espérer.

La maison était simple, et le jardin laissé à l'abandon, mais la propriété ne manquait pas de charme. Les murs de brique étaient propres, les volets repeints, les allées entretenues. Un livre oublié sur un banc de pierre évoquait des moments de tranquillité au grand air.

La gorge de Maria se serra à la vue de ce paisible tableau qui évoquait exactement le genre de vie insouciante qu'elle aurait rêvé de mener.

Elle imaginait déjà des retrouvailles dans les rires et les larmes lorsque la grosse main de John s'abattit sur son épaule, la forçant à se baisser. Surprise, mais assez expérimentée pour ne pas crier, Maria tomba à genoux. Il eut un mouvement de menton. Elle suivit du regard la direction indiquée et vit qu'on était en train de sortir de l'écurie quatre chevaux et de les atteler à une berline.

— Nos chevaux, murmura-t-elle, les yeux fixés sur les palefreniers qui s'affairaient.

Tom se redressa et rebroussa chemin au pas de course.

Les mains de Maria devinrent tellement moites qu'elle dut les essuyer sur sa culotte. Avec les brigands qui infestaient les routes, aucun voyageur sain d'esprit ne se mettrait en route à une heure pareille. Quelque chose clochait.

À ce moment-là, deux silhouettes apparurent sur le perron. Elles étaient si fines que c'était sans doute des femmes. Le cœur de Maria bondit dans sa poitrine. Elle espéra que la plus petite des deux se tournerait vers elle.

Regarde-moi. Regarde-moi.

Comme par magie, c'est ce qui se passa. La petite regarda dans sa direction. Sous la capuche et dans la faible lueur des lanternes, il était impossible de l'identifier formellement. Des larmes perlèrent au coin des yeux de Maria et roulèrent le long de ses joues.

— Amelia, dit la grande, sa voix portant loin. On se dépêche.

Durant un court instant, Maria se pétrifia, son cœur cessa de battre, ses poumons se vidèrent, et le sang se mit à rugir dans ses oreilles. *Amelia.* Si proche. Plus proche qu'elle ne l'avait été depuis des années. Maria ne la perdrait pas de nouveau.

Elle se leva d'un bond et banda ses muscles, prête à s'élancer.

— John !

— Oui, j'ai entendu, répondit-il en dégainant son épée, qui siffla en sortant de son fourreau. Allons la chercher !

— Dites donc, vous avez vu ce qu'on a là, les gars ?

La voix chantante, derrière eux, les fit tressaillir. Ils firent volte-face, et se retrouvèrent en face de sept hommes diversement armés.

— Un coq et un poussin, s'esclaffa l'homme.

Ses cheveux gras brillaient au clair de lune presque autant que ses yeux.

— Allez-y, les amis, ajouta-t-il. Faites-en de la pâtée !

Maria eut à peine le temps de sortir son épée que le combat s'engagea. Surpassés en nombre, John et elle se défendirent avec ardeur. Dans le silence de la nuit, les lames d'acier s'entrechoquaient en faisant un affreux tintamarre. Leurs adversaires criaient et riaient, assurés de la victoire. Mais ils se battaient pour l'argent et pour le plaisir. Maria, elle, se battait pour quelque chose d'infiniment plus précieux.

Elle ferraillait contre deux hommes en même temps, sur un sol inégal et dans la pénombre. Mais pas un instant elle n'oublia la berline derrière elle qui s'apprêtait à prendre la route. Le bruit de la bataille devait porter jusqu'à eux et les inciter à se presser. Si elle n'en finissait pas très vite, elle allait une fois encore perdre Amelia.

Et soudain, d'autres hommes se jetèrent dans la mêlée, combattant non pas contre elle, mais avec elle. Elle ne savait pas d'où ils sortaient ni qui ils étaient. Elle était juste contente d'avoir récupéré sa liberté de mouvement. Esquivant une attaque, elle pivota et partit en courant vers la berline.

— Amelia ! cria-t-elle, trébuchant sur des mottes de terre, titubant dans des ornières. Amelia, attends !

La petite silhouette s'immobilisa sur le marche-pied et repoussa sa capuche, révélant une jeune fille aux cheveux très noirs. Pas du tout l'enfant dont Maria avait gardé le souvenir, mais c'était bel et bien Amelia.

— Maria ?

Luttant contre l'autre femme, sa sœur essaya de descendre de la berline mais fut poussée de force à l'intérieur.

La portière opposée s'ouvrit et Amelia bascula dehors. Elle peina pour se relever car ses jupes l'entravaient.

Maria accéléra l'allure, trouvant en elle des ressources qu'elle ignorait posséder. Elle était presque arrivée, la berline quasiment à portée de main, lorsqu'elle reçut un grand coup dans le dos. Son épée lui échappa et elle se retrouva à terre.

Écrasée sous le poids d'un homme, elle ne pouvait plus respirer, ses poumons s'étant vidés sous la violence du choc. Elle laboura le sol de ses doigts, se brisa quelques ongles, les yeux rivés sur Amelia, qui se débattait comme elle.

— Maria !

Elle se défendit avec l'énergie du désespoir contre l'homme qui la plaquait au sol. Et ressentit soudain une douleur atroce dans l'épaule. Une lame plongea dans sa chair, non pas une fois mais deux.

Puis, miraculeusement, elle fut délestée du poids qui pesait sur elle. Hoquetant le nom de sa sœur, elle tenta de se relever, mais elle était clouée au sol par la lame qui lui transperçait l'épaule. Bouger provoqua une souffrance intolérable.

Un supplice digne de l'enfer. Et puis, plus rien.

7

— Nous avons un navire qui accoste la nuit prochaine à Deal.

Christopher regarda par la fenêtre de son bureau tout en massant son cou endolori. Dans la rue en contrebas les fiacres passaient en toute hâte car personne ne souhaitait s'attarder plus que nécessaire dans ce quartier.

— Tout est prêt ? ajouta-t-il.

— Oui, répondit Philip dans son dos. Les carrioles et les chevaux sont sur place. Le transport pourra commencer sans attendre.

Christopher hocha la tête avec lassitude. Il manquait de sommeil. S'activer jusqu'à l'épuisement ne résolvait pas ses problèmes, dans lesquels Maria entrait pour une large part.

— Ce cargo est une superbe prise, d'après ce que j'ai entendu, reprit Philip.

— Oui. Je suis très content, répondit Christopher, qui tolérait parfois les questions indiscrètes.

Mettre le rhum en petits fûts et emballer le thé de contrebande prendrait du temps, mais ses hommes travaillaient vite et bien, et sa marchandise était toujours revendue avant celle de ses rivaux.

On frappa à la porte et il donna la permission d'entrer. Sam apparut, serrant son chapeau contre sa poitrine, un geste qui trahissait sa nervosité. Sam étant l'un des quatre hommes chargés de suivre Maria, Christopher se raidit.

— Qu'est-ce qu'il y a ? demanda-t-il.

Sam grimaça et passa la main dans son abondante chevelure rousse.

— Il y a eu une escarmouche et...

— Elle est blessée ?

Tous ses muscles se crispèrent et des images de son corps délicieux lui revinrent en mémoire. Elle était si petite, si fine...

— Ouais ! Deux coups de couteau à l'épaule gauche, dont un qui a traversé.

— Votre mission était de veiller sur elle, articula Christopher d'une voix plus calme encore, signe d'une colère grandissante. Vous étiez quatre et vous avez échoué ?

— Elle est tombée dans une embuscade. Et ils étaient plus nombreux que nous.

Christopher se tourna vers Philip.

— Fais atteler ma berline.

Sam se hâta d'intervenir.

— Elle est ici. En ville.

— Répète-moi ça, murmura Christopher tandis que son cœur s'emballait. Elle a voyagé avec l'épaule en charpie ?

Sam fit une nouvelle grimace et hocha la tête.

Christopher montra les dents et un grondement remonta du plus profond de sa poitrine.

— Je fais seller votre cheval, dit Philip avant de sortir en courant.

— Tu aurais dû la forcer à rester au lit et envoyer quelqu'un me chercher, siffla Christopher en foudroyant Sam du regard.

— C'est un miracle que je sois là pour vous raconter toute l'histoire, répliqua ce dernier en triturant son chapeau. Lorsqu'on l'a ramenée à son auberge, l'Irlandais est devenu fou de rage.

Il se gratta la tête et lâcha :

— Il a fichu la trouille à Tim ! Tim tremblait, je vous le jure. Et Tim serait capable de rire au nez du diable !

— Quinn n'était pas là quand l'attaque a eu lieu ?

Sam secoua la tête.

Les poings serrés, Christopher gagna la porte au pas de charge, obligeant Sam à faire un bond de côté pour lui céder le passage. Une fois dans le couloir, il s'arrêta sur le seuil du salon, où une douzaine de ses hommes jouaient aux cartes.

— Avec moi, lança-t-il avant de dévaler l'escalier jusqu'au vestibule.

Il attrapa sa redingote et son chapeau, et sortit par la porte principale. Un instant plus tard, il était en selle et les autres jaillissaient des écuries où leurs montures étaient toujours prêtes à partir.

Tandis qu'ils chevauchaient de St. Giles à Mayfair, les mendiants et les prostituées cédaient peu à peu la place à des vendeurs et à des passants. Tout le monde saluait joyeusement Christopher en agitant la main ou en soulevant son couvre-chef. Il répondait en touchant le bord de son chapeau d'un geste machinal, toutes ses pensées tournées vers Maria.

Plus tard, lorsqu'il se serait assuré qu'elle allait bien, il se ferait raconter les événements dans les moindres détails par chacun des quatre hommes qui y avaient participé. Il aurait une discussion avec eux, jusqu'à ce qu'il ait trouvé l'erreur, afin d'en tirer la leçon. Quant à ces quatre incapables, il ne leur confierait probablement plus jamais de missions importantes.

D'autres à sa place auraient pris des mesures disciplinaires plus brutales, mais que faire ensuite de quatre estropiés ? En leur montrant qu'ils avaient perdu sa confiance, il obtiendrait un meilleur résultat. Lorsque la violence était nécessaire, il n'hésitait pas à y recourir, mais il n'en avait pas besoin pour se faire obéir de ses hommes.

Arrivé devant la demeure de lady Winter, il descendit de cheval pendant que deux de ses hommes tenaient en respect les serviteurs. Croisant le majordome, Christopher lui fourra dans les mains son chapeau et ses gants et grimpa l'escalier deux à deux.

Le temps qui s'était écoulé entre le moment où il avait appris la blessure de Maria et son arrivée devant sa chambre fut prodigieusement court, mais encore trop long à son goût. Il poussa la porte à la seconde même où Quinn entrait dans le salon, venant de ses propres appartements.

— Par Dieu ! rugit l'Irlandais. Un pas de plus et je vous tue de mes propres mains.

Christopher fit signe aux hommes qui le suivaient.

— Occupez-vous de ça, leur dit-il en désignant Quinn.

Puis il ferma la porte tandis que dans le salon se faisaient entendre des bruits de bagarre.

Il respira à pleins poumons le parfum de Maria et poussa le verrou. Il hésitait à se retourner. Savoir qu'elle était blessée le mettait sens dessus dessous.

— Vous avez de la chance que je sois trop lasse pour vous corriger, monsieur St. John.

Elle s'était exprimée d'une voix haletante. Faible, mais néanmoins belliqueuse. Se retournant, il la trouva perdue au milieu d'un grand lit, le teint pâle et le front plissé par la douleur. Vêtue d'une fine chemise de nuit garnie de dentelles au col et aux poignets, la tristement célèbre lady Winter avait l'air aussi innocente qu'une jeune fille.

Ses entrailles se serrèrent.

— Christopher, corrigea-t-il, d'une voix si rauque qu'il fut contraint de se racler la gorge.

Il profita de ce qu'il ôtait sa redingote pour se ressaisir.

— Mettez-vous à l'aise, murmura-t-elle.

— Merci.

Il drapa son vêtement sur le dossier d'un fauteuil et vint s'asseoir sur le bord du lit, tout près d'elle.

— Vous n'avez pas l'air bien, commenta-t-elle.

— Ah, oui ? fit-il en haussant les sourcils. Il me semble que j'ai meilleure mine que vous.

Elle esquissa un sourire.

— C'est absurde. Vous n'êtes pas vilain, je vous l'accorde, mais je suis beaucoup plus jolie.

Il sourit à son tour et lui prit la main.

— Là, ce n'est pas moi qui dirai le contraire.

Un fracas dans la pièce voisine, suivi d'un juron, fit tressaillir Maria.

— J'espère que vous avez assez d'hommes là-dedans. Simon est de mauvais poil et je l'ai vu affronter une petite armée à lui tout seul.

— Oubliez-le, dit-il d'un ton un peu brusque. Je suis près de vous. Pensez plutôt à moi.

Elle ferma les yeux, révélant des paupières délicates parcourues de petites veines pourpres.

— Je n'ai rien fait d'autre depuis plusieurs jours.

Il fut surpris par cet aveu et se demanda s'il devait la croire ou non. Et à supposer qu'il la croie, que devait-il en penser ? Il la regarda d'un air soucieux.

— Vous avez pensé à moi ?

Sans réfléchir, il tendit la main et repoussa doucement derrière son oreille des petites mèches folles. Puis il caressa la peau satinée de sa joue d'un doigt léger. La bouffée de tendresse qu'il ressentit le prit de court. Il eut presque envie de se lever et de quitter la pièce pour retourner chez lui, où tout était si familier et réglé comme du papier à musique.

— J'ai vraiment dit cela tout haut ? murmura-t-elle d'une voix un peu pâteuse. Que je suis sotte ! Ne faites pas attention à moi. C'est à cause du laudanum, sûrement.

Ce revirement incita Christopher à se rapprocher. Il se pencha sur elle comme pour l'embrasser, s'arrêta juste avant d'atteindre sa bouche. À cette distance, le parfum suave de sa peau agissait comme un philtre.

— Allez-y, souffla-t-elle, toujours combative malgré sa faiblesse.

Il ne put s'empêcher de sourire. Du coup, elle sourit aussi. Il fut heureux de constater qu'il avait le pouvoir de lui faire oublier sa souffrance.

— Je vous attends, murmura-t-il.

Elle eut un moment d'hésitation, bref et éloquent. Puis elle souleva la tête, franchissant l'infime distance qui les séparait jusqu'à ce que ses lèvres se pressent doucement sur celles de Christopher. Ce baiser, pour innocent qu'il soit, le foudroya, et son cœur se mit à battre à tout rompre.

Incapable de résister, il fit courir sa langue sur sa bouche, recueillant au passage des saveurs d'opium, de cognac et surtout d'exquise féminité. Elle étouffa un petit cri et entrouvrit les lèvres en réponse à son intrusion timide tout en lui agrippant la main. Lorsqu'elle risqua le bout de la langue dans sa bouche, Christopher poussa un grognement.

Même hors de combat, elle était plus forte que lui.

De sa main libre, elle caressa son sexe érigé à travers l'étoffe de sa culotte. Il s'écarta en sursautant et un juron lui échappa.

Son mouvement de recul avait été si brutal que Maria poussa un cri de douleur.

— Pardonnez-moi, dit-il, contrit, en portant sa main à ses lèvres. Pourquoi me toucher ainsi alors que vous n'êtes pas en état d'aller jusqu'au bout ?

Elle ne répondit pas tout de suite. Les yeux fermés, elle s'efforçait visiblement de surmonter la douleur qu'il avait involontairement provoquée.

— Vous n'avez pas dit que vous aviez pensé à moi pendant notre séparation, murmura-t-elle. J'avais envie de savoir.

Dans la pièce voisine, il y eut un bruit de verre brisé, puis quelque chose de lourd heurta le mur. Quinn hurla et quelqu'un lui répondit.

Christopher réprima un grommellement.

— J'ai pris d'assaut votre maison, n'est-ce pas une preuve suffisante que j'avais très envie de vous revoir ?

Elle rouvrit les yeux. Son regard sombre lui apparut insondable, et bien trop morne pour que la cause en soit uniquement sa blessure. Il y lut un désespoir sans nom.

— Les prises d'assaut, on les réserve d'ordinaire à ses ennemis, dit-elle simplement. Encore que votre précipitation soit vraiment flatteuse.

— Et le baiser ? demanda-t-il. Il était comment ?

— À vous de me le dire.

La respiration de Christopher se fit laborieuse, puis, furieux contre lui-même, il se leva et se mit à arpenter la pièce, ce qui ne lui arrivait jamais.

— Voulez-vous un verre d'eau ? demanda-t-il un instant plus tard.

— Non. Allez-vous-en.

Il se figea.

— Je vous demande pardon ?

Maria tourna la tête, posa la joue sur l'oreiller et ferma les yeux.

— Vous m'avez entendue. Allez-vous-en.

Christopher alla récupérer sa redingote. Il n'aimait pas les complications et n'était pas du genre à supplier ou à faire la cour. Les femmes voulaient de lui ou pas. C'était aussi simple que cela.

— Je ne suis pas sûre d'apprécier que vous m'ayez fait suivre par vos hommes, murmura-t-elle.

Il s'immobilisa, la main posée sur sa redingote.

— Vous n'appréciez pas qu'on vous sauve la vie ?

Elle lui fit signe de s'en aller.

Le geste l'irrita. Il avait attendu impatiemment qu'elle revienne et maintenant, parce qu'il ne lui débitait pas les fadaises qu'elle avait envie d'entendre, elle le chassait.

— J'ai pensé à vous, bougonna-t-il.

Maria ne rouvrit pas les yeux, se contentant d'arquer légèrement un sourcil. Il n'y avait qu'elle pour réussir à mettre autant de dédain dans cette imperceptible mimique.

Parce qu'il avait l'impression d'avoir révélé quelque chose qu'il aurait mieux fait de garder pour lui, il ajouta :

— J'avais l'espoir qu'à votre retour nous resterions un jour ou deux au lit. Et j'imaginais que nous passerions le temps agréablement au lieu de nous contenter de rester sagement allongés comme vous le faites en ce moment.

C'était une façon de réduire ce qu'il éprouvait pour elle à du désir et rien de plus. Elle sourit d'un air entendu, pas dupe.

— Combien de fois ?

— Vous voulez dire : Combien de fois aurions-nous fait l'amour ? Eh bien, jusqu'à épuisement.

Elle rit doucement.

— Non, dit-elle. Combien de fois avez-vous pensé à moi ?

— Trop souvent, répondit-il d'un ton bougon.

— J'étais nue ?

— La plupart du temps.

— Ah bah !

— Et moi, j'étais nu ? demanda-t-il d'une voix rauque.

— Chaque fois. On dirait que je suis plus lubrique que vous.

— J'ai plutôt l'impression que nous sommes bien assortis.

119

Maria ouvrit un œil.

— Hmm... fit-elle.

Abandonnant sa redingote, il revint vers elle.

— Cette gouvernante que vous recherchez à grands frais, qui est-ce ?

Il se rassit au bord du lit et lui reprit la main. C'est alors qu'il remarqua qu'elle avait les ongles très courts, des ongles qui, peu de temps auparavant, avaient été assez longs pour lui labourer le dos. Du pouce, il lui caressa le bout des doigts.

— Ce n'est pas elle que je recherche.

Christopher la dévisagea. Malgré sa pâleur, il la trouva belle. Certes, il connaissait beaucoup de femmes séduisantes, mais il n'en imaginait aucune qui ait la force d'endurer la souffrance qui était celle de Maria en cet instant.

— Qui, alors ?

— Vous n'avez pas interrogé vos hommes ?

— Je n'ai pas pris le temps.

— Là, je suis vraiment flattée, dit-elle langoureusement.

Le sourire dont elle le gratifia le frappa comme un coup de poing. L'avait-il déjà vue sourire ? Il ne s'en souvenait pas.

— C'est *vous* que j'interroge, fit-il remarquer.

Elle éluda la question.

— Cette nuance de brun vous va très bien, commenta-t-elle en lui touchant la cuisse d'une main caressante, ses muscles tressaillant sous ses doigts. Vous savez vous habiller.

— Je suis encore plus beau nu, répliqua-t-il.

— J'aimerais pouvoir en dire autant. Malheureusement, j'ai quelques plaies qui ne sont pas du meilleur effet.

— Maria, dit Christopher d'un ton grave en lui étreignant la main, laissez-moi vous aider dans vos entreprises.

Elle le regarda attentivement.

— Pourquoi ?

Parce que je vais devoir vous trahir. Parce que j'ai besoin de me racheter d'une façon ou d'une autre avant.

— Parce que j'en ai les moyens.

— Pourquoi m'aideriez-vous, Christopher ? Qu'avez-vous à y gagner ?

— Faut-il absolument que j'y gagne quelque chose ?

— Je crois, oui, répondit Maria, avant de tressaillir comme la porte de sa chambre encaissait un choc violent.

— Maria ! cria Simon de l'autre côté du battant.

Aussitôt après, il grogna. Puis il y eut le bruit d'une chute. Christopher était obligé de reconnaître que l'Irlandais ne manquait pas de cran. Maria se rembrunit.

— Ils ne vont pas lui faire de mal, n'est-ce pas ? demanda-t-elle. Une petite bagarre, je veux bien. Mais je ne tolérerai pas que cela aille plus loin.

Son inquiétude pour ce Simon avait quelque chose d'agaçant.

— Tout ce que je vous demande, dit Christopher d'un ton acerbe, je vous l'ai déjà dit : je veux pouvoir disposer de vous à ma guise. Pas d'échappatoire. Je vous veux disponible quand je vous veux, pas une semaine plus tard et trop malade pour me recevoir.

— Je préfère peut-être décliner votre offre et me débrouiller seule.

Il émit un petit reniflement dédaigneux.

— Je vous aurais peut-être crue si vous n'aviez pas avoué que vous avez pensé à moi.

— Je n'appartiens à personne.

— En échange de la totale disponibilité que je demande, j'en offre autant. Je viendrai chaque fois que vous m'appellerez. Qu'en dites-vous ?

Maria lui caressa la paume. Un geste innocent, accompli presque sans y penser. Elle avait les yeux dans le vague, la tête ailleurs. Soucieuse, elle se mordillait la lèvre inférieure. De sa main libre, Christopher lui prit le menton.

— La première fois que nous nous sommes vus, à l'opéra, vous avez parlé d'une agence ? lui rappela-t-elle, son haleine chaude sur sa main.

— Pas *une* agence, *l'agence.*

Christopher fut tenté de lui dire de se taire, de ne pas lui révéler des choses dont il pourrait se servir contre elle.

— C'est la vraie raison de votre offre ? poursuivit-elle, la tête inclinée de côté, attentive à sa réaction. Parce que vous avez besoin de moi, et pas seulement pour réchauffer votre lit ?

Il lui lâcha le menton pour suivre du doigt la courbe douce de sa pommette.

— En partie, dit-il. J'ai vraiment envie de vous, Maria Et j'ai vraiment envie de vous aider.

Elle poussa un soupir et referma les yeux.

— Je suis fatiguée, Christopher. Le voyage a été rude. Je réfléchirai à votre offre plus tard.

— Pourquoi avez-vous pris le risque de rentrer, dans l'état où vous êtes ?

Il sentait que la fatigue n'expliquait pas tout. Elle semblait mélancolique et découragée.

Elle rouvrit brusquement les yeux et la manière dont elle se cramponna à sa main en disait long sur ses inquiétudes.

— Welton n'est pas au courant de mes... recherches ni de mes voyages. Si vous voulez vraiment m'aider, j'ai quelque chose à vous demander.

— Que dois-je faire ?

— Où étiez-vous la nuit où j'ai été blessée ?

Il était chez Emaline Stewart, en train d'essayer de se convaincre qu'au lit toutes les femmes se valaient, mais il n'était pas question qu'il l'avoue. Il se renfrogna.

Elle posa la question différemment.

— Ce que vous faisiez cette nuit-là est-il connu de beaucoup de gens ?

Se sentant coupable, ce qui ne lui arrivait pratiquement jamais, il répondit d'une voix sourde :

— Non.

— Seriez-vous prêt à dire que j'étais avec vous si on vous posait la question ?

— Hmm... Oui. Si vous avez de bons arguments.

— Si vous étiez avec une autre femme, je n'ai pas envie de vous convaincre de quoi que ce soit. Je trouverai un autre alibi.

— Seriez-vous jalouse ? hasarda Christopher en souriant car cette idée lui faisait chaud au cœur.

— Aurais-je des raisons de l'être ? rétorqua-t-elle.

Et puis, hochant la tête, elle ajouta :

— Oubliez cela. Les hommes n'aiment pas les femmes jalouses.

— Exact.

Christopher l'embrassa chastement sur la bouche, puis, voyant qu'elle ne cherchait pas à se dérober, il se fit plus pressant. Elle frissonna et entrouvrit les lèvres. Il plongea la langue dans sa bouche. Son sang entra instantanément en ébullition. Même affligée d'une blessure douloureuse, elle acceptait ses tendres attentions comme si elle était incapable de résister.

Il murmura tout contre ses lèvres :

— Mais l'homme que je suis aime l'idée que la femme que vous êtes soit jalouse.

Quelqu'un frappa à la porte qui donnait dans le couloir, les forçant à se séparer.

— Reposez-vous, dit Christopher comme Maria ouvrait la bouche pour répondre. Je vais me rendre utile.

Il se leva et alla ouvrir. Il découvrit Tom, l'air penaud.

— Lord Welton attend dans le salon, dit-il. Philip vous réclame.

Christopher fut aussitôt sur ses gardes. Son visage demeura impassible, mais les rouages de son cerveau se mirent aussitôt à cliqueter.

— J'arrive, dit-il avant de rentrer dans la chambre pour récupérer sa redingote.

— Que se passe-t-il ? demanda Maria, l'air inquiète. Simon va bien ?

Christopher dut prendre sur lui pour ne pas répondre sèchement.

— Je vais aller voir. Mais dites-moi une chose : vous feriez-vous autant de souci si c'était moi à la place de Quinn ?

— Seriez-*vous* jaloux ?

— Aurais-je des raisons de l'être ?

— Oui. Puissiez-vous en crever !

Christopher éclata de rire – un peu par amusement et beaucoup parce ce qu'il trouvait ridicule

124

de s'enticher d'une femme dont le passé, lorsqu'il s'agissait des hommes, était on ne peut plus inquiétant. Elle lui adressa un sourire et il se résigna à son sort. En espérant, sans trop y croire, que la fascination qu'il éprouvait à son endroit finirait par disparaître.

— Laissez-moi le temps de régler un petit problème, ma belle païenne, dit-il en enfilant sa redingote. Ensuite, nous préciserons les termes de notre association. Mais avant cela, je vais prendre des nouvelles de Quinn.

Elle hocha la tête. Sortant par le salon, il s'immobilisa un instant sur le pas de la porte pour admirer le spectacle qui s'offrait à ses yeux : des meubles en miettes et, dans un coin, l'Irlandais ligoté sur une chaise en bois doré. Quinn se mit à grogner furieusement derrière son bâillon en voyant Christopher et se leva, courbé en deux à cause de la chaise. Deux des hommes de Christopher – visages tuméfiés et vêtements déchirés – le forcèrent à se rasseoir.

— Soyez gentils avec lui, les gars, recommanda-t-il mi-figue mi-raisin en balayant du regard la demi-douzaine d'hommes en plus ou moins piteux état affalés parmi les décombres. La dame y tient beaucoup... quoique ses craintes me semblent injustifiées.

Il réussit à ne pas rire tout de suite mais, une fois dans l'escalier, il y laissa libre cours jusqu'à ce qu'il ait atteint le vestibule. Dieu merci, le rez-de-chaussée était en meilleur état que le premier étage.

Philip attendait Christopher au pied des marches.

— Lord Welton est dans le grand salon, annonça le jeune homme. J'ai demandé à la gouvernante d'aller lui parler. Elle lui a expliqué que sa maîtresse était souffrante. Apparemment, il l'a mal pris. La gouvernante a demandé après vous.

Christopher entra dans le petit salon et se tourna vers la femme qui se tenait fièrement près de la fenêtre.

— Que puis-je faire pour vous, madame... ?

— Fitzhugh, répondit-elle, le menton levé.

Des mèches grises, que la chaleur et l'humidité de la cuisine faisaient boucler, encadraient son visage marqué par l'âge mais encore beau.

— Welton a voulu savoir si elle était malade ou blessée, déclara Mme Fitzhugh sans préambule. Je ne l'aime pas. C'est un fouineur.

— Je vois. Si je comprends bien, vous préféreriez qu'il ignore l'état de votre maîtresse ?

Elle hocha la tête tout en triturant son tablier blanc de ses mains rougies par les tâches ménagères.

— Milady a donné des ordres très stricts.

— Dans ce cas-là, mettez-le dehors.

— Je ne peux pas. C'est lui qui paie tout.

Christopher marqua un temps d'arrêt. Il avait toujours eu des soupçons, mais ceux-ci venaient de se muer en certitudes : quelque chose clochait. Maria aurait dû subvenir seule à ses besoins et non pas dépendre de la générosité de son beau-père. Il jeta un coup d'œil à Philip, qui hocha la tête. Lui aussi avait compris. Ceci méritait une petite enquête.

Christopher se retourna vers Mme Fitzhugh et l'observa avec attention.

— Des suggestions ?

— Je lui ai dit que vous étiez attendu d'un instant à l'autre et que lady Winter était souffrante.

— Hum... Je vois. Peut-être devrais-je arriver à l'heure dite, non ?

Elle approuva.

— Vous n'êtes pas du genre à être en retard, monsieur St. John.

— Bien sûr que non. Retournez dans le hall, madame Fitzhugh, s'il vous plaît.

La gouvernante se dépêcha de sortir et Christopher s'adressa à Philip :

— Fais dire à Beth que j'ai à lui parler ce soir.

— Je m'en occupe.

Christopher franchit la courte distance qui le séparait du grand salon et y entra sur les talons de Mme Fitshugh comme s'il venait juste d'arriver. En découvrant Welton, il feignit la surprise.

— Bonjour, milord.

Welton était en train de se servir un verre. Il releva la tête. Une lueur de satisfaction, vite dissimulée, s'alluma dans ses yeux émeraude.

— Monsieur St. John.

— Quel bel après-midi pour les visites, milord, commenta Christopher.

Il examina discrètement la tenue de Welton. En dépit de son mode de vie réputé dissolu, le vicomte était l'image même de la vitalité et de la bonne santé, avec ses cheveux de jais et ses extraordinaires yeux verts. Il affichait l'assurance de celui qui est si sûr de la place qu'il occupe dans le monde que rien ne l'inquiète.

— En effet, approuva Welton après avoir bu une gorgée d'alcool. Mais le moment est peut-être mal choisi pour rendre visite à ma belle-fille. On me dit qu'elle n'est pas bien.

— Oh ? Elle était en pleine forme lorsque je l'ai vue avant-hier soir, dit Christopher en laissant échapper un soupir déçu. Elle va sans doute vouloir annuler ce que nous avions prévu cet après-midi. C'est navrant.

— Avant-hier soir, vous dites ? fit Welton, la mine soupçonneuse.

— Oui. Nous avons sympathisé chez lord et lady Harwick, et elle a gentiment accepté mon invitation à dîner.

Christopher eut soin de prononcer les derniers mots avec une pointe de satisfaction toute masculine. Welton comprit le sous-entendu et s'autorisa un sourire suffisant.

— Ma foi, on dirait que la rumeur qu'on m'a rapportée valait ce que valent ordinairement les rumeurs.

Il vida son verre d'un trait et le posa sur la table la plus proche.

— Je vous laisse avec Maria. Je ne voudrais pas me montrer importun. Vous la saluerez de ma part.

— Je vous souhaite une bonne journée, dit Christopher en s'inclinant légèrement.

Welton sourit d'une oreille à l'autre.

— Elle l'est déjà.

Christopher attendit d'avoir entendu la porte se refermer. Puis il retourna dans le vestibule

— Fais-le suivre, ordonna-t-il à Philip avant de remonter auprès de Maria.

Robert Sheffield, vicomte Welton, descendit lentement les marches du perron et se retourna pour regarder la façade de la maison.

Quelque chose clochait.

Bien que les faits disent apparemment le contraire – la gouvernante lui avait juré que les agresseurs étaient des inconnus et St. John venait de lui apprendre qu'il était avec Maria la nuit de l'attaque –, son instinct lui conseillait de se méfier. Qui pouvait vouloir enlever Amelia, à part Maria ? Qui d'autre serait assez hardi pour tenter ce genre de coup de main ? Il n'aurait pas cru Amelia quand elle prétendait ne pas connaître les assaillants, mais la gouvernante avait confirmé ses dires et elle n'avait aucune raison de mentir à celui qui lui payait ses gages.

Robert s'immobilisa sur le marchepied de sa voiture et ordonna à son cocher :

— Au White.

Puis il se laissa tomber sur la banquette et considéra les différentes possibilités. Maria avait peut-être envoyé des hommes pour agir à sa place, ce qui lui aurait permis de rejoindre le lit de St. John. Mais où aurait-elle trouvé l'argent pour financer une telle équipée ?

Il se massa le front car la migraine menaçait. C'était ridicule, à la fin, ce jeu du chat et de la souris. Maria aurait dû lui être reconnaissante de tout ce qu'il avait fait pour elle au lieu de lui jeter sans cesse des bâtons dans les roues. Il l'avait empêchée de moisir à la campagne, il l'avait mariée à des aristocrates fortunés. Elle lui devait sa belle maison et ses robes que toutes les femmes lui enviaient. Et quand lui avait-elle dit merci ?

Jamais. Par conséquent, il allait la mettre en tête de la liste de ses suspects. Mais il n'était pas idiot. Il devait aussi envisager la possibilité que quelqu'un lui en veuille, quelqu'un qui savait que sa fortune reposait sur Amelia. Il détestait l'idée de dépenser de l'argent en vaines recherches – de l'argent qui aurait été mieux employé à ses plaisirs –, mais avait-il le choix ?

Il soupira, se rendant compte qu'il allait lui falloir davantage d'argent s'il voulait maintenir son train de vie actuel. Ce qui signifiait qu'il allait devoir bientôt dénicher un généreux soupirant pour Maria.

8

— Amelia, ne pleurez plus, je vous en supplie.

Amelia remonta la courtepointe par-dessus sa tête.

— Allez-vous-en, mademoiselle Pool. S'il vous plaît !

Le matelas ploya tout près d'elle et une main se posa sur son épaule.

— Amelia, cela me brise le cœur de vous voir aussi désespérée.

— Comment voudriez-vous que je ne le sois pas ?

Elle renifla. Ses yeux la brûlaient comme si elle avait des grains de sable sous les paupières.

— Vous avez vu ce qu'elle a enduré ? reprit-elle. Et comment elle s'est battue pour arriver jusqu'à moi. Je ne crois pas ce que dit mon père. Je ne le crois plus.

— Lord Welton n'a aucune raison de vous mentir, murmura Mlle Pool en lui caressant le dos pour l'apaiser. Lady Winter a une réputation... effroyable. Vous avez vu sa tenue et les hommes à son service. À mon avis, votre père est dans le vrai.

Repoussant la courtepointe, Amelia se redressa et fusilla sa gouvernante du regard.

— J'ai vu son expression, ce n'était pas celle de quelqu'un qui a accepté de l'argent pour ne plus s'approcher de moi. Elle n'a pas l'air d'un monstre qui ne songerait qu'à faire de moi une courtisane ou je ne sais quoi d'autre, comme mon père le prétend.

Mlle Pool s'assombrit. Sous ses sourcils blonds, ses yeux bleus étaient remplis d'incertitude.

— Je ne vous aurais pas empêchée de lui parler si j'avais su que c'était votre sœur, dit-elle. Tout ce que j'ai vu, c'est un jeune homme qui courait vers vous. J'ai pensé que c'était un amoureux. Si vous aviez pu échanger quelques mots avec elle, vous n'auriez peut-être plus la moindre illusion sur sa force de caractère. Je ne suis pas certaine qu'avoir menti à lord Welton était une bonne idée.

— Je vous remercie de n'avoir rien dit à mon père, murmura Amelia en pressant la main de la gouvernante entre les siennes.

Le cocher et les valets de pied avaient tenu leur langue, eux aussi. Ils la connaissaient depuis qu'elle était toute petite, et avaient de l'affection pour elle. Certes, ils ne l'auraient jamais laissée s'enfuir mais, à part cela, ils faisaient tout ce qui était en leur pouvoir pour lui rendre la vie agréable. Sauf Colin, le valet d'écurie, qui passait son temps à l'éviter ou à lui lancer des regards mauvais.

— Vous m'avez suppliée, rappela Mlle Pool en soupirant. Et je n'ai pas eu la force de refuser.

— Il n'y a pas de mal à lui avoir menti. Je suis ici dans le Lincolnshire avec vous.

Au fond de son cœur, Amelia craignait que, si son père venait à apprendre ce qu'avait fait Maria, sa vie ne change du tout au tout. Et certainement pas en mieux.

— Je lis les journaux, Amelia. Lady Winter a un mode de vie qui n'a rien d'exemplaire. Même si votre père a un peu, euh... embelli les choses – ce dont je doute après ce que j'ai vu –, vous devez admettre qu'elle n'aurait certainement pas une bonne influence sur vous.

— N'insultez pas Maria, mademoiselle Pool, dit Amelia d'un ton sec. Nous ne la connaissons pas assez pour en dire du mal.

La gorge d'Amelia se serra au souvenir de la grosse brute qui avait plaqué Maria sur le sol avant de la poignarder. Les larmes qui perlaient au bord de ses cils tombèrent sur les fleurs qui ornaient sa robe.

— Seigneur, j'espère qu'elle va bien.

Jusqu'ici, Amelia avait toujours cru que son père la protégeait de Maria. À présent, elle ne savait plus à quel saint se vouer. La seule chose dont elle était certaine, c'est qu'il y avait eu dans la voix de sa sœur des accents de désespoir impossibles à contrefaire.

Mlle Pool la serra contre elle, lui offrant une épaule pour pleurer, ce qu'Amelia accepta avec empressement. Elle savait que sa gouvernante ne resterait pas longtemps. Son père en changeait chaque fois qu'il la faisait déménager, c'est-à-dire au moins deux fois par an. Rien dans sa vie n'était permanent. Ni cette jolie maison avec son charmant jardin. Ni cette chambre aux tentures fleuries, de cette nuance de rose qu'elle préférait.

Elle interrompit le cours de ses pensées.

Une sœur, c'était pour toujours.

Pour la première fois depuis des années, elle se rendit compte qu'elle n'était *pas* une orpheline. Il y avait quelqu'un en ce bas monde prêt à mourir pour elle.

Car Maria avait risqué sa vie pour tenter de lui parler. Ce n'était pas comme son père, dont elle n'avait de nouvelles que par des tiers.

Soudain, quelque chose venait d'éclore en elle, même si elle ne savait pas encore très bien quoi. Il faudrait qu'elle essaie d'y voir plus clair. Ensuite, elle agirait. Après des années qui n'avaient été qu'une succession de journées vides et ennuyeuses, elle avait désormais l'espoir que sa solitude prenne fin.

Elle pleura de nouveau, mais de soulagement.

Maria regarda le ciel de lit et essaya de rassembler ses forces en prévision de la douleur qu'elle ne manquerait pas de ressentir quand elle bougerait. Il fallait qu'elle voie Simon. Elle savait qu'il était capable de prendre soin de lui-même, mais elle savait aussi qu'il s'inquiéterait pour elle et elle ne voulait pas le laisser se ronger les sangs.

Elle était sur le point de sortir du lit lorsque la porte du couloir s'ouvrit sur St. John. Une fois de plus, elle eut le souffle coupé. Il était certes très beau, mais c'était son assurance qui le rendait séduisant. Simon partageait ce trait avec lui, mais là où ce dernier explosait d'une passion tout irlandaise, Christopher était tout en retenue, ce qui le rendait plus dangereux.

— Restez tranquille ou je vous donne la fessée, grinça Christopher.

Maria se retint de sourire. Le farouche pirate était un peu mère poule. C'était charmant. Cela compensait son côté autoritaire et cassant. Elle adorait le taquiner, sachant qu'elle avait le don de le mettre hors de lui.

— Je voulais me montrer à Simon, qu'il sache que je vais bien.

Avec un soupir agacé, Christopher alla ouvrir la porte du salon et lança d'une voix forte :

— Lady Winter se porte bien. Tu as compris, Quinn ?

La question de Christopher fut saluée par des grognements furieux. Ce dernier se retourna et regarda Maria d'un air arrogant.

— Là ! Vous êtes contente ?

— Simon chéri ? cria-t-elle en grimaçant car emplir d'air ses poumons avait rallumé le feu dans son épaule.

Pour toute réponse, elle n'obtint que des raclements de pieds de chaise.

Christopher demeura planté là, un sourcil arqué.

— Vous aviez vraiment besoin de le ligoter ? demanda Maria.

Le second sourcil se hissa au niveau du premier.

— Je devrais faire quelque chose pour lui, murmura-t-elle avant de se mordiller la lèvre.

Christopher claqua la porte, se débarrassa de sa redingote et vint reprendre sa place au bord du lit. Maria remarqua que ses vêtements avaient l'air de le gêner aux entournures. Elle l'imagina en bras de chemise sur le pont d'un de ses navires et frissonna.

Il esquissa un sourire, comme s'il avait deviné ses pensées.

— Je n'ai pas envie de le ménager, votre cher Simon. Il aurait dû veiller sur vous. Il n'a pas été à la hauteur de sa tâche.

— Il ignorait que j'étais sortie.

— Quoi ?

Elle confirma d'un hochement de tête. Il ricana.

— C'est d'autant plus idiot de sa part qu'il aurait dû s'y attendre. Il devrait vous connaître mieux que moi, et moi, je m'y serais attendu.

— Je n'y serais pas allée si j'avais prévu le danger, se défendit-elle.

Mais alors, elle n'aurait pas vu Amelia. Cela avait peut-être mal fini, mais elle était rentrée avec de nouvelles raisons d'espérer. Amelia allait bien et elle était toujours en Angleterre.

— Ceux qui vivent comme nous doivent toujours prévoir le danger, Maria, murmura Christopher en lui caressant le dos de la main. Il ne faut jamais baisser sa garde.

Elle essaya de ne pas se laisser attendrir par sa gentillesse. Machinalement, son regard dériva vers la porte, comme si elle cherchait une issue.

— Welton est passé.

Elle tourna vivement la tête et regarda Christopher droit dans les yeux – des yeux bleu nuit, insondables. Cet homme-là savait garder pour lui ses pensées. Elle était sûre, en revanche, qu'il avait perçu son affolement.

— Il voulait savoir si vous étiez blessée.

Elle accusa le coup.

— Mais, enchaîna Christopher, je lui ai dit qu'avant-hier soir nous avions dîné ensemble et que vous étiez en excellente forme.

— Avant-hier soir, répéta-t-elle.

Il se pencha et lui caressa la joue de sa main libre. Il ne semblait pouvoir s'empêcher de la toucher, d'une façon ou d'une autre, et elle trouvait cela très agréable. Elle se débrouillait seule depuis si longtemps, c'était bon d'avoir quelqu'un qui s'occupait d'elle.

— J'ai dit que je vous aiderais, rappela-t-il.

Mais elle sentait que quelque chose le tracassait. Ce n'était pas seulement parce que la situation était nouvelle pour lui et qu'il était dépaysé. Tant qu'elle ne saurait pas ce que c'était, elle ne pourrait pas lui faire confiance, surtout à propos de quelque chose d'aussi important que ses recherches concernant Amelia.

Aussi se contenta-t-elle de hocher la tête pour signifier qu'elle n'avait pas oublié sa promesse de réfléchir à sa proposition. Puis elle ferma les yeux.

— Je suis vraiment fatiguée, murmura-t-elle.

La moitié gauche de son corps, depuis l'épaule jusqu'à la hanche, était douloureuse.

Elle devina que Christopher se rapprochait, puis elle sentit son souffle lui caresser les lèvres. Il s'apprêtait à l'embrasser, l'un de ses frôlements légers mais suprêmement délicieux qui lui faisaient battre le cœur. Elle attendit. Il rit doucement, de ce rire un peu rauque dont elle adorait la musique.

— J'échange un baiser contre un secret, proposa-t-il.

Elle ouvrit un œil.

— Vous surestimez la valeur de vos baisers.

— Peut-être surestimez-vous la valeur de vos secrets, répondit-il du tac au tac.

— Oh ! allez au diable, dit-elle avec un sourire.

Au lieu de cela, il la gratifia du plus étourdissant des baisers.

— Amelia ?

Christopher s'installa confortablement dans le fauteuil près de la fenêtre, jambes croisées, et contempla le jardin en contrebas. La nuit était tombée, mais sa maison et ses environs étaient éclairés et bien gardés. Les haies étaient taillées afin de ne pas offrir de cachettes. Son jardin était comme sa vie – il y avait tout le nécessaire mais pas de place pour le confort ou la fantaisie.

— Oui, c'est ce qu'elle a dit.

— Et c'est la gamine qui a répondu, pas la gouvernante ? Vous en êtes certains ?

Il regarda du coin de l'œil les quatre hommes alignés à quelques pas de lui.

Ils acquiescèrent d'un signe de tête.

— Pourquoi aucun d'entre vous n'a poursuivi la berline ?

Ses hommes se dandinèrent d'un pied sur l'autre, mal à l'aise. Sam se racla la gorge et répondit :

— Vous nous aviez ordonné de protéger la dame. Lorsqu'elle a été blessée...

Il laissa sa phrase en suspens, la ponctuant d'un haussement d'épaules. Christopher soupira. À cet instant, on frappa à la porte. C'était Philip.

— Lord Sedgewick, annonça-t-il.

— Fais-le entrer.

Christopher fit signe aux autres de se retirer, et un instant plus tard Sedgewick pénétrait dans la pièce. Grand, pâle, croulant sous une profusion de dentelle, de bijoux et de satin, c'était l'incarnation du dandy. Que cet homme puisse croire qu'il pouvait imposer sa volonté à Christopher était absurde et risible. Que cet homme traque Maria, il y avait de quoi enrager. Or il n'était pas recommandé de mettre en rage quelqu'un comme Christopher.

— Milord, dit ce dernier en se levant.

— Comment allez-vous, St. John ? Vos chaînes ne vous manquent pas trop ? s'enquit Sedgewick avec un sourire moqueur.

— À votre place, je ferais moins le malin, milord, repartit Christopher en lui désignant le fauteuil en face de celui dans lequel il se laissa choir. Votre position n'est pas moins précaire que la mienne.

— Je suis persuadé que mes méthodes, si peu orthodoxes soient-elles, obtiendront bientôt de louables résultats.

Le vicomte releva les longues basques de son habit avant de s'asseoir.

— Vous avez enlevé le seul témoin dont disposait l'accusation et vous vous en servez pour me forcer à coopérer avec vous, dit Christopher. Un faux témoin, par-dessus le marché. Si la vérité venait à se savoir, ça ferait du vilain !

Sedgewick sourit.

— Je n'ignore pas que vous êtes très populaire parmi les gens du peuple. Mais mon témoin est en sûreté. De toute façon, pour rester libre, il vous suffit de m'apporter des preuves contre lady Winter. Nous attendons de voir si vous allez échouer et retourner en prison ou réussir et nous livrer la dame. Dans un cas comme dans l'autre, j'aurai un motif de satisfaction. Je dois dire que, pour l'instant, c'est la première hypothèse qui me paraît la plus vraisemblable.

— Ah oui ? fit Christopher en dévisageant le vicomte, les yeux étrécis. Et puis-je savoir, je vous prie, comment vous êtes parvenu à cette brillante conclusion ?

— Une quinzaine de jours a passé et l'on ne vous a toujours pas vu en compagnie de lady Winter. Apparemment, vous ne faites pas le moindre progrès.

— Les apparences sont parfois trompeuses.

— Je m'attendais à cette réponse. Quoi qu'il en soit, je vais vous fournir l'occasion de nous prouver que vous ne nous faites pas perdre notre temps, déclara Sedgewick sans se départir de son sourire. Lord et lady Campion organisent un bal masqué après-demain soir. Vous y assisterez en compagnie de lady Winter. J'ai obtenu une invitation pour elle aussi.

— Vous me prévenez deux jours à l'avance, c'est trop court, répliqua Christopher.

— Je suis tout disposé à vous remettre en prison si vous n'y allez pas.

— Je vous souhaite bonne chance, milord.

Ces paroles avaient été prononcées d'un ton léger mais, au fond de lui, Christopher ne trouvait pas cela drôle.

— Le témoin pourrait réapparaître comme par enchantement, observa le vicomte en faisant bouffer les dentelles de ses poignets. Pour une somme rondelette, il dira tout ce qu'on voudra.

— *Tss-tss*, il ne fera pas illusion longtemps devant un tribunal.

— Une fois en prison, vos chances de survie diminueront grandement. Et quand vous serez mort et enterré, plus personne ne cherchera à savoir ce que valait mon témoin.

Christopher demeura impassible mais, intérieurement, il bouillait de colère. Maria était blessée, elle souffrait. Il lui faudrait du temps pour se rétablir. Comment pouvait-il lui demander d'assister à un bal dans son état ?

— Des lettres écrites de sa main ne suffirait-il pas à prouver que je la connais ? hasarda-t-il.

— Non, je veux vous voir ensemble, elle et vous, en chair et en os.

— La semaine prochaine, alors ? proposa Christopher. Peut-être un pique-nique dans le parc ?

Ce serait encore trop tôt mais une semaine valait toujours mieux que deux pauvres petits jours.

— Vous paraissez mal à l'aise, fit remarquer Sedgewick d'un ton narquois. Je vous croyais plus fort que cela. Ma foi, tout le monde peut se tromper. Je ne suis pas habillé pour vous ramener à la prison de Newgate, mais je suis prêt à faire une exception puisque je suis là.

— Vous croyez pouvoir vous emparer de moi dans ma propre maison ?

— Je ne suis pas venu seul. Il y a des soldats en grand nombre dans la ruelle, derrière les écuries.

Que le vicomte crût sérieusement qu'il pouvait entrer ici par la force fit sourire Christopher. Il eut soudain une idée. Comme il l'avait dit un peu plus tôt, les apparences sont parfois trompeuses. Masquée et déguisée, Angelica pouvait peut-être passer pour Maria. Cela valait la peine d'y réfléchir.

— Lady Winter et moi aurons l'honneur de vous saluer au bal chez les Campion dans deux jours, milord.

— Parfait ! s'exclama Sedgewick en se frottant les mains. J'ai hâte de voir cela.

— Je vais le tuer, Maria. Parole d'honneur.

Les allées et venues de Simon autour de son lit l'étourdissaient, alors elle ferma les yeux. Par ailleurs, elle se sentait coupable des sévices que Simon avait subis sur ordre de Christopher, ce qui aggravait encore son malaise. Avec son œil poché et sa lèvre enflée, Simon n'avait certes pas l'air pimpant.

— Pour le moment, j'ai besoin de lui, Simon chéri. Ou, du moins, de renseignements sur lui.

— J'ai rendez-vous ce soir avec le jeune homme qui s'est fait engager chez St. John. Il travaille aux écuries mais il a séduit une femme de chambre. J'espère qu'il aura réussi à lui soutirer des choses intéressantes.

— Franchement, j'en doute, avoua Maria.

Elle ne croyait pas qu'il y ait des bavards parmi les domestiques de St. John. Simon lâcha un juron en gaélique.

— Tu as raison. Chez St. John, les nouveaux serviteurs passent au moins deux ans dans les dépendances avant d'être admis dans la maison. C'est comme cela que St. John s'assure de la loyauté de ses laquais. Quelqu'un qui aurait des idées derrière la tête, comme nous, trouverait l'attente un peu longue. Et puis, on raconte que St. John traite tellement bien ses gens que ceux qui viennent vers lui avec de mauvaises intentions sont vite amadoués.

— Il est habile, il n'y a pas à dire.

— Ne me demande pas de l'admirer ! Ma patience a des limites.

Bougeant un peu dans l'espoir de trouver une position plus confortable, Maria gémit. Au moindre mouvement elle avait l'impression qu'on lui enfonçait des fers rouges dans le côté gauche.

— Ma douce.

L'instant d'après, des mains puissantes mais attentionnées l'aidaient à s'installer.

— Merci, murmura-t-elle.

Des lèvres effleurèrent les siennes. Elle rouvrit les yeux. Simon avait l'air tellement inquiet qu'il faisait peine à voir.

— Cela me navre de te voir ainsi, souffla-t-il en se penchant, une épaisse mèche noire lui tombant sur le front.

— Je serai bientôt sur pied, promit-elle. Avant la prochaine visite de Welton, j'espère. On ne peut qu'espérer que d'avoir vu St. John ici, hier, suffira à le tenir à distance le temps que je me remette.

Simon s'assit dans le fauteuil le plus proche. Sur le guéridon près de lui, il y avait le courrier du jour sur un plateau d'argent. Il y jeta un coup d'œil en maugréant, comme il faisait toujours lorsqu'il était énervé.

— Il y a une lettre de Welton, annonça-t-il enfin.

Maria, qui s'était assoupie, battit des paupières.

— Que dit-il ?

— Un instant.

Il y eut un long silence, un bruit de papier, puis :

— Il tient absolument à te présenter quelqu'un. Demain soir, au bal masqué chez les Campion.

— Dieu du ciel, murmura-t-elle, l'estomac soudain noué. Je suis obligée de décliner cette invitation, évidemment. Je ne peux pas y aller dans cet état.

— Évidemment.

— Demande à mon secrétaire de rédiger une réponse. Il faut dire à Welton que j'ai un autre engagement et qu'en outre St. John ne serait pas le bienvenu chez les Campion.

— Je m'en occupe. Repose-toi. Ne t'inquiète pas.

Maria ferma les yeux et s'endormit en quelques instants.

Ce fut l'odeur du dîner qui la réveilla. Tournant la tête vers la fenêtre, elle vit que la nuit était tombée.

— Comment te sens-tu ? s'enquit Simon, qui était assis dans un fauteuil à son chevet.

Il posa son livre par terre et se pencha en avant, les avant-bras reposant sur ses cuisses.

— J'ai soif, répondit Maria.

Il se leva, et revint quelques secondes plus tard avec un verre d'eau. D'une main, il soutint la tête de Maria et porta le verre à ses lèvres de l'autre. Elle but avec avidité. Lorsqu'elle eut fini, il se rassit, et fit tourner le verre vide entre ses paumes. Les pans de sa robe de chambre de soie noire s'écartèrent, révélant ses cuisses nues.

Elle remarqua sa nervosité.

— Qu'y a-t-il ?

— Welton a répondu, dit-il en faisant la moue.

Maria tressaillit.

— Il n'est pas prêt à se contenter d'un refus ?

Simon secoua la tête.

— Non, et il préfère que tu y ailles seule.

Elle ne serait donc jamais tranquille ! En proie à un profond découragement, Maria se mit à pleurer. Simon fit le tour du lit, s'allongea près d'elle et, veillant à ne pas lui faire mal, il la tint serrée contre lui. Elle pleura et pleura encore, puis sanglota sans plus verser de larmes.

Simon ne cessa de lui murmurer des paroles de consolation, la câlina, pleura avec elle. Pour finir, il ne resta plus aucun espoir, et rien d'autre qu'un grand vide en elle.

Mais le vide a des côtés réconfortants.

— J'ai hâte de voir Welton mort, déclara Simon avec véhémence. Quel plaisir j'aurai à le tuer !

— Une chose à la fois. Peux-tu me trouver une robe qui me cache l'épaule et le cou ?

Il poussa un soupir résigné.

— Je vais m'occuper de tout, ma douce.

L'espoir avait peut-être abandonné Maria, mais rien ne pouvait entamer sa détermination.

Non, Welton n'aurait pas sa peau. Elle ne lui ferait jamais cette joie.

— Tu préfères celle-là ? demanda Angelica en tournoyant avec grâce dans sa robe de taffetas gris argent.

— Arrête de bouger, ordonna Christopher.

Lorsqu'elle s'immobilisa, il constata que la jupe tombait bien, l'ourlet était à la bonne hauteur, la crinoline avait le bon volume. Angelica était un peu plus grande que Maria et sa silhouette n'était pas aussi voluptueuse, mais ce serait facile à dissimuler. Cette robe lui allait mieux que toutes les autres qu'elle avait essayées. La couleur mettait en valeur cette peau mate qu'il trouvait tellement séduisante sur Maria et le corsage lui remontait les seins, les faisant paraître plus gros qu'ils n'étaient. Convenablement coiffée, avec un masque, cela ferait l'affaire.

— Tu devras rester muette, recommanda-t-il. Si on te parle, tu ne réponds pas. Et tu ne ris pas non plus.

La voix d'Angelica ne ressemblait pas à celle de Maria. Et encore moins son rire.

— Sois mystérieuse, ajouta-t-il. C'est un bal masqué.

Elle acquiesça d'un vigoureux hochement de tête.

— Pas parler. Pas rire. Compris.

— Je saurai te récompenser comme il se doit, chérie, dit doucement Christopher. Ta coopération est grandement appréciée.

— Tu sais que je ferais n'importe quoi pour toi. Tu m'as donné un toit et une famille. Je te dois la vie.

Christopher écarta d'un revers de main ce témoignage de gratitude qui l'embarrassait. Il ne savait jamais quoi dire quand ses gens le remerciaient, et préférait donc qu'ils s'en dispensent.

— Tu m'as déjà rendu beaucoup de services. Tu ne me dois rien.

Angelica sourit, s'approcha d'un pas dansant, lui prit la main et la baisa.

— Alors je mets cette robe ?

— Oui. Tu es splendide.

Elle sourit de plus belle avant de regagner la pièce contiguë.

— Je n'aurais jamais le cran d'oser une ruse pareille, avoua Philip, assis près du feu.

— Je n'ai pas le choix, dit Christopher en allumant un cigare à une bougie. Pour le moment, je ne peux pas me permettre de contrarier Sedgewick. Tant que je ne sais pas ce qu'il mijote, mieux vaut lui laisser croire qu'il peut me faire faire tout ce qu'il veut. Cela le tranquillisera, et le rendra peut-être plus accommodant. Pour l'instant, je cherche juste à gagner du temps.

— Je ne connais pas lady Winter, je n'en ai vu que des gravures, mais d'après ce que j'ai entendu dire, elle est unique. C'est difficile d'imiter l'inimitable.

Christopher acquiesça, son regard s'arrêtant un instant sur les lunettes de Philip dans lesquelles se reflétaient les flammes. Ce dernier s'était fait couper les cheveux le matin même – plus court que ne l'exigeait la mode –, ce qui le faisait paraître plus jeune que ses dix-huit ans.

— Très difficile, mais Maria est trop mal en point pour assister à ce bal. Je ne peux pas lui faire courir un tel risque. Si Sedgewick découvre la supercherie, je trouverai le moyen de me justifier. On ne peut nier que Maria et moi sommes...

Christopher soupira, exhalant dans la foulée la fumée de son cigare.

— Quoi que nous soyons, reprit-il, elle admettra me connaître si on le lui demande.

— J'espère que vous avez raison de supposer que personne ne remarquera les différences entre les deux femmes.

— C'est facile de repérer une fraude quand on compare l'original à la copie. Dans le cas présent, cela fait deux semaines que Maria n'a pas paru en ville. Les invités devront se fier à leurs souvenirs.

De toute façon, je n'ai pas l'intention de m'attarder. Dès que Sedgewick nous aura vus, Angelica et moi, nous filerons.

— J'espère que votre plan marchera, dit Philip.

Christopher sourit.

— C'est en général le cas.

9

Tandis qu'ils patientaient dans la file de voitures qui s'étirait devant l'hôtel particulier des Campion, Maria s'appliquait à respirer lentement. Le moindre cahot provoquait une douleur atroce. Le port du corset n'arrangeait pas les choses, et le poids de ses cheveux nattés et enroulés en macarons lui faisait mal à la nuque.

Simon était assis en face d'elle, habillé plus simplement, ses yeux scintillant dans la semi-pénombre.

— Je vais t'attendre, murmura-t-il.

— Merci.

— En dépit des circonstances, tu es ravissante.

Elle sourit d'un air triste.

— Par chance, Welton et moi ne nous parlons jamais longtemps. Je prévois une demi-heure, mais comme il veut me présenter quelqu'un, cela peut prendre un peu plus longtemps.

— Si tu n'es pas revenue dans une heure, j'enverrai un valet te chercher. On t'appellera. Tu n'auras qu'à dire que St. John te réclame.

— Parfait.

Le carrosse tressauta sur les pavés de la cour et s'arrêta de nouveau. Cette fois, la portière s'ouvrit et le valet de pied lui proposa son bras pour l'aider à descendre. Il fut particulièrement attentionné, quoique avec discrétion. Maria le récompensa d'un sourire, puis gravit les marches du perron et entra.

Attendre dans la file des invités fut une torture, faire bonne figure devant les Campion, aussi. Enfin débarrassée des mondanités d'usage, elle ajusta son demi-masque, puis pénétra dans la salle de bal.

Sa jolie robe rose pâle ornée de dentelle et de rubans argent était cachée sous un domino noir. Elle ne possédait aucune robe susceptible de dissimuler sa blessure, il ne lui était donc resté que cette solution. Faute de mieux, elle portait son costume avec aplomb, mais en se faisant aussi discrète que possible. Elle fit prudemment le tour de la salle, se faufilant entre les invités, montrant sans détour qu'elle ne souhaitait pas qu'on l'approche, ce qui, par bonheur, fut efficace.

Elle chercha Welton des yeux. Au-dessus des têtes, trois énormes lustres chargés d'innombrables bougies éclaboussaient de lumière les moulures raffinées et les fresques multicolores du plafond. L'orchestre jouait et les invités évoluaient sur la piste de danse dans une débauche de dentelle, de coiffures extravagantes et de riches étoffes. Les conversations se fondaient en une seule rumeur. Le bruit avait quelque chose de rassurant car il signifiait que personne ne s'intéressait à elle.

Maria commençait à penser qu'elle allait peut-être survivre à l'expédition lorsqu'elle fut bousculée par un maladroit. Une douleur fulgurante lui traversa le flanc gauche, elle réprima un cri, son corps se détournant d'instinct.

— Pardonnez-moi, dit une voix derrière elle.

Se retournant pour affronter celui qui l'avait heurtée, elle se retrouva nez à nez avec un homme dont les yeux s'arrondirent comme s'il la connaissait.

— Sedgewick ! appela un invité corpulent.

Maria reconnut lord Pearson, qui avait la réputation de boire et de parler trop. N'ayant nulle envie de discuter avec lui et encore moins d'être présentée à ce Sedgewick, elle s'éclipsa.

C'est alors qu'elle le vit, son impitoyable amant dont les cheveux d'or brillaient dans la lumière des bougies et dont l'athlétique silhouette était moulée dans un costume de soie crème richement brodé. En dépit de son masque, elle sut que c'était Christopher. Il était penché sur une brunette, sa pose trahissant une affection évidente.

Sa promesse d'exclusivité n'était donc qu'un mensonge !

La douleur à l'épaule céda la place à un autre genre de douleur.

— Ah ! Te voilà !

La voix de Welton, derrière elle, la fit tressaillir.

— Tu veux que je t'envoie la modiste ? ajouta-t-il lorsqu'elle se retourna. Tu n'as rien de plus seyant à te mettre ?

— Que voulez-vous ?

— Et pourquoi diable es-tu si pâle ?

— Une nouvelle poudre. Elle ne vous plaît pas ? demanda Maria en battant des cils. Personnellement, je trouve que cela fait ressortir mon fard à lèvres et mes mouches de taffetas.

— Non, elle ne me plaît pas. Jette-la ! Elle te donne l'air malade.

— Vous me faites de la peine.

Welton la regarda avec un parfait dédain.

— Tu ne vaux rien en ce bas monde sans ta beauté. Je ne te laisserai pas l'abîmer.

L'insulte ne l'affecta pas le moins du monde.

— Que voulez-vous ? répéta-t-elle.

— Te présenter quelqu'un, répondit-il avec un sourire qui la fit frémir. Suis-moi.

Il la prit par la main – la droite, Dieu merci – et l'entraîna à sa suite. Après un silence, Maria trouva le courage de demander :

— Comment va Amelia ?

Le regard scrutateur dont il la gratifia était éloquent. Il n'excluait pas qu'elle soit l'instigatrice de la récente attaque.

— Elle se porte à merveille.

Certes, Maria avait pensé qu'il la soupçonnerait. Mais elle n'avait pas bien anticipé sa réaction. Il redoublerait de prudence, la surveillance autour d'Amelia serait renforcée et il serait d'autant plus difficile de la retrouver.

— Ah ! le voici, murmura Welton avec suffisance.

Du menton, il désigna un homme à quelques pas de là. En dépit de la foule, Maria sut d'emblée de qui il parlait, parce que l'homme en question la fixait d'un regard intense derrière son masque. Il était appuyé contre le mur, les chevilles croisées, en une attitude pleine de morgue et de séduction.

— Le comte d'Eddington, souffla-t-elle.

Un libertin de la plus belle eau. Beau, riche, titré, et réputé pour être excellent partout, y compris au lit.

S'arrêtant abruptement, Maria libéra sa main de celle de Welton et le fusilla du regard.

— Que diable machinez-vous avec lui ?

— Il souhaite faire ta connaissance.

— Vous savez très bien ce qu'il veut.

Un sourire éclaira le visage de Welton.

— Et il est prêt à payer fort cher pour l'avoir. Si tu acceptes, ce sera bon pour ta cassette.

— Quoi ! Vous êtes déjà sans le sou ? lâcha-t-elle.

— Non, non. Mais mes dépenses sont sur le point d'augmenter, ce qui signifie que ta part de la succession Winter risque de s'en trouver entamée. Je croyais que tu me remercierais de veiller sur tes intérêts.

Se rapprochant, elle baissa la voix, sans parvenir toutefois à dissimuler son dégoût.

— Je ne vous dois aucun remerciement.

— Voilà qui ne m'étonne pas, tu n'as jamais été qu'une petite ingrate, dit-il d'un ton doucereux.

Il leva les mains, feignant la crainte, mais rien n'aurait pu réchauffer ce regard vide.

— Je ne suis pas une mère maquerelle, reprit-il. Je me contente de te présenter un homme, c'est tout.

Elle jeta un coup d'œil à Eddington, qui s'inclina légèrement et la gratifia d'un de ces sourires qui avaient causé la perte d'un nombre incalculable de femmes. À part l'exaspérer, ce sourire la laissa de marbre.

— C'est pour cela que vous m'avez empêchée de passer la soirée avec St. John ?

— J'ai vu St. John l'autre jour, rétorqua-t-il. Il m'a paru très entiché. Une nuit sans toi et il ne t'en aimera que davantage.

Maria faillit ricaner. Décidément, St. John était un maître dans l'art de duper son prochain. Et bien sûr, Welton préférait voir les choses telles qu'il voulait qu'elles soient plutôt que telles qu'elles étaient vraiment.

— Cesse de me foudroyer ainsi du regard, ajouta Welton en soupirant comme s'il avait affaire à une enfant capricieuse. Cela ne t'arrange pas. Tu passes pour inaccessible et insatiable, continua-t-il, et c'est précisément ce qui incite les hommes à te courir après. À ton avis, pourquoi t'ai-je permis de garder ton Irlandais ? Parce que sa présence te rend encore plus attirante. Sinon, il y a longtemps que je t'en aurais débarrassée.

Il fallut un moment à Maria pour dominer la fureur que cette menace à l'encontre de Simon avait fait naître en elle. Lorsqu'elle fut de nouveau en état de parler, elle déclara :

— Je propose qu'on en finisse avec cette affaire. Je n'ai pas envie de passer la nuit ici.

— Tu devrais apprendre à t'amuser, murmura Welton en lui reprenant la main.

— J'aurai tout le temps de m'amuser quand vous serez mort, rétorqua-t-elle.

En réponse, le vicomte rit à gorge déployée.

— C'est un vrai palais, chuchota Angelica en écarquillant les yeux derrière son masque.

— La noblesse anglaise n'est pas à plaindre, admit Christopher en scrutant la salle de bal à la recherche de Sedgewick.

— Tu es plus riche que la plupart d'entre eux.

Il la regarda en souriant vaguement.

— Dans mon secteur d'activité, la discrétion est recommandée. Et puis, il y a des façons plus intelligentes de dépenser son argent. Que veux-tu que je fasse d'une salle de bal ? De nouveaux navires, de nouveaux serviteurs me seraient plus utiles.

Angelica secoua la tête en soupirant.

— Tu devrais quand même prendre un peu de bon temps. Tu travailles trop.

— C'est bien pour ça que je suis riche.

Il la prit par le bras et l'entraîna vers le fond de la salle.

— Je comprends que tu sois impressionnée, reprit-il, mais nous perdons trop de temps. Plus on s'attarde, plus on risque d'être découverts.

Ils ne passaient pas inaperçus. C'était inévitable. Angelica était jolie, et lui, il avait fait l'erreur de ne pas mettre de perruque. Il avait espéré que cela permettrait à Sedgewick de le reconnaître plus facilement. Mais à présent, il redoutait que tout le monde le reconnaisse sauf l'homme qu'il cherchait.

Tandis qu'il continuait à parcourir la salle du regard, il remarqua ceux qui avaient revêtu des dominos et regretta de ne pas avoir fait la même chose. En vérité, il aurait surtout voulu être ailleurs. N'importe où, mais de préférence avec Maria.

Il s'immobilisa un instant, son attention retenue par lord Welton et la femme avec laquelle il discutait. Elle se tenait raide, le menton levé. Quel que soit le sujet de leur conversation, elle n'avait pas l'air de l'apprécier.

Philip enquêtait activement sur le passé du vicomte, mais ce genre de recherches prenait du temps. D'ordinaire, Christopher était patient. Pourtant, cette fois-ci, il était pressé de savoir à quoi s'en tenir sur le beau-père de Maria.

— Beth dit que lord Welton est charmant mais qu'il est parfois brutal avec elle, murmura Angelica qui avait suivi la direction de son regard.

— Welton est un égoïste de la pire espèce, ma chérie. J'en ai parlé à Bernadette. Elle va faire en sorte qu'il aille assouvir sa brutalité ailleurs qu'avec notre Beth.

— Elle m'a dit que tu lui avais permis de ne plus le voir.

Christopher haussa les épaules.

— Je ne suis pas un pourvoyeur de chair fraîche, tu le sais bien. Je demande des faveurs, je n'exige rien. Et je ne veux surtout pas que Beth soit malheureuse.

Il s'intéressa de nouveau à Welton, et tomba soudain en arrêt. La femme en conciliabule avec le vicomte lui était familière. Il connaissait cette silhouette, ces cheveux noirs brillants, ce farouche port de tête. Son cœur se mit à battre à coups redoublés.

— Nom de Dieu ! lâcha-t-il entre ses dents, convaincu que Welton parlait avec Maria.

Mais il n'était pas homme à se contenter d'une impression. Il lui fallait des preuves.

Il se remit en marche, aussi vite que le lui permettait la foule. Il ne cherchait plus Sedgewick mais le meilleur point de vue pour confirmer ses soupçons. Welton prit son interlocutrice par le bras et l'emmena vers...

Christopher tourna la tête et découvrit un homme qui les regardait approcher avec intérêt. Le comte d'Eddington. Celui que quantité de femmes recherchaient, pour son titre, mais aussi pour son physique incontestablement avantageux.

Par Dieu, Maria avait-elle l'intention de lui parler ? Était-ce lui, le prochain mari ? Eddington était un célibataire endurci, mais Maria avait de quoi inciter un moine à briser ses vœux. Ses appas faisaient l'objet de débats, certains prétendant que les mérites d'un mariage avec une telle femme compenseraient amplement les périls qu'il ferait courir à leur longévité.

À cette pensée, il serra les dents.

Accélérant le pas, Christopher fendit la foule, Angelica s'accrochant désespérément à sa main. Il serait bientôt assez près de la femme pour savoir si c'était Maria.

Soudain, quelqu'un lui bloqua le passage.

— Poussez-vous, gronda-t-il en se dévissant le cou pour ne pas perdre Welton de vue.

— On est pressé ? s'enquit Sedgewick, sarcastique.

Christopher eut encore le temps de voir Eddington porter la main gantée de la femme à ses lèvres, avant de l'entraîner hors de la salle de bal.

— Lady Winter, murmura Eddington, son regard noir plongé dans celui de Maria tandis qu'il lui baisait la main. C'est un plaisir.

Elle s'arracha un sourire.

— Lord Eddington.

— Comment se fait-il que nous n'ayons encore jamais eu l'occasion de faire connaissance ?

— Vous êtes très demandé, milord, ce qui vous laisse peu de temps à perdre avec des gens comme moi.

— Le temps passé avec une jolie femme comme vous n'est jamais perdu, répondit-il en l'étudiant avec attention. Si vous pouviez m'accorder un instant, j'aimerais vous parler en privé.

— Pour ce que nous avons à nous dire, je ne crois pas que ce soit nécessaire.

— Vous pensez que j'ai l'intention de me jeter sur vous ? dit-il avec un demi-sourire tout à fait charmant. Et si je vous promets de ne pas m'approcher à moins de trois pas ?

— Je décline toujours votre offre.

Il se pencha et dit à voix très basse :

— L'agence s'intéresse beaucoup à vous ces temps-ci, lady Winter.

À voir son visage impassible, on aurait pu croire que le comte parlait de la pluie et du beau temps.

Maria étrécit les yeux.

— Et maintenant, êtes-vous disposée à me parler en privé ? demanda Eddington.

N'ayant pas vraiment le choix, Maria hocha la tête, et se laissa conduite hors de la salle de bal. Ils croisèrent de moins en moins de gens à mesure qu'ils s'éloignaient. Finalement, ils tournèrent dans un couloir et puis, après un bref coup d'œil par-dessus son épaule pour s'assurer qu'ils n'étaient pas suivis, Eddington poussa une porte.

Le temps que ses yeux s'accoutument à l'obscurité, Maria se rendit compte qu'ils se trouvaient dans un grand salon rempli d'innombrables fauteuils, chaises et guéridons.

— À quel jeu jouez-vous au juste ? demanda-t-elle en se tournant vers Eddington, qui avait refermé la porte et poussait le verrou.

Son costume gris perle se fondait dans l'ombre, mais ses yeux brillaient dangereusement dans la pâle clarté lunaire.

— Après la mort des agents Dayton et Winter, dit-il, on vous a soupçonnée de trahison.

Maria ravala sa salive. Par chance, l'obscurité dissimulait son embarras.

— Je sais.

— Vous êtes toujours suspecte, ajouta-t-il.

— Qu'attendez-vous de moi ? demanda-t-elle en s'asseyant dans le fauteuil le plus proche.

— J'ai parlé avec lady Smythe-Gleason hier soir. Elle m'a appris incidemment qu'elle vous avait vue en conversation avec Christopher St. John à la réception chez les Harwick.

— Oh ? Je parle avec beaucoup de gens. Je ne me souviens pas de tous.

— Lady Smythe-Gleason a prétendu que vous aviez l'air de très bien vous entendre.

Maria eut un rire moqueur. Eddington prit place en face d'elle.

— Nous avions un témoin contre St. John. Ce témoin a disparu, ce qui a grandement facilité sa remise en liberté. L'agence suspecte St. John d'avoir trempé dans l'affaire, mais, à mon avis, le coupable est quelqu'un de chez nous. Un agent vendu à St. John, ou bien quelqu'un qui se sert du témoin pour faire pression sur lui. Le bonhomme était trop bien gardé. Le pirate est habile mais ce n'est pas Dieu.

— Si l'agence soupçonne St. John, dois-je en déduire que vous êtes le seul à soupçonner un autre agent ?

— Vous devriez vous soucier davantage de vos intérêts que des miens, croyez-moi.

— Que voulez-vous dire ?

— Avoir un… ami à l'agence pourrait vous être utile. Quant à moi, j'apprécierais d'avoir une amie dans l'entourage de St. John. Nous nous complétons à merveille.

— Vous voulez m'utiliser pour espionner St. John ? demanda-t-elle, incrédule. Vous plaisantez ?

— En ce moment, l'agence enquête principalement sur deux criminels, St. John et vous – lui pour un nombre incalculable de méfaits et vous pour l'assassinat de deux agents respectés.

Maria ne savait pas si elle devait rire ou pleurer. Comment en était-elle arrivée là ? Que penseraient ses parents s'ils la voyaient ?

Eddington s'inclina, les avant-bras appuyés sur les genoux.

— C'est Welton qui vous a trouvé vos deux maris et c'est lui que vos héritages ont enrichi. Par ailleurs, il n'a pas fait de difficultés pour me présenter à vous. Je n'ai eu qu'à demander. Votre beau-père est toujours disposé à vous vendre au plus offrant. Winter me l'avait déjà dit et je constate que c'est vrai.

— Je ne vois pas en quoi cela vous intéresse.

— Vous savez ce que je crois ? demanda doucement Eddington. Je crois que Welton vous tient en bride, qu'il a quelque chose dont il se sert pour obtenir votre coopération. Je peux vous débarrasser

160

de lui – parce que je ne m'attends pas à ce que vous m'aidiez si vous n'avez rien à y gagner.

— Pourquoi moi ? demanda-t-elle d'une voix lasse en tirant machinalement sur les bords de son domino. Qu'est-ce que j'ai fait pour mériter cela ?

— Je crois que la question est plutôt : Qu'est-ce que vous n'avez pas fait ?

Comme c'était vrai !

— Découvrez ce qui est arrivé au témoin de la Couronne, insista Eddington, et je ferai en sorte que vous n'ayez plus rien à craindre, ni de l'agence ni de Welton.

— Qui vous dit que je n'irai pas raconter à St. John que vous enquêtez sur lui ? Il paierait un bon prix pour ce genre d'information.

Parfois, elle regrettait d'avoir une conscience. Elle pensait que la vie serait beaucoup plus simple si elle était aussi immorale que les hommes qui se servaient d'elle.

— C'est un risque que je suis prêt à courir.

Le comte attendit un moment, puis se leva et lui tendit la main.

— Réfléchissez. Je passerai vous voir demain. Cela paraîtra normal, ne suis-je pas votre nouveau soupirant ? Vous me direz alors ce que vous avez décidé.

Résignée, Maria s'empara de sa main.

— Milord, salua Christopher d'un ton sec. Lady Winter, permettez-moi de vous présenter lord Sedgewick. Milord, voici l'incomparable lady Winter.

Angelica se contenta d'une charmante petite révérence tandis que Sedgewick s'inclinait.

161

— C'est un plaisir de faire votre connaissance, déclara le vicomte. Je vous prie d'excuser ma maladresse de tout à l'heure.

Christopher se figea. De quoi diable parlait-il ?

— Veuillez me pardonner, insista Sedgewick, comme Angelica demeurait muette.

Sans se démonter, Christopher mit l'index sur sa bouche.

— Chut ! Lady Winter est ici incognito, milord. Je suis certain que vous comprenez en quoi cela pimente la fête.

— Ah ! Bien sûr.

Sedgewick carra les épaules d'un air avantageux et adressa à Angelica un sourire suffisant.

— Vous avez bien fait d'ôter votre domino, milady, susurra-t-il en se rengorgeant comme un paon. C'est un péché de cacher une robe aussi jolie que la vôtre.

Ôter votre domino ? Il ne fallut à Christopher qu'une fraction de seconde pour comprendre ce que cela signifiait.

Maria était ici !

— Si vous voulez bien nous excuser, milord.

Sedgewick baisa la main d'Angelica, débita quelques platitudes que Christopher n'écouta pas, et s'écarta pour les laisser partir.

Débarrassé de sa seule obligation de la soirée, Christopher saisit la main d'Angelica et, ensemble, ils se hâtèrent de quitter la salle de bal. Ils s'engagèrent dans un long couloir. Christopher ne savait pas s'il avait pris la bonne direction pour retrouver la femme au domino noir, mais ce couloir donnait dans les jardins, à l'arrière. De là, Angelica pourrait contourner la maison et regagner la voiture où elle l'attendrait.

— Merci, ma chérie, lui dit-il en l'embrassant sur la joue avant qu'elle ne s'éclipse par une porte-fenêtre.

Il siffla pour signifier à ceux de ses hommes postés dans les alentours qu'ils devaient veiller sur elle. Puis il pivota…

À temps pour voir la femme au domino noir qui émergeait d'un salon, lord Eddington juste derrière elle. Il était évident qu'il y avait quelque chose entre eux.

Qu'est-ce que cela cachait ? Christopher tenta le tout pour le tout.

— Maria ! appela-t-il.

Elle tourna la tête dans sa direction et ôta son masque, dévoilant les traits qui lui étaient si chers. Elle le regarda droit dans les yeux.

— J'espère que vous passez une bonne soirée, lança-t-elle froidement.

Apparemment, elle l'avait vu avec Angelica et cela lui avait déplu. Parfait.

Il ôta son propre masque, histoire qu'elle voie que lui non plus n'était pas content. Il attendit qu'elle s'explique.

Au lieu de quoi, elle tourna les talons et s'éloigna.

Furieux, il s'élança à ses trousses.

10

Tandis qu'elle s'enfuyait dans le couloir, Maria entendit Christopher échanger quelques répliques cinglantes avec Eddington. Elle accéléra l'allure. Courir accroissait la douleur à un point tel que la tête lui tournait, mais sa voiture l'attendait. En se dépêchant, elle pourrait échapper à St. John.

— Vous partez déjà, milady ?

Surprise, elle ralentit et vit s'approcher l'homme que lord Pearson avait appelé Sedgewick. Fronçant les sourcils, il regarda derrière elle.

— Je ne vois pas votre cavalier.

Elle cilla, et son pas se fit chancelant.

— Ah ! Le voici, murmura Sedgewick.

Risquant un coup d'œil par-dessus son épaule, elle vit Christopher qui approchait à grands pas. N'ayant pas le temps de chercher à comprendre les propos énigmatiques de Sedgewick, elle reprit sa course.

Le bruit de ses pas, étouffé par le tapis du couloir, résonna lorsqu'elle traversa le hall de marbre. Croisant au passage quelques retardataires, elle dévala les marches du perron, et se faufila entre les attelages, cherchant le sien des yeux.

— Maria !

L'appel vint de deux côtés à la fois, les deux voix d'homme très différentes – l'une sèche et furieuse, l'autre basse et pressante. Elle hâta encore le pas pour rejoindre Simon, qui la prit par son bras valide et l'aida à monter dans la voiture.

— Raté, mon vieux ! cria-t-il à Christopher.

Et il bondit derrière Maria alors que l'équipage démarrait en trombe.

Christopher lâcha une bordée de jurons qui arracha un sourire triste à Maria. Elle avait souffert malgré elle de le voir avec une autre femme et elle considérait comme une revanche de ne pas lui avoir laissé une chance de s'expliquer.

— Que s'est-il passé ? demanda Simon en l'étudiant avec attention.

Maria lui raconta par le menu les événements de la soirée.

— Bon Dieu ! murmura-t-il lorsqu'elle eut fini. Tu avais bien besoin d'Eddington, en plus du reste.

— Ma vie n'a jamais été qu'une suite d'événements malheureux.

Elle ferma les yeux et appuya la tête contre le dossier.

— Et la conduite de ce Sedgewick est un mystère.

— En effet. Il m'a abordée comme si nous nous connaissions, alors que je suis certaine de ne l'avoir jamais rencontré. M'a-t-il confondue avec la cavalière de St. John ? En tout cas, il n'a pas eu l'air surpris lorsque celui-ci est arrivé juste derrière moi. C'est très étrange.

— Je vais me renseigner sur ces deux messieurs, décréta Simon.

Après une pause, il ajouta :

— La proposition d'Eddington, si elle est sincère, est une aubaine, ma douce.

— Dans quelle mesure puis-je vraiment lui faire confiance ? Eddington désire deux choses : capturer St. John et identifier le responsable de la mort de Dayton et de Winter. Il est ambitieux. Quel joli coup s'il pouvait m'épingler dans la foulée, non ?

Simon se mit à taper nerveusement du pied sur le sol.

— Je suis d'accord. J'ai l'impression que le filet est en train de se resserrer autour de toi et je ne peux rien faire.

Elle ressentait la même chose.

Le voyage jusqu'à Mayfair lui parut interminable, et après les péripéties de la soirée, sa blessure la tourmentait. En outre, les pensées qui se bousculaient dans sa tête mettaient sa sérénité à mal. Une fois de plus, on lui rappelait qu'elle n'était qu'un pion sur un échiquier. Le jour viendrait pourtant où elle serait débarrassée des ambitieux sans scrupule qui se servaient d'elle. Amelia et elle s'en iraient très loin, recommenceraient de zéro, seraient heureuses.

Une fois rentrés à la maison, Simon escorta Maria jusqu'à sa chambre. Il renvoya Sarah, préférant la déshabiller lui-même. Ses gestes étaient délicats pour ne pas accroître la douleur qui s'insinuait dans toutes les cellules de son corps. Il la mit au lit et lui changea son pansement, qu'il trouva taché de sang frais.

167

— Au moins, la plaie est propre, murmura-t-elle en s'adossant à ses oreillers.

— Bois cela.

Il glissa entre ses lèvres une cuillère remplit de laudanum. Elle fit passer le goût avec un verre d'eau, et bientôt, l'opium faisant son effet, la douleur s'atténua notablement.

— Comment te sens-tu, ma douce ? demanda Simon en lui caressant le front.

— J'ai de la chance de t'avoir.

Sa voix était pâteuse, les mots presque indistincts. La phrase s'acheva en un doux ronronnement lorsque Simon lui baisa les lèvres. Elle inhala profondément, savourant l'odeur de sa peau. Elle lui prit la main et la serra.

— Dors, recommanda-t-il. Tu as besoin de repos pour guérir. Et moi, j'ai besoin de toi en bonne santé.

Elle acquiesça et sombra dans le sommeil.

Ses rêves ne furent pas plaisants. Elle courait après Amelia sans parvenir à la rattraper tandis que le rire méchant de Welton retentissait dans sa tête. Elle se débattit, ce qui lui fit mal à l'épaule. Et se réveilla en gémissant.

— Doucement, murmura une voix tout près d'elle.

Tournant la tête, sa joue rencontra un torse tiède, et nu. Des bras puissants l'immobilisaient avec une fermeté empreinte de douceur. Le clair de lune se déversait par une fenêtre entrouverte, qui laissait entrer la brise du soir comme elle avait apparemment laissé entrer l'homme allongé à côté d'elle.

— Christopher, murmura-t-elle, réconfortée par sa présence.

Il exhala lentement, sa poitrine se soulevant comme la houle sous la tête de Maria. La pièce était trop sombre pour qu'elle voie la pendule, mais elle savait que plusieurs heures s'étaient écoulées depuis qu'elle s'était endormie.

— Que faites-vous ici ?

Il resta silencieux un long moment avant de répondre :

— Je n'en sais rien.

— Comment avez-vous fait pour éviter mes hommes ?

— Ç'a été très difficile mais, manifestement, j'y suis parvenu.

— Manifestement.

Le poing de Maria, qui reposait sur l'estomac de Christopher, se détendit. Elle écarta les doigts, pressa la paume sur sa peau. Sa main descendit un peu, rencontra la ceinture de sa culotte.

— Ainsi vous n'êtes pas nu, fit-elle remarquer.

— Vous auriez préféré que je le sois ?

— Oui, répondit-elle carrément. J'imagine mes hommes entrant ici et vous surprenant sans culottes, et je me dis que cela ferait un tableau charmant.

— Petite vicieuse.

Sa voix rauque était teintée de tendresse. Il l'embrassa sur le front et ramena la courtepointe sur son épaule blessée.

— Je n'ai pas aimé la façon dont vous m'avez faussé compagnie tout à l'heure et je suis venu vous en faire le reproche.

— Êtes-vous amoureux de moi ? demanda-t-elle d'un ton taquin, mais impatiente d'entendre sa réponse.

— Quand on me fait une promesse, j'entends qu'on la tienne.

La menace était claire.

— Vous m'avez fait la même promesse.

— Et je l'ai tenue, murmura-t-il. Pouvez-vous en dire autant ?

Maria s'écarta pour le voir mieux.

— Vous croyez vraiment que je pourrais faire l'amour dans cet état ?

— Une caresse, un baiser, voire même un simple regard un peu langoureux, ce serait déjà trop.

Elle l'observa un moment, tout en dressant l'inventaire de ce qu'elle éprouvait pour lui. Elle ne savait pas pourquoi il lui plaisait tant. Car si attirant soit-il, il n'en demeurait pas moins un homme dont il fallait se méfier.

— Vous avez embrassé une femme.

— Et je n'ai pas été déçu par votre réaction.

Elle rit doucement, comme si elle se moquait d'elle-même. Une seconde plus tard, il l'imita – son rire faisait plaisir à entendre.

— Nous sommes mal assortis, observa-t-il.

— Oui. Si on me demandait mon avis, je proposerais de ne plus se voir.

Christopher lui caressa le dos.

— La femme que vous avez vue, c'est Angelica. Vous ne vous souvenez pas d'elle ? Quinn la connaît très bien depuis le week-end chez les Harwick.

— Ah ! fit Maria.

— Quinn occupe la chambre voisine. Si sa place dans votre vie est si importante que cela, dit-il d'un ton bourru en lui soulevant le menton, pourquoi n'est-il auprès de vous ?

— Vous ne devriez pas vous inquiéter au sujet de Simon ou d'Eddington. Je ne devrais pas m'inquiéter au sujet d'Angelica. Ce que nous faisons chacun de notre côté ne doit pas interférer avec nos affaires.

Christopher pinça les lèvres.

— Je suis d'accord avec vous, ça devrait être ainsi. Mais ça ne l'est *pas*.

— Entre nous, c'était purement physique. Si nous recommençons, cela restera purement physique.

— Excellemment physique, rectifia-t-il.

— Vous trouvez ?

Elle guetta sa réaction sur ses traits à demi noyés dans la pénombre.

— Je l'ai su avant même que ça se produise, dit-il avec un sourire. Maintenant, poursuivit-il en lui frôlant les lèvres de ses doigts, vous devez guérir pour que nous puissions recommencer nos cabrioles. En attendant dites-moi ce que Welton vous a demandé pour que vous soyez forcée de sortir dans cet état au lieu de rester au lit ?

Maria répondit par une autre question.

— Pourquoi ce Sedgewick m'a-t-il abordée comme s'il me connaissait et pensait que nous étions venus ensemble ?

Ils se regardèrent en silence, aucun des deux n'étant prêt à faire de confidences. Finalement, Maria poussa un soupir et se pelotonna contre Christopher. La présence d'un homme dans son lit lui manquait, le réconfort de ses étreintes et la chaleur de son désir. D'une certaine façon, tous ces mystères la rapprochaient de Christopher.

— Mon frère était un agent de la Couronne, commença-t-il, son haleine tiède caressant les cheveux de Maria.

Elle battit des paupières et retint son souffle. Pourquoi lui révéler cela ?

— Il avait appris quelque chose d'important, continua-t-il d'une voix dénuée d'émotion, et m'en avait parlé. Il avait désespérément besoin d'argent. Je me le suis procuré comme j'ai pu.

— Illégalement.

Soudain, elle comprit pourquoi elle avait décelé en lui un fond de bonté. Ils se ressemblaient vraiment beaucoup. C'était pour l'amour d'un frère qu'il s'était mis hors la loi. Elle, pour l'amour d'une sœur.

— Lorsque mon frère a appris ce que je faisais, il a été furieux. Il ne pouvait pas accepter que je risque la potence pour lui.

— Évidemment.

— Il est venu à Londres pour m'aider. Il m'a sauvé la mise plus d'une fois. Grâce à lui, je savais toujours d'avance ce que la police mijotait.

— Crapuleux, murmura Maria en lui caressant machinalement le flanc. Mais très malin.

— C'est ce qu'on croyait. Jusqu'à ce qu'on se fasse prendre.

— Oh !

— Ils nous ont forcés à collaborer, sous peine de mettre mon frère en prison. C'était moche. Alors, Nigel a décidé de nous sortir de ce guêpier coûte que coûte. Il a pris tous les risques et cela lui a coûté la vie.

— Je suis désolée.

Elle pressa les lèvres sur son torse. Elle savait ce que c'était de perdre un être cher. Mais du moins avait-elle l'espoir de retrouver Amelia. Le frère de Christopher était perdu à jamais.

— Je suppose que vous étiez très proches ? murmura-t-elle.

— Je l'aimais.

Ces simples mots la bouleversèrent. Cela ne cadrait pas avec son apparente invincibilité. En même temps, son ton était si résolu que cela ne pouvait pas être considéré comme un aveu de faiblesse.

— C'est pour cela que vous en voulez à l'agence ?

— En partie. Mais il y a autre chose.

— Vous me racontez tout cela pour m'inspirer de la compassion et que je vous aide ?

— Oui, mais aussi parce que, si nous ne pouvons pas parler du présent, il ne nous reste qu'à parler du passé.

Maria ferma les yeux. Elle était étourdie par le laudanum, et par Christopher dont elle ne parvenait pas à comprendre les motivations.

— Pourquoi échanger des confidences ? Pourquoi ne pas se contenter de faire l'amour et de ne parler que de ce qui est utile pour nos affaires ?

Christopher laissa retomber lourdement sa tête sur l'oreiller. Le geste trahissait son exaspération.

— Je me retrouve au lit avec une impotente, dit-il. Une femme à qui je ne peux absolument pas faire confiance. Si ça continue, je vais devenir fou à force de me demander ce que je fais là. Puisqu'il n'est pas question de baiser, j'ai besoin de me distraire.

— Si j'ai bien compris, je n'ai qu'à me refuser à vous pour vous faire parler. Vous allez me livrer tous vos secrets, rien que pour passer le temps ?

Il gronda et elle frémit. Non de peur mais de désir. Cet homme ne savait pas quoi dire ni quoi faire lorsqu'il était avec elle. Elle compatissait. Elle en était au même point.

— J'aimais Dayton, dit-elle tout bas.

Le grand corps de Christopher se raidit contre elle.

— C'était un homme bon et, en retour, j'ai fait mon possible pour être bonne avec lui, enchaîna-t-elle. J'étais jeune, innocente. Il avait de l'expérience, il connaissait le monde. J'ai survécu grâce à lui. Et il est mort à cause de moi.

Elle eut beau faire, le chagrin qu'elle ressentait encore était perceptible.

— Maria.

Il lui caressa les cheveux, puis sa main se referma sur l'arrière de son crâne. Il ne dit rien d'autre, mais ce n'était pas nécessaire.

Elle n'avait pas livré grand-chose, pourtant elle avait l'impression que c'était déjà trop. Comme s'il avait deviné sa détresse, Christopher orienta son visage vers lui afin de l'embrasser.

Cela commença par un simple effleurement. Puis il se fit plus pressant. Ses lèvres étaient très différentes de celles de Simon – plus fines, plus fermes, plus exigeantes. Il inclina la tête et s'empara de sa bouche. Elle lui donna volontiers la réplique. Dans l'étreinte amoureuse, ils étaient aussi à l'aise l'un que l'autre.

Elle ouvrit la bouche pour l'accueillir. Leurs mouvements étaient réfléchis, le ballet de leurs langues soigneusement réglé. C'était une rencontre préméditée, avec un but. On ne folâtrait pas. C'était sérieux. *Sans émotion.*

Et puis elle gâcha tout en lui prenant la main et en entremêlant ses doigts aux siens. Ils se serrèrent plus fort. Quelqu'un émit une sorte de cri rageur. Elle n'aurait su dire si c'était elle ou lui.

Incapable de supporter plus longtemps cette intimité, elle s'arracha à sa bouche et se cacha le visage au creux de son épaule. Il respirait bruyamment dans le silence, sa poitrine contre celle de Maria, qui palpitait aussi.

Demain, Eddington viendrait lui offrir de la débarrasser de Welton et, par voie de conséquence, lui rendre Amelia. Tout ce qu'elle avait à faire, c'était de lui promettre la tête de Christopher sur un plateau. Elle prit une profonde inspiration, cherchant toujours son souffle.

— Maria.

Son nom. Prononcé d'une voix âpre. Il n'en dit pas davantage mais, une fois encore, ce n'était pas nécessaire.

Amelia sortit dans la cour et inspira une grande bouffée d'air frais. Les maisons qu'ils occupaient étaient toutes plus ou moins décaties – celle-ci, dans le Lincolnshire, semblait envahie par la poussière. Elles appartenaient toutes à quelqu'un que son père connaissait. Comment il réussissait à se faire prêter toutes ces demeures, c'était un mystère. Personne ne lui disait jamais rien, sinon que sa sœur Maria était une dégénérée.

Elle regarda du côté des écuries, cherchant des yeux la svelte silhouette de Colin. Le beau palefrenier était le neveu de son cocher, ils se connaissaient depuis l'enfance. Il n'avait que trois ans de plus qu'elle mais paraissait beaucoup plus. À une époque, ils avaient été très amis, jouant ensemble, courant à travers champs, faisant semblant d'être des gens différents vivant dans un monde différent.

Tout cela semblait bien loin. Colin avait mûri et s'était éloigné d'elle. Son temps libre, il le passait avec des femmes de son âge ou plus âgées, et avec les autres serviteurs. Il l'évitait et, les rares fois où il était obligé de lui parler, il se montrait cassant et bougon. Pour ce jeune homme de dix-neuf ans, elle n'était qu'une agaçante gamine de seize. Malgré tout, elle était éprise de lui. Elle l'avait toujours été. Elle priait pour que cela cesse, car elle avait son orgueil et c'était humiliant d'être repoussée par l'élu de son cœur.

Se reprochant sa faiblesse, elle rejoignit le chemin broussailleux qu'elle arpentait tous les jours pour se dégourdir les jambes.

« Cela passera », avait assuré sa dernière gouvernante un jour qu'Amelia avait beaucoup pleuré après une rebuffade particulièrement blessante de Colin. Elle espérait que c'était vrai et qu'elle finirait par oublier

Mon Dieu, faites que ce soit bientôt !

Son chapeau à la main, Amelia fit le tour de la propriété, sautant lestement par-dessus les racines des arbres et les tas de feuilles mortes.

Lorsqu'elle atteignit la clôture de bois qui la séparait de la liberté, elle s'arrêta et, pour la première fois, envisagea de fuir. Elle n'y avait jamais pensé jusqu'ici, mais la réapparition de Maria avait changé la donne. Combien d'aventures l'attendaient de l'autre côté de la palissade ?

— Ah ! On dirait que la jolie fille s'est égarée !

La rude voix masculine la fit sursauter. Elle se retourna si vivement qu'elle faillit tomber.

— Mon Dieu ! s'écria-t-elle, la main sur le cœur.

Le jeune homme qui se tenait à quelques pas d'elle était un des nouveaux laquais engagés pour remplacer ceux qu'ils avaient perdus dans l'escarmouche avec Maria.

— Vous m'avez fait une de ces peurs.

— Désolé, dit-il avec un sourire d'excuse.

Petit et nerveux, le garçon brun aux yeux bleus et aux taches de rousseur était le plus jeune de l'équipe chargée de veiller sur elle. Naturellement, elle commençait à soupçonner qu'ils étaient plutôt là pour l'empêcher de sortir que pour empêcher les autres d'entrer.

Elle remarqua la longue perche qu'il tenait à la main.

— Que faites-vous ?

— Je vais à la pêche.

Il désigna d'un mouvement du menton l'autre côté de la clôture.

— Il y a une rivière par là.

— Oh !

Elle s'en voulut de lui laisser voir combien elle était déçue.

— Vous aimez la pêche ? demanda-t-il en la scrutant.

Avec sa culotte de laine, sa longue veste et sa casquette, il n'avait pas l'air habillé pour la pêche – mais au fond, qu'est-ce qu'elle en savait ?

— Je l'ignore. Je n'ai jamais essayé, reconnut-elle.

Il sourit, ce qui lui donna l'air tellement enfantin qu'elle se demanda s'il n'était pas plus jeune qu'elle.

— Ça vous tente ? Je serais pas contre un peu de compagnie.

Amelia fronça les sourcils, curieuse mais inquiète.

— Le poisson mordra peut-être mais pas moi, plaisanta-t-il.

Elle se mordilla la lèvre.

— Décidez-vous avant que Dickie vienne dans le coin et vous oblige à rentrer.

Il passa devant elle et sauta par-dessus la clôture. Puis il lui tendit la main.

— C'est pas loin. Si ça vous ennuie, on restera pas longtemps.

Sachant qu'elle aurait mieux fait de ne pas le suivre, elle le suivit néanmoins, ravie de faire enfin quelque chose qui sorte de l'ordinaire, quelque chose de nouveau et d'insolite.

— Comment vous appelez-vous ? demanda-t-elle tandis qu'il l'aidait à franchir la barrière.

— Benedict. Mais tout le monde m'appelle Benny.

— Bonjour, Benny, dit-elle en souriant timidement. Moi, c'est Amelia.

Il lui lâcha la main, puis ôta sa casquette et s'inclina bien bas avant de récupérer sa canne à pêche, qu'il avait appuyée contre la clôture pour l'aider. Ils marchèrent sans parler pendant un moment, traversant des bosquets jusqu'à ce qu'ils entendent le fracas de l'eau.

— Comment vous êtes-vous retrouvé à travailler pour lord Welton ? s'enquit Amelia en l'étudiant du coin de l'œil.

Il haussa les épaules.

— J'ai entendu dire qu'on cherchait des gens et j'ai montré ma bobine à l'endroit qu'on m'a dit.

— C'est une drôle de façon de gagner sa vie, observa Amelia. Il n'y a rien à apprendre à faire cela. Ce n'est pas un vrai métier. Que ferez-vous quand on n'aura plus besoin de vous ici ?

Il sourit, ses yeux brillant sous la visière de sa casquette.

— Je veux aller à Londres, vous voyez ? Je travaille en route pour payer le voyage. D'ici que j'y arrive, j'aurai de l'expérience. J'espère travailler pour St. John.

— Qui est-ce ? Que fait-il ?

Benny s'arrêta net et la fixa, bouche bée. Il battit des paupières et laissa échapper un long sifflement.

— Ma parole, si on vous tordait le nez, il en sortirait du lait, murmura-t-il en secouant la tête.

Il se remit en marche.

— Qu'est-ce que cela veut dire ? demanda-t-elle en trottinant derrière lui.

— Peu importe.

Ils émergèrent des buissons et arrivèrent devant une petite rivière au lit rocailleux. Elle était peu profonde mais le courant était rapide. L'endroit avait quelque chose d'innocent, comme si personne n'y venait jamais. Amelia s'assit sur une souche et commença à délacer ses bottines, repoussant avec impatience ses longs cheveux derrière ses épaules. Benny s'approcha de la berge et se débarrassa de sa veste. Tandis qu'il s'installait, elle ôta ses bas. Puis, soulevant ses jupes, elle descendit prudemment dans l'eau. Elle était glacée.

— Vous effrayez le poisson, se plaignit Benny.

— Oh, c'est merveilleux ! s'écria-t-elle, se souvenant du temps où elle allait attraper des têtards dans la vase avec Colin. Merci !

Benny se rembrunit.

— Merci pour quoi ?

— Pour m'avoir amenée ici.

En riant, elle se retourna, et poussa une exclamation de surprise quand son pied glissa sur un rocher et qu'elle perdit l'équilibre. Benny se leva d'un bond et essaya de la rattraper, mais il bascula sur le dos, la moitié du corps dans l'eau, l'autre moitié sur la rive, et Amelia sur lui.

Incapable de se retenir, elle fut prise d'un fou rire.

— Mon père m'a toujours dit que les aristos étaient un peu idiots, marmonna Benny.

Amelia était en train de se relever quand de vieilles bottes apparurent dans son champ de vision. La seconde d'après, on la hissa sur ses pieds par le col de sa robe.

— Bon sang, qu'est-ce que tu fais là ? rugit Colin en lui lançant un regard noir.

Elle cessa de rire, sidérée par la vision qui s'offrait à elle. Colin avait les cheveux noirs, les yeux noirs, la peau mate et un corps solidement charpenté qu'elle ne pouvait pas voir sans avoir la gorge sèche. D'après sa dernière gouvernante, il avait du sang gitan.

Depuis quand était-il aussi grand ? Il la dominait de toute sa taille, ses cheveux lui tombant sur le front tandis qu'il la regardait si durement qu'elle en frémit. La mâchoire carrée, les yeux perçants, il n'y avait plus rien d'enfantin en lui. Qu'était-il arrivé au gentil garçon qu'elle avait aimé ?

Avec tristesse, elle comprit qu'il avait disparu à jamais.

Elle baissa la tête pour tenter de dissimuler son chagrin.

— Ce que je fais ? répéta-t-elle. Je m'amuse.

Un long silence suivit, durant lequel elle eut l'impression que le regard de Colin lui vrillait le sommet du crâne. Puis il fit entendre un grognement de colère.

— Toi, garde tes distances, compris ? dit-il à Benny, qui s'était redressé en position assise.

Colin prit Amelia par le bras et l'entraîna vers la maison, ramassant au passage ses bas et ses bottines.

— Arrête ! ordonna Amelia en se débattant tandis que ses pieds s'enfonçaient dans le tapis de feuilles mortes.

Tout en marchant, il la souleva et la jeta en travers de son épaule tel un guerrier conquérant.

— Repose-moi immédiatement ! cria-t-elle, mortifiée, ses longs cheveux ruisselant presque jusqu'à terre.

Mais il continua comme si elle n'avait rien dit. Arrivés dans une clairière, il la déposa sur le sol et lui rendit bas et chaussures.

Elle déglutit bruyamment et leva le menton.

— Je ne suis pas une enfant ! Je fais ce que je veux.

Il étrécit les yeux et croisa les bras, révélant ses impressionnants muscles de travailleur. En pantalon et veste de grosse toile, il avait l'air mal dégrossi et prêt à tout. Son apparence ne fit qu'accroître les sentiments étranges qu'elle avait commencé à éprouver en sa présence, des frémissements qui naissaient dans son ventre et se répandaient dans tout son corps.

— Je te suggère d'attacher tes cheveux, dit-il froidement. Tu n'as plus l'âge de les laisser pendre librement.

— Je fais ce que je veux, répéta-t-elle.

Il serra les dents et un muscle tressauta sur sa joue.

— Pas quand il s'agit de t'encanailler avec des types comme lui, répliqua-t-il en indiquant la rivière.

Elle s'autorisa un rire narquois.

— Pour qui te prends-tu ? Tu n'as pas d'ordres à me donner. Tu n'es qu'un domestique et je suis la fille d'un pair du royaume.

Il inhala bruyamment.

— Tu n'as pas besoin de me le rappeler. Rechausse-toi.

— Non !

Croisant les bras sous ses petits seins, elle arqua les sourcils pour se donner un air hautain.

— Ne me pousse pas à bout, Amelia, fit-il en détournant les yeux. Mets tes chaussures.

— Oh, va-t'en ! s'écria-t-elle en levant les mains.

Elle en avait assez de ce nouveau Colin et commençait à désespérer de ne jamais revoir l'ancien.

— Et puis, qu'est-ce que tu fais ici ? reprit-elle. J'étais en train de m'amuser pour la première fois depuis une éternité, et il a fallu que tu viennes tout gâcher.

— Tu étais partie depuis plus longtemps que d'habitude, répondit-il sur un ton de reproche. Il fallait bien que quelqu'un vienne te chercher pour t'empêcher de faire des bêtises.

— Comment sais-tu que j'étais partie depuis longtemps ? Les seules fois où tu t'aperçois de mon existence, c'est quand tu cherches quelqu'un sur qui passer ta mauvaise humeur.

Elle essaya de taper du pied, mais le geste a moins de force lorsqu'il est accompli pieds nus.

— J'étais en train de sympathiser avec un garçon, poursuivit-elle. Ce n'est pas ce que j'appelle « faire des bêtises ».

— Tu n'as pas à sympathiser avec des gens de cet acabit.

— J'ai envie d'avoir un ami ! Je n'ai plus personne depuis que tu t'es mis à me détester.

Colin pinça les lèvres, puis il se passa les mains dans les cheveux et grommela. Elle fut jalouse de ses mains. Elle aurait voulu sentir ces belles boucles glisser entre ses doigts.

— Ne t'approche plus des hommes, ordonna-t-il d'un ton sans réplique.

Elle s'apprêtait à répliquer quand même lorsqu'il tourna le dos et s'éloigna au pas de charge.

Amelia lui tira la langue. Elle avait le cœur gros. Il ne s'adressait à personne avec cette sécheresse et cette méchanceté. Cela faisait mal – et cela ne faisait qu'attiser son désir de fuite.

Elle s'assit par terre, ramassa ses bas et se lamenta sur son sort. Bientôt, se rappela-t-elle, elle irait à Londres pour sa présentation à la Cour. Puis elle se marierait et elle oublierait Colin.

Sa mâchoire se crispa.

— Je finirai par t'oublier, Colin Mitchell. Sois-en sûr.

11

Lorsque Maria se réveilla, Christopher était parti. Elle contempla le dais du baldaquin en réfléchissant à leur curieuse association. Il attendait. Il attendait qu'elle avoue quelque lien avec l'agence qu'il pourrait utiliser. Elle ignorait s'il allait changer d'idée après l'avoir entendue admettre qu'elle avait aimé Dayton. En fait, elle avait aimé son premier mari comme un vieil oncle et il l'avait aimée comme une nièce, mais elle avait préféré que le pirate croie autre chose.

« Pourquoi ? » avait-elle simplement demandé lorsque le vicomte de Dayton avait payé à Welton une somme faramineuse pour l'avoir.

« Ma femme est morte, avait-il répondu tout aussi simplement tandis que ses yeux s'emplissaient de larmes. Depuis, je n'ai plus de raison de vivre. Vous m'en donnerez une. »

Ils se marièrent et se retirèrent à la campagne, où il lui apprit tout ce qu'il fallait savoir pour rester libre et survivre dans un monde dangereux. Ils se levaient presque tous les jours à l'aube, et s'exerçaient à l'escrime et au tir jusqu'au coucher du soleil. Le soir, ils discutaient de divers sujets, comme l'art d'écrire des messages codés ou la meilleure façon d'embaucher des gens douteux. Dayton ne laissait rien au hasard, sachant que Maria ferait tout pour récupérer Amelia.

Simon entra dans la chambre. Il était en redingote et botté. Ses cheveux en bataille et l'odeur de cheval qui flottait autour de lui indiquaient qu'il rentrait d'une chevauchée.

— Comment te sens-tu ce matin ? demanda-t-il. As-tu bien dormi ?

Maria repoussa les émouvants souvenirs de Dayton et réfléchit à sa question.

— Oui, j'ai plutôt bien dormi, répondit-elle finalement.

C'était la première fois depuis sa blessure qu'elle n'avait pas fait de cauchemars. Grâce à Christopher, sans doute. Le pirate la rassurait. Ce qui était plutôt étrange. Dangereux comme il était, il aurait plutôt dû l'inquiéter.

— Je suis allé chez Bernadette hier soir, dit Simon en l'aidant à s'asseoir dans le lit. J'ai parlé avec Daphne. La chance nous sourit. Welton avait une préférée, une nouvelle pensionnaire appelée Beth. Apparemment, elle n'aimait pas certaines des choses qu'il lui faisait, du coup, il s'est rabattu sur Daphne, qui a des goûts plus variés.

Maria sourit.

— Cela tombe bien, j'ai besoin d'avoir un peu de chance en ce moment.

— Rien n'est plus vrai.

Il la scruta et ajouta :

— Je te trouve changée, ce matin.

— En mieux, j'espère ?

— En beaucoup mieux, assura-t-il avec un sourire charmeur. Je vais commander ton petit déjeuner.

— Merci, Simon.

Il tourna les talons.

— Simon ? fit-elle avant qu'il ne sorte. Eddington doit me rendre visite aujourd'hui.

— Je n'avais pas oublié, lança-t-il par-dessus son épaule.

De nouveau seule, elle réfléchit à la situation. Elle devait d'abord les faire lanterner tous les trois – Christopher, Welton et Eddington. Son cerveau était encore un peu engourdi par le sommeil, mais en réfléchissant méthodiquement elle finirait sans doute par trouver un moyen de se servir d'eux comme ils espéraient se servir d'elle. Chacun d'entre eux avait quelque chose qu'elle voulait. Si elle s'y prenait bien, elle pouvait le leur soutirer.

Gardant cela en tête, elle passa la matinée à se préparer pour la visite d'Eddington. Elle choisit sa robe avec soin et mit un fichu sur ses épaules pour dissimuler son pansement. Lorsqu'on annonça le comte, elle avait son plan. Elle avait suffisamment confiance en son idée pour le recevoir dans le salon du rez-de-chaussée, et non dans son bureau, où ses rendez-vous d'affaires avaient d'ordinaire lieu.

— Bonjour à vous, milord, dit-elle avec une politesse excessive.

— Milady.

Il s'inclina. Vêtu d'une culotte fauve et d'une veste vert foncé, il était très fringant. Fidèle à sa réputation, il lui adressa un clin d'œil avant de s'asseoir sur le sofa en face d'elle.

— Du thé ? proposa-t-elle.

— Volontiers.

Elle prépara le thé avec des gestes délibérément simples et gracieux. Par deux fois, elle le regarda à la dérobée, en souriant à demi. À la façon dont il répondit à son sourire, il voyait très bien où elle voulait en venir. Et il était prêt à la suivre dans cette direction.

— Vous êtes éblouissante ce matin, murmura-t-il en acceptant la tasse et la soucoupe qu'elle lui tendait.

— Je sais.

Eddington éclata de rire, son beau regard, d'ordinaire celui d'un prédateur sur le qui-vive, s'adoucissant. Il le cachait bien derrière ses lourdes paupières mais Maria connaissait ce genre d'homme.

— C'est une joie de rencontrer une femme sans artifice.

— Je me suis donné du mal pour vous plaire, milord. Je ne serais pas à la hauteur de ma réputation si je ne savais pas exactement quand je suis en beauté.

— Auriez-vous envie de coucher avec moi ? demanda-t-il avec une mimique qui exprimait à la fois la surprise et l'intérêt. J'ai toujours eu du goût pour les femmes insatiables.

Maria s'esclaffa.

— J'ai assez d'hommes dans ma vie comme cela pour le moment, merci. Cependant, les ruses du beau sexe sont souvent efficaces, n'est-ce pas ?

— Surtout employées par une femme aussi séduisante que vous, repartit-il à mi-voix.

— J'ai réfléchi à votre proposition, dit Maria d'un ton plus sec pour signaler la fin de leur badinage et le début des affaires sérieuses.

Le comte sourit par-dessus le bord de sa tasse.

— Parfait.

— Il vous en coûtera cher.

— J'ai offert de vous débarrasser de l'agence et de Welton, rappela-t-il.

— Cela ne suffira pas.

— Ah bon ? fit-il en plissant les yeux.

— Il me faut davantage.

— C'est-à-dire ? demanda-t-il d'un ton bourru.

Elle agita négligemment la main.

— Je ne parle jamais de finance, répondit-elle en souriant. C'est souvent désagréable et toujours vulgaire. Je vais vous donner l'adresse de mon avoué et vous réglerez cela avec lui.

Eddington posa sa tasse avec un soin excessif.

— De l'argent, donc ?

Il poussa un soupir. Il était intelligent. Il savait que ce serait cher.

— Et si je ne pensais pas que St. John vaille le prix que vous allez en demander ?

— Vous avez un témoin. À condition qu'il soit encore en vie. Sinon, vous n'avez rien. À part moi.

— Vous seriez prête à témoigner contre lui ? s'enquit Eddington, de plus en plus attentif.

Elle acquiesça d'un hochement de tête.

— Et à propos de Dayton et Winter ?

— Eh bien ?

— Vous êtes fortement soupçonnée de les avoir tués.

Maria sourit.

— Peut-être l'ai-je fait. Peut-être pas. Dans un cas comme dans l'autre, c'est à vous de le prouver, milord.

— Comment savoir si je peux vous faire confiance ?

Elle haussa les épaules.

— Il n'y a aucun moyen de le savoir. De même que je n'ai aucun moyen de savoir si tout cela n'est pas un stratagème pour m'impliquer dans la mort de mes maris. Vous avez dit hier que c'était un risque que vous étiez prêt à courir. Si vous avez changé d'avis, vous pouvez disposer.

Il l'observa pendant un long moment.

— Je n'arrive pas à décider si vous êtes un démon sous l'apparence d'un ange ou la victime de ceux qui vous entourent.

— Je me pose la même question tous les jours, milord. Je suis peut-être un peu des deux.

Elle se leva, l'obligeant à l'imiter.

— Si un jour vous trouvez la réponse, je vous en prie, faites-le-moi savoir, ajouta-t-elle.

Le comte fit le tour de la table et vint se planter devant elle. Tout près. Trop près. Il comptait l'intimider avec sa haute taille et sa force physique, mais elle n'avait pas peur. Elle n'avait rien à craindre de lui. Il avait besoin d'elle plus encore qu'elle n'avait besoin de lui. Sans elle, il n'avait rien. Que des suppositions. Pas assez pour faire tomber St. John.

— Méfiez-vous, l'avertit Eddington d'une voix menaçante. Je quitte la ville ce soir et je ne reviendrai que dans une quinzaine de jours, mais d'ici là on vous tiendra à l'œil.

— Bien sûr.

Peu après le départ du comte, Maria se rendit dans son bureau, où elle écrivit une lettre à Welton. Simon frappa à la porte restée entrouverte et entra.

— Tu as l'air ravie, observa-t-il en voyant sa mine.

— J'ai convaincu Eddington de financer mes recherches pour retrouver Amelia.

Simon haussa un sourcil perplexe.

— Tu lui as parlé d'elle ?

— Mais non ! répondit-elle avec un sourire radieux.

Simon s'approcha et se laissa choir dans l'un des deux fauteuils disposés devant le bureau.

— Eddington veut la même information que Welton, dit-il. Avec lequel as-tu l'intention de traiter ?

Maria soupira.

— Je n'ai pas encore décidé. Si je le dis à Eddington, il pourrait me débarrasser de Welton et j'aurais les mains libres pour rechercher Amelia. Mais Christopher se balancera au bout d'une corde.

— Tu l'appelles *Christopher*, maintenant ?

— Si je le dis à Welton, continua-t-elle, ignorant sa remarque, il fera chanter St. John. J'en serai au même point qu'aujourd'hui mais St. John restera en vie. Naturellement, il y a toujours la possibilité que St. John élimine Welton plutôt que de se laisser ennuyer. Tel que je connais le pirate, je suis certaine que Welton s'attaque à trop forte partie cette fois.

— Tu peux aussi aller raconter à St. John tout ce que tu sais sur Welton et Eddington et, en échange, tu lui demandes de t'aider à retrouver Amelia, suggéra Simon.

Maria savait combien cette suggestion avait dû lui coûter. Cela revenait à admettre que St. John pouvait réussir là où lui-même avait échoué. C'était une belle preuve d'affection, qu'il soit ainsi capable d'oublier son amour-propre pour la voir heureuse.

Elle s'approcha de lui et, se penchant, l'embrassa sur le front.

— J'y ai pensé, figure-toi, mais tant que je ne sais pas pourquoi il a été libéré ni le rôle qu'il a l'intention de me faire jouer, je ne peux pas lui faire confiance.

Simon la prit par la taille et l'attira sur ses genoux.

— Alors que vas-tu faire à présent ?

— J'ai envoyé un billet à Welton pour lui demander de passer me voir. Je vais lui dire que je pars quelques jours à la campagne. Il faut que je me soigne. Et puis, il est temps de commencer à chercher en dehors de Londres. Avec l'argent d'Eddington, nous allons en avoir les moyens. Le mieux serait que je retrouve Amelia avant d'avoir à faire un choix. Si je l'avais auprès de moi, cela changerait tout.

— Je vais m'occuper des préparatifs, proposa Simon.

— Et ça dure depuis combien de temps, cette histoire ? demanda Christopher d'un ton brusque.

— Quelques semaines, répondit Philip en remontant ses lunettes, qui avaient glissé sur son nez. Je ne l'ai appris que cet après-midi et suis venu vous avertir aussitôt.

Appuyant la hanche contre son bureau, Christopher croisa les bras et prit une profonde inspiration avant de lâcher :

— Pourquoi est-ce qu'on ne m'a pas informé plus tôt ?

— Le déchargeur a cru qu'il pourrait résoudre le problème seul.

— Quand une bande rivale empiète sur mon territoire, c'est à moi de m'en occuper.

On frappa à la porte, et il dit d'entrer. Il s'agissait de son valet de chambre.

— Nous partons dans quelques heures et nous serons absents pendant au moins deux semaines, annonça Christopher.

— Bien, Monsieur.

Le domestique s'inclina et sortit.

— Puis-je vous accompagner ? demanda Philip.

Il se tenait à quelques pas, le dos bien droit, l'allure fière, comme Christopher le lui avait appris lorsqu'il était gamin.

— Non. L'affrontement va être brutal et pas beau à voir. Le siège de tes talents est sous ton crâne, pas au bout du bras qui tient l'épée. Je ne te ferai pas courir des risques uniquement pour satisfaire ta curiosité.

— Vous êtes beaucoup plus intelligent que moi. Votre perte serait autrement plus dramatique. Pourquoi vous exposer quand vous avez des hommes tout à fait capables de régler le problème ?

— Justement, non, ils n'en sont pas capables, rétorqua Christopher en se levant et en attrapant sa veste accrochée au dossier d'une chaise. Le litige n'est pas seulement à propos d'un petit morceau de rivage. Il s'agit de moi et de ce qui est à moi. Ils veulent les deux. Tant que je ne les aurai pas affrontés, ils ne renonceront pas. Ils auraient pu me faire assassiner, mais ce qu'ils veulent, c'est me vaincre. Sinon, leur pouvoir sera toujours contesté.

— Quel ramassis de sauvages ! marmonna Philip.

— Les hommes sont des animaux, au fond, commenta Christopher en enfilant sa veste.

— Vous n'avez jamais envisagé de changer de vie ? hasarda le jeune homme, la tête penchée sur le côté. Vous avez beaucoup d'argent, plus qu'il ne vous en faut.

Christopher regarda affectueusement son protégé.

— Et que veux-tu que je fasse ?

— Vous marier. Avoir des enfants.

— Jamais.

Du bout de ses doigts, il fit bouffer les dentelles à son col et à ses poignets.

— On n'échappe à ce genre de vie que par la mort, reprit-il. Si ton but ultime est de fonder une famille, que ce soit le plus tôt possible, mon petit Philip. Plus tu attendras, plus ce sera difficile.

Philip suivit Christopher jusque dans le hall.

— Où allez-vous maintenant ?

— Dire au revoir à lady Winter.

Ces mots avaient à peine franchi ses lèvres qu'il s'en étonna. D'ordinaire, avant une bataille, il admettait toujours la possibilité d'y rester. Il avait pris des dispositions pour protéger sa maisonnée, ce qui lui permettait de se jeter dans la mêlée avec la bravoure d'un homme prêt à mourir. À présent, pourtant, il se surprenait à hésiter. Il avait envie de revoir Maria, de la sentir sous lui, se cabrant de plaisir, d'entendre son rire de gorge lorsqu'elle le taquinait. Il avait envie qu'elle l'excite jusqu'à ce qu'il soit dur comme du granit et prêt à la chevaucher toute la nuit.

Bon Dieu, c'était peut-être vil, mais il voulait juste baiser de nouveau avec elle, et ce désir était assez fort pour lui donner envie de vivre jusqu'à ce que cela arrive. Il prit le chapeau et les gants que lui tendait son majordome et sortit en riant. Oui, les hommes étaient vraiment des animaux.

C'était absurde de désirer une femme à ce point-là. Il pouvait avoir n'importe laquelle, de la duchesse à la poissarde. Il plaisait aux femmes, il leur avait toujours plu. Mais lorsqu'il descendit de cheval devant la maison de Maria et lança les rênes au palefrenier, c'était une femme en particulier qu'il avait hâte de revoir.

Lorsque le majordome ouvrit la porte et découvrit Christopher sur le seuil, sa carte de visite à la main, il ne put cacher son désarroi.

— Prends la carte, dit Christopher. Ça nous épargnera une entrée en force.

Le serviteur renifla avec dédain, mais obéit et le conduisit dans un salon – celui-là même où il avait parlé avec lord Welton. Resté seul, Christopher admira le décor à la lumière du jour, remarqua les moulures élaborées qui décoraient les murs gris clair. Il détestait attendre et il détesta plus encore la façon dont il se mit à tourner en rond. Certains hommes font cela. D'ordinaire, Christopher n'était pas de ceux-là.

Finalement, la porte s'ouvrit et Maria entra. Il s'immobilisa. Elle était en robe d'intérieur, créant d'emblée une étrange impression d'intimité. Il se souvint de la manière dont il l'avait tenue dans ses bras la nuit passée. En cet instant, il aurait donné n'importe quoi pour se retrouver dans un lit avec elle.

Il la rejoignit à grandes enjambées, pressé de l'embrasser et de revivre les délices de la veille.

Conscient qu'elle était blessée, il la prit dans ses bras avec une délicatesse extrême et inclina la tête pour l'embrasser exactement comme il en avait envie. Maria se crispa un peu au début et puis s'abandonna.

Il lui lécha les lèvres, les mordilla, les dévora comme si elle était le plus délicieux des mets. Sa peau s'échauffa, puis devint moite de transpiration, chaque muscle se tendit de désir. Tout cela à cause d'un simple *baiser*, alors qu'il n'aimait pas particulièrement embrasser, considérant que c'était un hors-d'œuvre insipide qui ne servait qu'à retarder le plat principal.

Mais, par Dieu, les baisers de Maria étaient en eux-mêmes des actes sexuels. Il ne s'écarta que parce qu'il lui fallait respirer. C'était du reste uniquement pour cela que la tête lui tournait.

Maria rouvrit les yeux, révélant des profondeurs obscures et troubles.

— *Miam*, murmura-t-elle en se pourléchant. C'était délicieux.

Un je-ne-sais-quoi de rauque dans sa voix mit le comble à l'excitation de Christopher. Frustré, il gronda, et prit le visage de Maria entre ses mains.

— Écoutez, fit-il, je dois partir aujourd'hui même. Une affaire urgente à régler. Dites-moi tout de suite si vous avez encore l'intention de vous lancer dans une expédition insensée, que je désigne des hommes pour vous protéger.

— J'ai juste l'intention d'aller me reposer quelques jours à la campagne, répondit-elle avec un sourire. J'ai besoin de reprendre des forces.

— Très bien.

Il resserra un instant les doigts autour de son visage, puis la lâcha et recula vivement. Elle se comportait curieusement, comme si elle mijotait quelque chose. Dans le doute, il allait la faire surveiller de loin.

— Où allez-vous ? demanda-t-il.

— Je n'ai pas encore décidé.

— Quand partez-vous ?

— Aujourd'hui.

— Quand rentrerez-vous ?

Elle s'esclaffa. Ses beaux yeux noirs brillèrent comme des escarboucles. Avec ses cheveux de jais et ses lèvres encore gonflées par le baiser qu'ils venaient d'échanger, elle était plus belle que jamais.

— Est-ce que je vais vous manquer ? s'enquit-elle en guise de réponse.

— J'espère que non.

Il avait répondu d'un ton bourru, Dieu sait pourquoi.

— Moi, vous allez me manquer, dit-elle.

Il l'observa attentivement.

— C'est vrai ?

— Non. J'ai dit cela pour parler.

— Petite garce.

Il savait qu'elle l'asticotait, cela se voyait sur son visage, pourtant, il aurait souhaité qu'elle soit sincère.

— Christopher ? dit-elle, comme le silence s'éternisait. Vous n'avez pas l'air dans votre assiette aujourd'hui.

— C'est vous qui êtes différente, rétorqua-t-il.

Elle avait l'air... comment dire ? plus enjouée que d'habitude. Il avait envie de savoir pourquoi. Quelle était la cause de ce changement d'humeur ?

Maria poussa un soupir audible et s'approcha du divan.

— Donc, c'est là que nos chemins se séparent.

Elle s'assit et tapota la place à côté d'elle pour l'inviter à la rejoindre.

Il ne bougea pas.

— Il faut que je parte, dit-il.

Pour tuer et, qui sait ? pour être tué.

Elle hocha la tête.

— Si vous avez la moindre envie de m'embrasser avant que je ne prenne congé, bougonna Christopher, c'est maintenant ou jamais.

Elle fit une petite moue mais ne répondit rien. Alors, il tourna les talons.

— Christopher ! Attendez.

Il s'arrêta sur le seuil du salon et se retourna, affichant une expression d'ennui. Maria était debout et s'apprêtait apparemment à le suivre.

— Cela faisait longtemps que je n'avais pas dormi aussi bien que la nuit dernière.

C'était une sorte de rameau d'olivier qu'elle lui tendait, alors il referma la porte et revint sur ses pas. De deux choses l'une : ou c'était la meilleure menteuse du monde, ou elle commençait à s'attacher à lui.

Elle le rejoignit d'une démarche gracieusement chaloupée et posa les deux mains à plat sur son torse. Elle renversa la tête en arrière pour le regarder. Il baissa les yeux sur elle et attendit que ce soit elle qui franchisse la distance qui les séparait.

— Finalement, j'aurais peut-être dû vous laisser partir, dit-elle en secouant la tête.

Elle alla chercher un tabouret qu'elle déposa devant Christopher. Puis elle grimpa dessus, ce qui rapprocha considérablement leurs bouches.

— Dites-moi donc pourquoi je me donne toute cette peine ? souffla-t-elle.

Il sourit, réconcilié avec l'idée d'aller se battre.

— Pour ceci.

Et il l'embrassa fougueusement.

12

— Vous vous sentez mieux ? s'enquit Mlle Pool en regardant Amelia du coin de l'œil tandis qu'elles rentraient à la maison.

— Beaucoup mieux, merci.

Depuis la tentative de Maria, Amelia était de plus en plus fébrile. Lorsqu'il lui avait paru évident que son élève n'arrivait pas à se concentrer sur les leçons du jour, Mlle Pool avait proposé d'oublier le travail au profit d'une journée en plein air. Ombrelle à la main, elles étaient parties au hasard et s'étaient retrouvées sur le chemin de la bourgade voisine. Amelia avait apprécié la promenade. Elle en avait profité pour regarder les gens qui vaquaient à leurs occupations. Ils avaient des vies bien remplies, contrairement à elle.

— Le corps a autant besoin d'exercice que l'esprit, observa Mlle Pool de sa voix douce.

— C'est ce que j'ai toujours pensé, moi aussi.

Amelia avait grandi au côté d'un garçon turbulent et elle avait adoré partager ses jeux. Elle avait aussi adoré son sourire encadré de fossettes – un sourire qu'elle n'avait pas vu depuis longtemps.

— J'aime beaucoup votre nouvelle coiffure, déclara la gouvernante. C'est très élégant – une vraie lady. Il serait temps que vous ayez votre propre femme de chambre. Je vais écrire à votre père ce soir même pour lui suggérer de vous en procurer une.

Amelia se tapota nerveusement les cheveux. Nattés et enroulés en chignon, ils pesaient leur poids et sa nuque commençait à être douloureuse. Mais, si c'était le prix à payer pour être considérée comme une femme, elle s'y résignait.

— Bonjour, mademoiselle Pool. Mademoiselle Benbridge.

Elles ralentirent et sourirent au jeune cordonnier qui était sorti de son échoppe pour les saluer. Le beau jeune homme sourit timidement et se frotta machinalement les mains sur son tablier de cuir.

— Bonjour, monsieur Field, répondit Mlle Pool en rosissant, ce qu'Amelia ne put s'empêcher de remarquer.

Ces deux-là avaient l'air de bien s'aimer. Curieuse, Amelia les étudia avec attention, se demandant si elle arborait ce genre d'expression enamourée lorsqu'elle croisait Colin. Si oui, c'était pathétique d'afficher autant de tendresse et d'espoir face à quelqu'un qui vous méprisait souverainement.

Se sentant indiscrète, elle tourna le dos aux amoureux... et aperçut à quelque distance une haute silhouette familière. C'était Colin. En compagnie d'une blonde qui devait avoir à peu près le même âge que lui si elle se fiait à ses courbes épanouies. Ils riaient, leurs yeux brillaient quand ils se regardaient. La main au creux de ses reins, il la fit tourner au coin d'une bâtisse et ils disparurent à la vue.

Incapable de résister, Amelia se mit en marche d'un pas saccadé. Colin et la fille plantureuse avaient échangé le même genre de regards que Mlle Pool et M. Field. Des regards pleins de promesses.

Elle contourna le même bâtiment et ralentit le pas lorsqu'elle entendit des murmures et des petits rires. Elle se faufila entre des barriques et des caisses, tellement tendue que, lorsqu'un chat surgit devant elle en miaulant, elle crut mourir de peur. Ses jambes se dérobèrent, elle s'appuya contre le mur de brique, la main sur son cœur qui battait la chamade. Il faisait plus frais là derrière, l'allée étant abritée du soleil par la bâtisse.

Elle savait qu'elle aurait dû rebrousser chemin. Mlle Pool allait bientôt s'apercevoir de son absence et s'inquiéter. Mais le cœur d'Amelia était tout sauf raisonnable. Sinon, il aurait cessé depuis longtemps de se languir de Colin.

Prenant une profonde inspiration pour se donner du courage, elle s'écarta du mur, le longea jusqu'au bout et se retrouva derrière le bâtiment. Elle se figea, le souffle coupé.

Son ombrelle lui échappa des mains et tomba. Colin et sa bonne amie étaient trop occupés pour faire attention au bruit. La jolie blonde était adossée au mur, la tête renversée tandis que Colin dévorait les rondeurs exposées par le profond décolleté de son corsage. De la main gauche, il s'appuyait au mur et de la droite il pétrissait le sein que la fille lui offrait effrontément.

Ce fut comme un coup de poignard en plein cœur. La douleur fut si aiguë qu'Amelia ne put retenir un cri étouffé. Colin tourna la tête. Il ouvrit de grands yeux lorsqu'il la reconnut. Aussitôt, il s'écarta du mur et de la fille.

Horrifiée, Amelia fit volte-face et partit en courant, oubliant son ombrelle. Ses sanglots se répercutaient dans la ruelle mais cela ne l'empêcha pas d'entendre Colin qui l'appelait. Sa voix était grave, si différente de celle du jeune garçon qu'elle avait connu, et son ton suppliant, comme s'il regrettait de lui avoir brisé le cœur.

Ce qui n'était évidemment pas le cas !

Elle courut deux fois plus vite, le bruit du sang qui lui rugissait aux oreilles absorbant le martèlement de ses talons sur le sol.

Mais même à cette allure, elle ne pouvait échapper au souvenir de ce qu'elle avait vu.

— Je t'en prie, laisse-moi m'en occuper, murmura Simon, sa tête près de celle de Maria tandis qu'ils regardaient par la petite fenêtre de la berline.

— Non, non, insista-t-elle en tapant du pied sur le plancher. Si c'est toi qui y vas, j'ai peur qu'il n'y ait des dégâts.

— Ma douce, c'est trop dangereux.

— Ne dis pas de bêtises, répondit-elle d'un ton moqueur. Si tu t'en mêles, cela se transformera en combat de boxe, ce qui attirera l'attention. Pour réussir, il faut repartir aussi discrètement que nous sommes arrivés.

Il soupira bruyamment et appuya la tête contre le dossier de la banquette, incarnation de l'homme exaspéré. Maria se mit à rire, puis s'interrompit comme une haute silhouette venait d'apparaître dans l'allée derrière la maison de St. John.

— Il en fait partie ? demanda-t-elle.

Simon regarda de nouveau par la fenêtre.

— Oui. Mais je te conseille d'attendre qu'il en vienne un plus petit.

Maria réfléchit un moment car elle était intimidée par la taille du bonhomme. C'était un géant. Sa longue tignasse hirsute et sa barbe noire accentuaient encore l'impression de sauvagerie. Il s'éloigna d'une démarche pesante qui faisait à coup sûr trembler le sol sous ses pieds.

Maria prit une profonde inspiration et pensa à sa sœur. Elle avait déjà interrogé tous les hommes qui étaient avec elle cette nuit-là. Malheureusement, ils n'avaient pas eu grand-chose à lui apprendre, occupés qu'ils étaient à la protéger. En revanche, les hommes de Christopher avaient peut-être eu une meilleure vue d'ensemble. Donc, elle devait en questionner au moins un. Amelia avait besoin d'elle. D'une façon ou d'une autre, il fallait qu'elle trouve la force d'affronter ce monstre.

Ouvrant la portière, Maria descendit de la berline avant que le bon sens l'emporte. Elle courut après le colosse, l'appelant au secours comme l'aurait fait une faible femme en détresse.

Le gaillard se retourna. Dans son regard passèrent successivement la surprise, puis l'admiration et pour finir l'inquiétude, lorsqu'elle sortit un pistolet de derrière son dos.

— Bonjour, le salua-t-elle avec son plus gracieux sourire, en braquant son arme sur son cœur. J'aimerais passer un petit moment en votre compagnie.

Il étrécit les yeux.

— Ça va pas la tête ? gronda-t-il.

— S'il vous plaît, ne m'obligez pas à tirer. Je n'hésiterai pas, vous savez.

Elle se campa sur ses pieds comme si elle s'apprêtait à absorber le recul du pistolet au cas où elle aurait à presser la détente. Elle jouait la comédie, naturellement, mais il n'avait aucun moyen de le savoir.

— Cela me déplairait de percer un trou dans votre précieuse carcasse, ajouta-t-elle. D'autant que vous m'avez sauvé la vie récemment et que je vous dois donc une fière chandelle.

En la reconnaissant, il ouvrit des yeux ronds, puis il jura entre ses dents.

— Les copains ont pas fini de se foutre de moi, bougonna-t-il.

— Vous m'en voyez navrée.

— Je vous crois pas.

Lorsqu'il passa devant elle, Maria eut l'occasion de vérifier qu'il faisait effectivement trembler le sol.

— Où ? demanda-t-il.

Elle lui indiqua le chemin jusqu'à la berline. Lorsqu'il ouvrit la portière, il se retrouva nez à nez avec un Simon médusé.

— Bon Dieu ! s'exclama ce dernier. Ce n'était pas plus difficile que ça ?

— Je lui aurais bien flanqué la fessée, maugréa le géant, mais St. John m'écorcherait vif.

Lorsqu'il grimpa dans la berline, occupant une banquette à lui tout seul, les sangles poussèrent des grincements de protestation.

— Bon, fit-il en croisant les bras. Qu'est-ce que vous voulez ?

Maria tendit le pistolet à Simon avant de monter à bord.

— Votre coopération sera grandement appréciée, monsieur... ?

— Tim.

— Tim comment ?

Il lui lança un regard noir.

— Tim tout court.

Elle s'assit à côté de Simon et arrangea ses jupes tandis que la voiture s'ébranlait.

— J'espère que vous aimez Brighton, Tim, demanda-t-elle en souriant suavement à son prisonnier.

— La seule chose que j'aimerais, c'est apprendre que vous tourmentez St. John pareillement.

Elle se pencha et murmura sur le ton de la confidence :

— Je suis bien pire avec lui.

Tim sourit dans sa barbe.

— Va pour Brighton, alors.

Les reflets du soleil couchant donnaient l'impression que la mer était en feu. D'énormes vagues déferlaient sur la plage. Les mugissements du ressac avaient un effet apaisant sur Christopher. Il se tenait au sommet d'une falaise, les jambes écartées, les mains dans le dos. La brise marine lui soufflait au visage son haleine salée et malmenait les mèches échappées de sa queue-de-cheval.

Derrière l'horizon, l'un de ses navires attendait, la coque pleine de rhum, de tabac, d'étoffes précieuses et d'épices. Lorsque la nuit serait tombée, le vaisseau se rapprocherait en se guidant sur les fanaux allumés par ses hommes.

C'est le moment que ses rivaux choisiraient pour attaquer, pendant le déchargement de la marchandise sur la plage. Ce soir, ils allaient enfin avoir ce qu'ils désiraient tant : un combat.

Christopher attendait l'heure de la confrontation sans anxiété ni impatience. C'était une tâche nécessaire, rien de plus.

— Nous sommes prêts, dit Sam en venant se poster près de lui.

Les hommes de Christopher s'étaient dispersés, certains sur la plage, certains au pied des falaises, d'autres dans des grottes. Il ramena les bras sur le devant de son corps. Les amples manches de sa chemise flottèrent violemment dans le vent du large. Il agrippa la poignée de son épée et prit une grande goulée d'air marin.

— Bien, murmura-t-il. Allons-y.

En descendant vers la plage, il eut un regard pour chacun des hommes qu'il croisa. C'était peu de chose, ces coups d'œil en passant, mais ils en disaient long à ces hommes qui risquaient leur vie à son service.

Je te vois. Tu comptes pour moi.

Au fil des ans, il avait connu beaucoup de chefs qui allaient au combat en regardant droit devant eux, bouffis d'orgueil, ne daignant pas remarquer l'existence de leurs subordonnés. La seule loyauté que de tels hommes inspirent est fondée sur la peur ou l'argent. Une base friable, facile à détruire.

Christopher se mit à l'abri derrière un gros rocher dont une partie était immergée dans l'eau et attendit. Le ciel s'assombrissait. La fureur des vagues s'apaisait. Le déchargeur se mit en place, prêt à haler la marchandise du navire jusqu'à la côte.

Depuis sa cachette, Christopher surveillait la plage. Il était impassible, condition nécessaire pour espérer survivre à cette nuit redoutable. Soudain des ombres se déversèrent sur la plage comme de la fumée, trahissant la présence des forbans qui avaient l'intention d'usurper sa place. Il tendit la main vers la lampe dissimulée dans un recoin. C'est alors que retentirent les premiers éclats de voix et les premiers cliquetis d'épée. L'atmosphère changea, l'air se chargeant d'une odeur de peur. Christopher se montra, levant sa lanterne pour éclairer son visage.

— Ohé ! cria-t-il avec tant d'autorité que les gens qui se battaient sur la plage eurent une seconde d'hésitation.

Comme il s'y attendait, un homme se détacha du groupe.

— Il était temps que tu te montres, maudit trouillard ! hurla cet imbécile.

Christopher haussa un sourcil narquois.

— La prochaine fois que tu auras envie de me voir, envoie-moi une invitation.

— Laisse tomber les provocations et bats-toi comme un homme.

Christopher eut un sourire froid.

— Avec ta permission, je vais plutôt me battre comme un sauvage.

209

Un groupe d'hommes se rua sur lui, mais il lança sa lanterne à leurs pieds, projetant de l'huile enflammée, qui eut tôt fait d'envelopper bon nombre d'entre eux et d'illuminer la plage. Des cris atroces déchirèrent la nuit, provoquant un frisson de terreur chez tous ceux qui les entendirent.

Dégainant son épée, le bras gauche levé pour s'équilibrer, Christopher se jeta dans la mêlée.

La nuit fut longue et sanglante.

— Vous allez voir M. Field ? demanda Amelia, assise sur le lit de Mlle Pool.

Le regard de la jolie gouvernante et celui d'Amelia se croisèrent dans le miroir de la coiffeuse.

— Vous jouez les marieuses, maintenant ?

Amelia aurait voulu sourire mais elle était incapable d'une telle prouesse.

— Vous avez l'air d'une poupée de porcelaine, dit-elle à la place.

Mlle Pool pivota sur son siège et la dévisagea pour la énième fois.

— Êtes-vous certaine de ne pas vouloir venir avec moi ? Vous avez toujours aimé aller au village.

De douloureux souvenirs lui revinrent en mémoire et Amelia secoua violemment la tête pour essayer de les chasser. Pas question de pleurer devant Mlle Pool.

— Vous savez que vous pouvez me parler de tout, reprit la gouvernante. Je n'ai pas trahi votre secret à propos de votre sœur. Je ne trahirai pas les autres.

Amelia pinça les lèvres. Elle n'avait pas envie de faire des confidences mais ce fut plus fort qu'elle.

— Avez-vous déjà été amoureuse ?

Les beaux yeux bleus de Mlle Pool s'arrondirent.

— J'ai cru que je l'étais, reconnut-elle. Ça n'a pas bien fini, je le crains.

— Vous l'aimiez toujours ? Après ?

— Oui.

Amelia se leva et s'approcha de la fenêtre qui donnait du côté de la rivière, à l'opposé des écuries, et donc sans danger.

— Comment avez-vous guéri ?

— Je n'ai jamais vraiment guéri. Jusqu'à ce que je rencontre M. Field.

Amelia se retourna.

— Qu'est-ce que vous en concluez ?

— Je n'ai pas beaucoup d'expérience, c'est pourquoi j'hésite à en parler, mais il se peut qu'un nouvel amour comble le vide laissé par l'ancien.

Mlle Pool se leva à son tour et rejoignit Amelia près de la fenêtre.

— Vous n'aurez jamais à vous soucier de cela, reprit-elle. Vous êtes merveilleuse, aucun homme ne vous quittera jamais.

— Comme j'aimerais que ce soit vrai, murmura Amelia.

Un sourire compatissant incurva la bouche délicate de la gouvernante. Posant doucement les mains sur les épaules d'Amelia, elle demanda :

— Vous parlez du premier amour, n'est-ce pas ? Ceux-là finissent toujours mal. Mais ils ont leur utilité. Un peu comme un rituel, ils marquent le passage de la fille à la femme.

Les yeux d'Amelia s'emplirent de larmes. Mlle Pool la prit dans ses bras pour la réconforter. Amelia accepta son étreinte avec reconnaissance, pleurant jusqu'à être secouée de hoquets douloureux. Puis les hoquets s'arrêtant, elle pleura de plus belle.

Lorsqu'elle n'eut plus de larmes, elle se moucha dans le mouchoir que Mlle Pool lui tendit – sa gouvernante n'était jamais prise au dépourvu.

— Allez-y, ordonna Amelia en puisant au fond d'elle-même des forces insoupçonnées. Je vous ai déjà assez retardée.

— Je ne vais pas vous laisser dans cet état, protesta Mlle Pool.

— Je me sens mieux, je vous assure. Je me sens même tellement bien que j'ai l'intention d'aller me promener pour m'éclaircir les idées.

C'était mardi, le jour où Colin et son oncle avaient quartier libre. Ils sortaient toujours, ce qui signifiait qu'elle pouvait traverser la propriété sans risquer de faire de mauvaises rencontres.

— Alors, venez avec moi.

Amelia frissonna. D'accord, elle était ragaillardie, mais pas à ce point-là !

— Non, merci. Je préfère ne pas trop m'éloigner de la maison.

Il fallut encore beaucoup de paroles rassurantes et de cajoleries pour que Mlle Pool consente enfin à se rendre au village. Amelia interrogea ensuite la cuisinière, qui savait tout sur tout le monde, pour s'assurer que Colin était parti.

Après avoir pris une profonde inspiration, elle sortit de la cuisine, traversa la pelouse en courant, et se réfugia à l'abri des bosquets. Alors qu'elle s'approchait de la clôture avec l'intention de la franchir, un mouvement entre les arbres attira son attention.

Accroupie derrière une souche, elle vit passer l'un des valets de son père, qui faisait sa ronde autour de la propriété. C'était un homme d'un certain âge, d'apparence soignée, mais tellement maigre qu'il flottait dans ses vêtements. Il avait le regard dur et sa main était crispée sur la poignée d'une redoutable épée.

Il s'arrêta, fouilla les alentours du regard, l'air soupçonneux. Amelia retint son souffle, n'osant même plus cligner des yeux. Au bout d'une éternité, l'homme se remit en marche.

Amelia attendit d'être certaine qu'il était loin avant de sortir de sa cachette. Puis elle enjamba la clôture et ne s'autorisa à pousser un soupir de soulagement qu'une fois dans le bois.

— Juste ciel ! souffla-t-elle, plutôt contente de son coup. Quel bonhomme déplaisant.

— Je suis d'accord.

Amelia sursauta au son de cette voix grave et raffinée. Elle pivota vivement et demeura bouche bée devant le gentleman qui se tenait à peu de distance.

Il était riche, comme l'indiquaient la qualité de ses vêtements et la finesse de sa perruque. Il était pâle et mince, et très beau. Il devait avoir à peu près le même âge qu'elle mais il avait l'allure d'un homme habitué à être obéi. Un privilégié.

S'inclinant, il se présenta comme le comte de Ware. Puis il expliqua que la rivière qu'elle aimait tant se trouvait sur les terres de son père.

— Mais vous y êtes la bienvenue.

— Merci, milord, répondit Amelia en faisant la révérence. Vous êtes très aimable.

— Non, répondit-il, pince-sans-rire. Je m'ennuie beaucoup. C'est pourquoi j'aime la compagnie, surtout si ladite compagnie est une jolie jeune fille qui vient de s'échapper du lugubre donjon où elle était retenue prisonnière.

— Quelle vision pleine d'imagination, murmura-t-elle.

— Je ne suis pas dépourvu d'imagination, admit-il.

Sur ce, lord Ware lui prit la main et l'emmena jusqu'à la rivière. Ils y trouvèrent Benny, en train de tailler une longue branche mince. Il se retourna et regarda Amelia.

— Tant que j'y suis, je vais aussi en faire une pour vous, dit-il.

— Vous voyez ? dit Ware. Ce n'est plus la peine de pleurer. Imaginez-vous quelque chose de mieux qu'un après-midi au bord de l'eau avec un comte et un chenapan ?

Elle lui lança un regard de biais et il lui adressa un clin d'œil.

Pour la première fois depuis des jours, Amelia sourit.

Le soleil apparut au-dessus de l'horizon, annonçant la naissance du jour. Dans les premières lueurs de l'aube, la plage de Deal se révéla progressivement à ceux qui respiraient encore. Des cadavres étaient éparpillés sur le sable gorgé de sang ou flottaient au gré des vagues. Le navire était parti, sa cargaison transbordée sur des charrettes qui avaient pris la route depuis longtemps.

Christopher souffrait en différents endroits, mais ignorait la douleur. Debout, immobile, les mains jointes pressées contre ses lèvres, on aurait pu croire qu'il priait, mais ceux qui le connaissaient savaient que ce n'était pas possible. Même Dieu ne daignerait jamais secourir une âme aussi noire que la sienne. À ses pieds, il y avait le corps de l'imbécile qui l'avait défié, le cœur transpercé par une épée qui le clouait au sol.

Un vieux s'approcha en boitant, un bandage sanglant enroulé autour de la cuisse.

— Douze morts, annonça-t-il.

— Je veux la liste de leurs noms.

— Ouais. Je vais m'en occuper.

On lui toucha doucement le bras. Christopher tourna la tête et découvrit une jeune fille.

— Tu saignes, murmura-t-elle, les yeux aussi grands que des soucoupes.

Il remarqua pour la première fois l'entaille à son biceps qui saignait abondamment sur sa manche en lambeaux.

— On dirait.

Il tendit le bras pour qu'elle puisse le panser avec le morceau d'étoffe qu'elle avait à la main.

Il la regarda opérer. Elle faisait montre d'un sang-froid admirable malgré sa jeunesse. Des hommes aguerris étaient en train de vomir au spectacle de ce carnage, mais elle le supportait stoïquement. La violence ne lui était pas inconnue.

— Tu as perdu quelqu'un aujourd'hui, petite ? demanda-t-il doucement.

Elle resta concentrée sur sa tâche.

— Mon oncle.

— Je suis désolé.

Elle accepta ses paroles d'un simple hochement de tête.

Christopher poussa un profond soupir et porta le regard vers le soleil levant. Sa position ici avait beau être consolidée, il n'allait pas partir tout de suite. Il s'était douté que la bataille en elle-même serait de courte durée. S'il avait prévu une quinzaine de jours, c'était pour le reste, à savoir, rendre visite à chacune des familles que l'affaire présente avait endeuillées et s'assurer qu'ils avaient les moyens de survivre. Une tâche éprouvante mais inévitable.

Soudain, il pensa à Maria. Pourquoi ? C'était un mystère. Il savait seulement que songer à elle lui faisait redresser l'échine et lui donnait un but – un lit moelleux et son joli corps aux courbes sensuelles blotti contre le sien. La tenir dans ses bras, se détendre auprès d'elle. Éprouver ce curieux serrement de cœur, qu'il trouvait si pénible mais qui était quand même préférable à ce... ce *rien* qu'il ressentait en cet instant.

« Vous n'avez jamais envisagé de changer de vie ? » avait demandé Philip.

Non, pas même maintenant, au milieu de cette horreur. Mais pour la première fois, parce qu'il y avait Maria, il n'excluait pas de s'accorder un répit.

C'était donc ainsi que Dieu le punissait de ses péchés : pour rester vivant, il allait devoir sacrifier sa seule véritable raison de vivre.

13

Assise sur le sofa, Maria ramena les jambes sous elle sans cesser de regarder Tim, qui était en train de dessiner. Le cottage que Welton lui avait procuré était petit mais confortable. Situé près de la plage, c'était un agréable refuge, le bruit des vagues accompagnant à merveille les moments de paresse.

Tim chantonnait en travaillant, et Maria s'émerveilla une fois de plus de sa douceur qui tranchait avec ses proportions gigantesques. Il était gentil et profondément loyal à l'égard de St. John, une loyauté qu'il étendait à elle parce qu'il lui semblait qu'elle était importante pour son patron. Ce qui l'étonnait beaucoup. Certes, St. John lui témoignait de l'intérêt, mais elle connaissait les hommes. Intérêt ne voulait pas dire affection. Elle avait quelque chose qu'il désirait. Leur relation n'allait pas plus loin. Tim, de toute évidence, pensait différemment et, au fond de son cœur, elle aurait bien voulu que ce soit vrai.

Il lui manquait, son pirate. Étonnamment, il ne lui avait pas fallu beaucoup de temps pour s'attacher à lui. La nuit, elle regrettait qu'il ne soit pas là pour la serrer dans ses bras, la réchauffer, lui offrir son torse en guise d'oreiller. Parfois, si elle fermait les yeux, elle avait l'impression de respirer son odeur, ce mélange riche d'essence de bergamote et de virilité à l'état pur.

Elle regrettait surtout cette illusion de sécurité qu'elle éprouvait avec Christopher. Simon la laissait prendre toutes les décisions et elle lui en était reconnaissante. Parfois, pourtant, elle aurait voulu que quelqu'un l'aide à porter son fardeau. Pas trop, pour ne pas la rendre dépendante, mais assez quand même pour avoir des moments de répit.

— Voilà, dit Tim en se levant.

Il traversa la pièce de sa démarche d'ours, lui tendit son dessin, retourna s'asseoir et en commença aussitôt un autre.

Maria mit de côté la carte qu'elle était en train d'étudier et les instructions qu'elle avait rédigées à l'intention de Simon et examina le dessin. Elle fut stupéfaite.

— Vous êtes doué, dit-elle, admirant le portrait d'un adolescent d'une beauté exceptionnelle.

Des traits exotiques, des yeux sombres et d'épais cheveux noirs, trop longs, un air farouche.

— Ce n'est rien, déclara Tim d'un ton bourru.

Mais quand elle releva les yeux, elle vit qu'il rougissait.

— Vous avez une mémoire hors du commun. J'avais remarqué ce jeune homme, moi aussi, mais avant de voir votre dessin j'aurais été incapable de vous le décrire. Et pourtant, vous l'avez représenté à la perfection.

Il eut un bougonnement embarrassé, plissant les yeux sous ses sourcils broussailleux. Elle sourit et puis regarda la pile de dessins posée près d'elle. Ensemble, ils illustraient les événements de cette nuit-là – la berline, la gouvernante, le palefrenier et le cocher. Le suivant représentait Amelia et Maria osait à peine le regarder, ne sachant pas comment elle allait réagir. Elle n'avait vu sa sœur qu'un instant et, en trois semaines, le souvenir qu'elle en avait s'était déjà estompé.

— Vous finirez par la retrouver, murmura Tim.

Clignant des yeux, Maria reporta son attention sur lui. La quinzaine de jours de vacances était presque finie, Dieu merci. Sa blessure exigeait de l'immobilité pour cicatriser correctement, mais Maria détestait l'inaction. Avec ce qu'elle avait marché de long en large dans ce salon, elle aurait pu faire le tour de la terre. Diriger les choses de loin, ce n'était pas son genre. Elle préférait participer à l'action. Par bonheur, dans deux jours, elle rentrait à Londres. Tim retournerait chez St. John et elle recommencerait à chercher Amelia.

— Je vous demande pardon ?

— Votre sœur, précisa-t-il. Vous finirez par la retrouver.

Seigneur ! Qu'est-ce qu'il en sait ?

— St. John est-il au courant ? demanda-t-elle en réfléchissant aux conséquences.

Amelia était son seul point faible. À part Simon et Welton, personne ne le savait.

— Pas encore. Vous m'avez enlevé avant que j'aie eu l'occasion de lui en parler.

Elle poussa un soupir de soulagement, mais son cœur battait toujours la chamade.

— Je ne peux pas vous ramener maintenant, lui dit-elle.

Ils savaient aussi bien l'un que l'autre que Tim pouvait partir quand il voulait. Pour retenir un homme de ce gabarit contre sa volonté, il aurait fallu l'enchaîner – et cela n'aurait peut-être même pas suffi.

— Je sais, répondit-il simplement.

Le géant tritura sa barbe et se redressa sur sa chaise, évidemment trop petite pour lui.

— Ma mission était de vous protéger cette nuit-là, reprit-il. J'ai échoué. Si je vous protège bien, cette fois-ci, j'ai peut-être une chance de me racheter.

— Vous n'êtes pas sérieux ! s'exclama-t-elle alors que tout dans son attitude disait qu'il l'était. Nous ne pouvions pas nous douter de ce qui allait se passer.

— St. John s'en doutait, lui. Sinon, il nous aurait pas envoyés. Il avait confiance en moi pour faire aussi bien que lui et j'ai échoué.

— Tim...

Levant une de ses grosses pognes, il l'interrompit.

— Vous voulez me garder près de vous et c'est là que j'ai envie d'être. Pas la peine de discuter.

Maria n'insista pas. C'était d'une logique implacable. Il n'y avait rien à répliquer.

— Ma douce...

Maria regarda par-dessus son épaule et vit Simon pénétrer dans la pièce avec sa grâce indolente coutumière. Il venait juste de rentrer après une longue absence et portait encore son costume de voyage. Suivant les ordres qu'elle lui avait donnés, il avait rassemblé une douzaine d'hommes et fouillé une grande partie de la côte sud à la recherche d'Amelia.

— Tu as de la visite, annonça-t-il.

Tout de suite sur le qui-vive, elle déplia les jambes et se leva. Elle se dépêcha de le rejoindre et demanda à voix basse :

— Qui est-ce ?

Il lui prit le coude et l'entraîna dehors tout en jetant un regard méfiant à Tim. Puis il se pencha et murmura :

— Lord Eddington.

Elle tressaillit et leva vers Simon un regard interrogateur. Il haussa les épaules en guise de réponse et l'escorta jusqu'au salon.

Elle n'était pas habillée pour recevoir des visiteurs, cela dit, il ne s'agissait pas d'une visite de courtoisie. Tête haute, elle entra dans le salon, bien décidée à déployer tout son charme. Elle découvrit que ce ne serait pas superflu lorsque Eddington se retourna et lui lança un regard furibond.

— Vous et moi avons beaucoup de choses à nous dire, lâcha-t-il d'une voix aussi sèche que furieuse.

Habituée à l'arrogance des hommes, Maria le gratifia d'un sourire radieux.

— C'est une joie de vous voir, milord, susurrat-elle en s'asseyant sur le sofa.

— Quelque chose me dit que vous serez d'un autre avis sous peu.

— Elle a braqué sur lui un pistolet avec une audace de tous les diables, en plein jour !

Christopher se représenta la scène décrite par Philip. Tim le colosse enlevé par la minuscule

Maria ! Il sourit tandis qu'une douce chaleur se répandait dans sa poitrine. Décidément, plus les jours passaient, plus cette femme lui plaisait. Même l'absence n'avait pas diminué son estime pour elle, ni son désir. Il avait commencé par demander de ses nouvelles lorsque Philip l'avait rejoint à l'auberge. Il n'aurait pas eu la patience d'attendre d'être rentré à Londres.

— C'était vraiment très amusant, avoua Philip, qui avait remarqué la bonne humeur de Christopher.

— J'aurais voulu voir ça.

Il se carra dans son siège, se tourna vers la fenêtre et regarda défiler le paysage. Les rideaux rouges étaient retenus par une embrasse. C'était la seule tache de couleur dans la berline, le reste étant entièrement noir.

— Donc, reprit-il, Tim est resté avec elle.

— Oui, et c'est sans doute très bien ainsi, l'Irlandais étant revenu dès le deuxième jour.

Cette nouvelle fit plaisir à Christopher. C'était nouveau pour lui, cette sensation pénible qu'il éprouvait chaque fois qu'il pensait à Maria avec Quinn. Elle y tenait toujours, à son Irlandais – ça crevait les yeux. La seule chose qui réconfortait Christopher, c'était le grand lit qu'elle ne partageait qu'avec lui.

Cette pensée lui échauffa les sangs. Il se disait parfois que l'amour avec elle ne pouvait pas avoir été aussi bon que dans le souvenir qu'il en gardait. C'était impossible. Mais il y avait des moments – le soir, lorsqu'il était seul dans son lit – où il pouvait presque sentir les mains de Maria le caresser et entendre sa voix lui murmurer des agaceries à l'oreille.

— On arrive bientôt ? s'enquit-il.

Il avait hâte de retrouver sa maîtresse convalescente. S'il se montrait suffisamment doux, peut-être pourrait-il l'avoir maintenant. Son désir était grand après des jours d'abstinence, mais il pouvait se contrôler. Il ne prendrait pas le risque de lui rouvrir sa blessure.

— Oui, nous ne sommes plus très loin.

Philip se rembrunit mais ne dit rien. Il se contenta de frotter ses paumes sur sa culotte de velours grise. Christopher le connaissait assez pour deviner que quelque chose le tarabustait.

— Qu'est-ce qu'il y a ?

Philip ôta ses lunettes, sortit un mouchoir et se mit à traquer sur les verres des salissures imaginaires.

— Je me tracasse à propos de lord Sedgewick. Cela fait un mois qu'il vous a relâché. Il va finir par se lasser de ne rien recevoir en échange.

Christopher dévisagea Philip un moment. Physiquement, le jeune homme avait beaucoup mûri, un fait qui restait en partie caché derrière ses lunettes.

— Tant que je n'aurai pas mis la main sur ce témoin, je ne peux qu'essayer de gagner du temps. Ma situation n'est guère brillante, mais je ne vois pas ce que j'aurais pu faire d'autre pour l'améliorer.

— Je suis d'accord. Mais c'est la suite qui m'inquiète.

— Pourquoi ?

Philip rechaussa ses lunettes sur son nez.

— Parce que vous avez un faible pour cette femme, je n'ai pas le moindre doute là-dessus.

— J'ai un faible pour un grand nombre de femmes.

— Oui, mais aucune des autres femmes ne risque de perdre la vie par votre faute.

Christopher soupira et se tourna de nouveau vers la fenêtre. Philip se racla la gorge et se trémoussa nerveusement sur sa banquette avant de poursuivre :

— Et puis, pardonnez-moi si je me trompe mais on dirait que vous tenez beaucoup plus à lady Winter qu'à aucune des autres.

— Qu'est-ce qui te donne cette impression ?

— Vous faites des choses qui ne vous ressemblent pas : prendre d'assaut sa maison, ce voyage à Brighton. Ses domestiques s'attendent à ce qu'elle rentre après-demain et pourtant vous vous donnez tout ce mal pour la rejoindre comme si vous étiez incapable de rester loin d'elle un jour de plus que nécessaire. Comment ferez-vous pour la livrer à Sedgewick dans ces conditions ?

C'était une question que Christopher s'était souvent posée ces derniers temps. Cette femme n'avait rien fait pour lui. Elle n'était qu'une belle créature qu'il avait abordée à l'opéra et qu'il courtisait depuis lors. Il ne savait pas ce qu'elle manigançait avec lord Welton, mais il savait qu'elle n'avait pas assassiné Dayton. Elle l'avait aimé et le pleurait encore.

Sa gorge se noua à l'idée de Maria amoureuse d'un autre. À quoi ressemblait-elle quand elle aimait ? Lui était tombé amoureux de la femme qui avait posé un tabouret devant lui et l'avait embrassé avec passion. Était-ce cette Maria-là qui avait épousé Dayton ?

Christopher se massa la poitrine pour essayer de soulager la tension qu'il ressentait à cet endroit. En vain. Maria avait des zones d'ombre, c'était certain. Mais elle n'était pas mauvaise, et elle ne lui voulait pas de mal. Comment, dès lors, l'envoyer à la potence ? Il n'était pas quelqu'un de bon. Pourtant, indépendamment de ses sentiments pour elle, cela le dérangeait d'échanger sa vie contre la vie d'une personne qui valait mieux que lui.

— Nous sommes arrivés, annonça Philip, le tirant de ses pensées.

Christopher se redressa et tourna un regard aveugle vers un petit cottage. Ils en étaient encore assez loin pour que le bruit des roues de l'attelage ne soit pas entendu de là-bas, mais assez près pour distinguer le luxueux équipage qui attendait dans l'allée.

En proie à ce tout nouveau sentiment de possessivité, Christopher frappa au plafond de la berline pour attirer l'attention du cocher.

— Arrête-toi ici.

Il descendit et finit le trajet à pied, son pas se réglant malgré lui sur le clapotement des vagues toutes proches. C'était le crépuscule, il pouvait se dissimuler dans la pénombre. Les hommes qu'il avait assignés à la protection de Maria se signalèrent par un chant d'oiseau. Il répondit par un sifflement – qui s'étrangla au fond de sa gorge lorsqu'il reconnut les armoiries sur la portière de la voiture.

Eddington.

Une centaine de pensées lui traversèrent l'esprit en même temps. Il s'immobilisa, respirant profondément pour se calmer, puis il fit le tour du cottage à la recherche d'un moyen de voir ce qui se passait à l'intérieur.

La chance était avec lui. Par une fenêtre ouverte à l'arrière de la maison, un rectangle de lumière se répandait sur la pelouse. Il se rapprocha et trouva un recoin d'où il avait une vue imprenable sur Maria et Eddington. Ils avaient l'air de se quereller. Leur inimitié aurait peut-être apaisé Christopher si Maria avait été convenablement vêtue. Mais ce n'était pas le cas. Sa robe n'était pas celle qu'une femme porterait pour recevoir un visiteur. Et Quinn n'était pas là.

Il courut jusqu'à la maison, se plaqua contre le mur et, à petits pas, se rapprocha de la fenêtre ouverte.

— Dois-je vous rappeler, glapit Eddington, sa voix aux accents colériques portée par le vent du large, que je vous paie pour me rendre un certain service ? Pas pour prendre des vacances !

— J'ai été malade, rétorqua Maria d'un ton glacial.

— Momentanément, vous ne pouvez plus exercer vos talents sur le dos, d'accord. Mais il y a d'autres moyens de se rendre utile.

Christopher serra les poings et les mâchoires. Il n'avait encore jamais éprouvé une telle colère. Il avait déjà eu des envies de meurtre, mais elles n'avaient jamais été accompagnées d'une douleur au cœur et d'une brûlure dans les poumons.

— Ce n'est pas la peine d'être grossier, répliqua Maria d'un ton cassant.

— Je serai grossier si ça me chante, rugit le comte. Avec ce que je vous paie, j'ai tous les droits.

— Si vous regrettez tant que cela votre or, nous pouvons nous arranger. Je vous le rends et vous me rendez ma liberté. Vous n'aurez plus qu'à trouver quelqu'un de moins cher.

Malgré le bruit du ressac, Christopher était sûr qu'on pouvait entendre ses grincements de dents, mais il n'arrivait pas à s'arrêter. Il se retint d'entrer par la fenêtre pour réduire Eddington en bouillie que parce qu'il savait que la confiance de Maria ne pouvait s'obtenir par la force. Elle devait l'accorder librement.

Il s'éloigna tout en réfléchissant à la signification de ce qu'il venait de voir. L'infâme séductrice était en fâcheuse posture, embarquée dans quelque chose de très déplaisant, apparemment contre son gré. Pourtant, elle ne s'était pas tournée vers lui. Il était son amant, un amant fortuné qui plus est, il l'aurait aidée si elle le lui avait demandé, mais Maria n'était que trop habituée à se débrouiller seule.

Malgré sa peine, Christopher refusa de se sentir rejeté ou méprisé. Il ne céda pas non plus à la tentation de la blâmer. Elle était intelligente. Elle apprendrait. Il lui enseignerait la douceur, la tendresse. En avait-elle eu beaucoup dans sa vie ? Il n'était sans doute pas le mieux placé pour enseigner de telles choses mais lui aussi était capable d'apprendre. Il trouverait le moyen de s'ouvrir à elle afin qu'elle se sente suffisamment en sécurité pour s'ouvrir à lui à son tour.

Lorsqu'il regagna sa voiture, il n'était plus le même homme qu'en la quittant. Sitôt installé, il se plongea dans des réflexions que Philip eut le bon goût de ne pas interrompre.

Maria arpentait sa chambre à grands pas, sa robe de chambre virevoltant autour de ses mollets.

— Où es-tu ? marmonna-t-elle, tournant une fois de plus les yeux vers la fenêtre ouverte.

Elle attendait impatiemment l'apparition de son amant aux cheveux d'or. Elle était rentrée depuis deux jours et elle savait par son espion chez Christopher que lui aussi était chez lui. Pourtant, il n'était pas venu la voir. Elle lui avait envoyé une lettre le matin même, sans résultat. Il n'avait même pas répondu.

Elle s'était dépêchée de rentrer, avait vite pris un bain pour se débarrasser de la poussière du voyage et s'était faite belle en prévision de sa visite. Tout cela pour piétiner d'impatience pendant deux jours. Au fond de son cœur, la douleur ne faisait que grandir.

Christopher l'avait peut-être oubliée pendant son absence. Elle l'avait envisagé mais n'avait pas prévu d'en être blessée à ce point.

Elle s'immobilisa devant la fenêtre, jeta un coup d'œil dans la rue. Rien ne bougeait. Elle ferma les yeux et prit une profonde inspiration. Certes, il ne lui devait rien, mais elle lui en voulait quand même de lui infliger cela. Elle était furieuse qu'il n'ait pas eu la courtoisie de lui dire adieu. Ne serait-ce que par écrit, s'il n'avait pas envie de lui parler, cela aurait mieux valu que ce silence dédaigneux.

Plutôt mourir que de se laisser traiter de la sorte ! Elle s'était dévoilée dans sa lettre. Elle lui avait avoué sans détour qu'elle avait envie de le voir. Elle avait de la peine quand elle y repensait. Elle était bien obligée de reconnaître qu'elle s'était profondément attachée à cet homme. Elle lui avait couru après. Elle avait réclamé ses attentions.

Tout cela pour être répudiée sans un mot.

Fulminant, elle ôta sa robe de chambre et appela Sarah pour qu'elle l'aide à se rhabiller. Elle choisit une robe de soie pourpre et prit encore le temps d'appliquer une mouche de taffetas au coin de sa bouche. Après avoir glissé une dague dans l'étui dissimulé dans ses jupes, elle commanda sa voiture. Elle voulait une explication et, par Dieu, le pirate n'y échapperait pas, que cela lui plaise ou non !

Ses valets de pied entourèrent l'attelage dès qu'elle eut quitté son tranquille quartier de Mayfair pour entrer dans la crapulerie de St. Giles, qui servait de repaire aux mendiants, aux voleurs, aux prostituées… et à son amant. Tandis qu'elle était confortablement installée dans sa voiture, sa fureur continuait de croître. Lorsqu'elle arriva devant la maison du pirate, elle était comme un baril de poudre qui n'attend que d'exploser. Cela devait se voir sur son visage car sa carte de visite fut acceptée sans discussion et elle fut prestement conduite dans le vestibule.

— Où est-il ? demanda-t-elle avec une douceur menaçante, sans se préoccuper des gens, hommes et femmes, qui sortaient d'un peu partout et la regardait.

Le majordome ravala sa salive.

— Je vais lui dire que vous êtes là, lady Winter.

Elle arqua un sourcil délicat.

— Je m'annoncerai moi-même, merci. Dites-moi juste où je dois aller.

Le domestique ouvrit la bouche, la referma, la rouvrit et dit finalement dans un soupir :

— Veuillez me suivre, milady.

Maria monta l'escalier d'un pas majestueux, tête haute et le dos raide. Elle n'était peut-être qu'une maîtresse dédaignée, mais elle refusait de se comporter comme telle.

Un instant plus tard, elle pénétra dans la pièce dont le majordome avait ouvert la porte et s'immobilisa, la gorge nouée. Incapable de parler, elle fit signe au domestique de refermer la porte.

Christopher était vautré dans un fauteuil près du feu, à demi dévêtu, en chemise, sans cravate et les pieds nus. Sa tête était appuyée au dossier, son regard bleu occulté par ses paupières. Un si bel homme. Et pourtant si dangereux. Même maintenant, au comble de la fureur, il la touchait comme aucun homme ne l'avait jamais touchée.

— Christopher, dit-elle, la gorge si serrée que sa voix n'était qu'un murmure.

Un lent sourire incurva les lèvres de Christopher, mais il ne rouvrit pas les yeux.

— Maria, ronronna-t-il. Vous êtes venue.

— Et pas vous. Alors que je vous avais écrit pour vous inviter et que j'ai attendu.

Finalement, il la considéra entre ses paupières mi-closes.

— Ai-je eu tort de souhaiter que ce soit vous qui fassiez l'effort de me rejoindre ?

— Je n'ai plus le temps de jouer à ce genre de jeux, St. John. J'étais juste venue chercher mon dû.

— C'est-à-dire ?

— Une explication franche.

Sur ce, elle fit demi-tour et s'apprêta à sortir. Mais elle avait mal calculé son coup. Christopher la rejoignit d'un bond et la coinça entre la porte et son corps.

— Ce n'est pas un jeu, chuchota-t-il, les lèvres collées à son oreille.

Maria essaya d'ignorer le contact ô combien désirable de ce corps suprêmement viril. Il la dominait de toute sa hauteur, son souffle tiède lui caressant le sommet du crâne. Lorsqu'il se frotta contre ses fesses, elle comprit le message. C'était impossible de le sentir à travers ces multiples épaisseurs de jupes et de jupons, mais elle était sûre et certaine qu'il était excité.

Cette découverte lui procura un plaisir immense. Ce qui ne l'empêcha pas de répliquer froidement :

— Alors pourquoi n'êtes-vous pas venu ?

Les mains de Christopher se refermèrent hardiment sur ses seins. Avec ses jambes, il continuait de la plaquer contre la porte tandis qu'il la caressait.

— C'est toujours moi qui viens à vous, Maria. J'avais envie de savoir si vous seriez prête à vous déplacer pour me voir.

Maria avala une grande bouffée d'air, ces paroles ayant provoqué en elle un brusque accès de désir. Mais Christopher avait commis une grave erreur de jugement en lui libérant les mains. Il s'en rendit compte une seconde plus tard lorsqu'elle lui piqua la cuisse avec la pointe de son poignard.

Il se recula en poussant un juron. Elle fit volte-face tout en cherchant à tâtons dans son dos la poignée de la porte.

Une goutte de sang perla par l'accroc dans la culotte de Christopher.

— Eddington, vous l'avez menacé, lui aussi ? demanda-t-il doucement. Ou sa fortune le met-elle à l'abri de ce genre d'avanies ?

Maria s'immobilisa, sa lame à la main.

— Qu'est-ce qu'Eddington vient faire là-dedans ?

— C'est précisément ce que je vous demande.

Il ôta nonchalamment sa chemise, offrant le spectacle d'une peau dorée tendue sur des muscles puissants et bien dessinés. Sa poitrine portait des traces de coupures et ses flancs étaient couverts d'ecchymoses. La gorge de Maria se serra à la vue de ses blessures et elle s'en voulut de lui en avoir infligé une de plus. Il déchira sa chemise, préleva une bande d'étoffe et la noua autour de sa cuisse.

— Sommes-nous assez amis pour partager de tels secrets ?

— C'est Eddington, la cause de votre refus ? demanda-t-elle.

À l'idée qu'il puisse être au courant de ses liens avec le comte, son estomac se souleva.

Christopher croisa les bras et secoua la tête.

— Non. Je vous dis la vérité, Maria, parce que c'est ce que j'attends de vous en retour. Je veux vous apporter mon soutien. Vous aider. Si seulement vous m'y autorisez.

Sa voix était si grave, son regard si sérieux qu'elle était fascinée. Elle lâcha son poignard, qui heurta le sol avec un bruit sourd.

— Et moi, qu'est-ce que vous m'autoriseriez en échange ? demanda-t-elle, le souffle court.

— Qu'est-ce qui vous ferait plaisir ? répondit Christopher.

Il s'approcha de nouveau, s'inclina et de la langue caressa ses lèvres entrouvertes.

— Ce soir, reprit-il, vous auriez pu rejoindre Quinn ou Eddington. C'est quand même moi que vous êtes venue voir, malgré votre colère. Vous attendez quelque chose de moi, Maria. Dites-moi ce que c'est. Il se pourrait que je sois disposé à vous l'accorder.

Les derniers mots furent prononcés avec des accents douloureux, qu'il s'empressa de faire oublier en capturant sa bouche pour lui donner un baiser aussi impérieux que possessif. Il la saisit par les épaules pour l'attirer plus près.

Si elle avait le pouvoir de le blesser, Maria savait que lui aussi avait ce même pouvoir sur elle. Du reste, il était encore plus redoutable lorsqu'il se montrait doux et sans malice.

— Peut-être que tout ce que je souhaite, c'est coucher avec vous, dit-elle froidement tout contre sa bouche. Vous avez un corps splendide, fait pour l'amour, et vous savez vous en servir.

Il resserra son étreinte, signe que le coup avait porté. Elle était navrée d'avoir dû le blesser, mais elle n'avait rien trouvé de mieux pour se protéger. Cet aspect-là de Christopher était bien trop dangereux. Elle se sentait de taille à résister au terrible pirate. Mais elle n'était pas certaine de survivre aux séductions d'un amant tendre et passionné. La fougue de leur première rencontre avait cédé la place à de doux baisers, d'émouvants souvenirs et des aveux d'affection. Si elle avait confiance en lui, ce serait une belle idylle. Mais les motivations de Christopher étant obscures, cela ressemblait plutôt à un siège, et elle ne pouvait se permettre de se laisser conquérir quand la sécurité d'Amelia était en jeu.

— Donc, vous voulez mon sexe, murmura-t-il. Je vais vous en faire profiter. Vous n'avez qu'à me dire ce qui vous fait envie, je suis plus que prêt à vous le procurer. Au lit ou ailleurs.

Elle ferma les yeux pour qu'il ne puisse pas y lire ses pensées. Elle aurait voulu mettre ses sentiments de côté et se concentrer sur sa tâche, mais les tremblements dans tous ses membres lui disaient qu'elle ferait mieux de s'enfuir tant qu'elle en était encore capable. Les informations qu'exigeaient Welton et Eddington, elle les glanerait autrement. Elle trouverait un moyen, comme elle l'avait toujours fait.

— Déshabillez-moi, murmura-t-elle résolument.

— Volontiers.

Il lui caressa le lobe de l'oreille de la pointe de la langue, lui arrachant un frisson.

— Tournez-vous.

Maria prit une profonde inspiration et s'exécuta.

14

Les poings de Christopher se crispèrent lorsque Maria présenta la rangée de petits boutons qui couraient le long de son dos. Il donna l'ordre à ses mains de cesser de trembler mais elles n'obéissaient plus. Il aurait voulu un indice que Maria tenait à lui pour autre chose que ses prouesses sexuelles.

Pourquoi était-elle venue ? Pourquoi avait-elle envoyé cette lettre si joliment tournée ? Il n'était peut-être qu'un agréable passe-temps pour elle et rien de plus. Il détestait la petite voix intérieure qui lui disait : « Ça suffit. Prends ce qu'elle est prête à donner. » Parce que, non, ça ne suffisait pas. Il ne pouvait plus se contenter de baiser avec elle. Il ne pouvait plus partager son lit en sachant qu'il n'était pas admis à partager le reste de son existence.

Comme il hésitait depuis un peu trop longtemps, elle lui jeta un coup d'œil par-dessus son épaule.

— Avez-vous changé d'avis ? murmura-t-elle.

Il regarda fixement la mouche de taffetas près de sa bouche avec une furieuse envie de l'embrasser. Il huma son parfum, plus entêtant qu'un alcool.

— Non.

Il entreprit de dévoiler le corps somptueux de Maria, ôtant l'une après l'autre les mètres d'étoffe qui les séparaient l'un de l'autre. Il était expert dans l'art de déshabiller une femme, mais jusqu'à présent ses mains n'avaient jamais tremblé pendant qu'il accomplissait cette tâche délicate.

Il se tira quand même d'affaire et les pans de la robe s'écartèrent, la soie flamboyante contrastant avec la peau mate de Maria. Il se pencha et lui caressa les épaules du bout de la langue. Elle frissonna, alors il décida de faire de même sur tout son corps. Il allait aspirer les pointes de ses seins entre ses lèvres et les sucer, puis il lui écarterait les jambes et la lécherait. Elle le supplierait d'arrêter tout en se tordant sous lui. Lorsqu'il en aurait fini avec elle, plus aucun homme ne pourrait la satisfaire et elle saurait ce qu'il avait enduré ces derniers jours – le supplice de Tantale, mourant de soif et de faim au milieu de fruits hors d'atteinte.

Il écarta le côté gauche de la robe, et son regard s'arrêta sur la cicatrice laissée par le coup de couteau. Il dut fermer les yeux pour juguler l'émotion qui s'était soudain emparée de lui. Puis, sans réfléchir, il promena le bout du doigt sur la fine ligne rouge. Maria tressaillit.

— C'est encore douloureux ? demanda-t-il en rouvrant les yeux.

Elle demeura silencieuse un long moment, puis acquiesça.

— Je vais faire attention, promit-il.

— Non, répliqua-t-elle, essoufflée. Vous allez vous allonger sur le dos.

À ces mots, les souvenirs affluèrent, si vivaces qu'il en trembla. Combien de fois n'avait-il pas revécu leur seule et unique nuit ensemble, elle sur lui, ses seins offerts aux baisers et aux morsures, ses muscles intimes étreignant son sexe en rythme jusqu'à la jouissance, si violente qu'elle lui coupa le souffle et le laissa sans forces. À la pensée qu'il était sur le point de connaître la même extase son érection devint douloureuse. Il était pressé de s'unir à elle. De ne faire qu'un. Un seul corps. Un seul désir. Il allait la baiser plus fort, plus vite, plus profondément qu'elle n'avait jamais été baisée. Et elle allait lui rendre la pareille. Elle allait réagir avec la même sauvagerie. La même faim. De lui.

Seulement de lui.

— Dépêchez-vous, insista-t-elle, le dos rigide.

Christopher comprit qu'elle devait se sentir vulnérable, que le changement des règles du jeu la troublait et même l'effrayait un peu. Il éprouvait les mêmes incertitudes, s'avançant à pas comptés sur un terrain nouveau pour lui, car il ne s'était encore jamais dévoilé ainsi devant quiconque.

Alors, il se déplaça légèrement de côté, agrippa solidement les deux pans de la robe et, d'un coup sec, la déchira jusqu'en bas. Maria enjamba les restes de sa robe, puis pivota face à lui, la taille serrée dans un corset, les jambes dissimulées par ses jupons.

— Ôtez votre pantalon, ordonna-t-elle.

Sans la quitter des yeux, il fit ce qu'elle demandait. Elle voulait commander. Il allait lui montrer qu'il était prêt à s'en remettre à elle, pourvu qu'elle fasse de même.

— Déshabillez-vous aussi.

237

— Plus tard.

Hochant la tête, Christopher libéra son sexe puis baissa son pantalon. Maria posa les yeux sur son érection, l'incitant à l'empoigner et à la manipuler. Une goutte de liqueur perla à l'extrémité.

— Vous voyez l'effet que vous me faites ? dit-il, tendant sa virilité vers elle telle une offrande.

Quelque chose qui ressemblait à de la tristesse se peignit sur le beau visage de Maria. Il laissa échapper un gémissement sourd, tout en continuant de se masturber devant elle. Le plaisir serpenta le long de son échine et son sexe augmenta encore de volume.

— Il y a trop longtemps que je ne vous ai vue, Maria. Vous m'avez manqué. Et moi, est-ce que je vous ai manqué ?

— Je vous ai écrit.

— Allez-vous me punir pour avoir eu envie d'une petite marque d'affection ? Pour avoir désiré que, pour une fois, ce soit vous qui veniez me voir et non l'inverse ?

— Arrêtez ! ordonna-t-elle d'une voix rauque en regardant la main de Christopher, qui s'activait toujours. Je vous veux dur et bien gros en moi, pas épuisé.

Il laissa retomber son bras le long du corps, son sexe dressé exhibant un gland rougi et luisant. C'était nouveau pour lui, cette abdication de tout pouvoir. Il n'aurait jamais fait ça avec quelqu'un d'autre que Maria. Une femme ordinaire n'aurait pas eu l'autorité suffisante pour le subjuguer.

Même Emaline, en dépit de sa vaste expérience, n'avait pas réussi à le maîtriser dans la chambre à coucher. C'est pourquoi, parfois, elle aimait mieux payer de sa personne plutôt que de lui fournir une de ses pensionnaires… ou plusieurs. À l'occasion, elle s'offrait le luxe de s'abandonner au lieu que ce soit elle qui fasse tout le travail.

Alors, il attendit, le souffle court. Son impatience grandit et son désir aussi. Baiser pouvait être une activité ennuyeuse quand cela languissait. Mais ça ne risquait pas d'être le cas maintenant. Entre Maria et lui, la tension était palpable, comme toujours.

— Avez-vous changé d'avis ? demanda-t-il, lui retournant sa question.

Elle haussa un sourcil.

— Je ne suis peut-être pas prête.

Il fit la même mimique. S'il en jugeait par sa gorge et ses joues empourprées et sa respiration haletante, elle mentait. Il savait qu'elle était toute moite et qu'elle avait pris du plaisir à le regarder se toucher.

— Je peux arranger ça, proposa-t-il, plein de sollicitude.

Pendant un moment, elle ne bougea pas, sa tentatrice aux cheveux noirs, à la peau veloutée, aux lèvres rouges. Sa camisole, son corset, ses jupons étaient blancs, suggérant une créature angélique, ce que démentait son regard entendu entre ses cils incroyablement épais. Il salivait d'avance en voyant ses délicieux tétons à travers la fine étoffe de coton. La mouche de taffetas lui donnait envie d'embrasser cette belle bouche, d'y glisser son sexe et d'aller et venir entre ses lèvres jusqu'à l'explosion finale.

— Vous permettrez que je vous prenne avec ma bouche ? demanda-t-il. Je serais très heureux de vous faire l'amour de cette façon.

Le regard de Maria s'assombrit et son souffle se fit plus saccadé. Elle acquiesça d'un hochement de tête et le contourna, ses jupons tournoyant autour de ses chevilles. Il n'y avait pas la moindre hésitation dans sa démarche. Une fois sa décision prise, elle n'avait jamais de regrets.

Il la suivit, l'esprit embrumé par le désir. Elle s'assit sur le sofa, le dos raide. Son attitude avait quelque chose de prude... jusqu'à ce qu'elle cale une jambe sur l'accoudoir et retrousse ses jupons, dénudant d'abord ses mollets au galbe charmant, puis ses cuisses fuselées, et enfin le soyeux paradis au creux de ses cuisses.

Sans plus de cérémonie, Christopher tomba à genoux et lui écarta les jambes le plus largement possible. Elle était humide et brûlante, comme il l'avait prévu. Splendide Maria, la veuve Winter. Modèle de froideur. Sauf quand elle était avec lui. Alors, elle fondait.

— J'aime vous voir ainsi, avoua-t-il. Offerte. Brûlante de désir.

Inclinant la tête entre ses cuisses, il lécha la rosée de son sexe, se délecta en l'entendant gémir de plaisir. Après cette nuit, elle ne l'oublierait jamais. Le soir, dans son lit, elle se souviendrait de sa bouche sur elle, et elle aurait la nostalgie des délices que lui seul était à même de lui procurer.

Il happa le sexe de Maria entre ses lèvres, sa langue titillant la crête gonflée de son clitoris. Elle poussa un cri de surprise, agrippa les cheveux de Christopher, et creusa les reins à la rencontre de sa bouche. Il la prit par les hanches pour l'empêcher de bouger et aspira doucement le clitoris

240

et les petites lèvres ensemble, ce qui la fit s'agiter davantage.

— Christopher ! Oh, mon Dieu ! s'écria-t-elle, pantelante.

Ployant le dos comme un arc, elle lui tira les cheveux. C'était douloureux mais bienvenu. Il plongea plus loin, enfonça la langue en elle. Il la trouva étroite, et trempée, preuve qu'elle appréciait ce qu'il était en train de lui faire. Continuer à la lécher lui demandait une maîtrise exceptionnelle, car il avait tellement envie de la prendre qu'il en tremblait de la tête aux pieds.

Il s'intéressa de nouveau au bouton hypersensible entre les replis de son sexe, le caressant de la langue à un rythme soutenu, la forçant à prendre ce qu'il lui donnait, à voir ce qu'il y avait entre eux – un lien profond, qu'il trouvait chaque jour plus précieux.

Elle jouit bientôt, ses muscles intimes se resserrant convulsivement autour de la langue de Christopher, qui continuait d'aller et venir en elle. Il refusa de s'arrêter, même quand elle chercha à le repousser, sa bouche obstinée la faisant jouir et crier encore et encore, jusqu'à ce qu'ils n'en puissent plus ni l'un ni l'autre.

Il se redressa, s'appuya d'une main sur le dossier du sofa, et positionna de l'autre son gland contre sa fente.

Lorsqu'il la pénétra, le canapé se souleva, tangua sur ses pieds de derrière, la brusque poussée s'accompagnant, chez Christopher, d'un juron, et chez Maria, d'un cri haletant. Il fit une pause, les yeux clos, tandis que le sexe de Maria palpitait autour du sien, ultimes convulsions de l'orgasme.

Lorsqu'elle se renversa contre le dossier, toute frémissante, il se risqua à la regarder.

— C'est le paradis, hoqueta-t-il. C'est comme ça que je veux vivre. En vous. Que vous m'aspiriez toujours plus profondément, jusqu'à ce que nous ne fassions plus qu'un.

Maria regarda le demi-dieu aux cheveux d'or qui la subjuguait et se demanda comment les événements de la soirée avaient pu lui échapper à ce point.

Le sexe de Christopher, d'une dureté de granit, l'emplissait toute. Il s'agrippait au dossier du canapé, une main de chaque côté de sa tête, ses hanches étroites nichées entre ses cuisses, son abdomen musclé couvert d'une fine pellicule de sueur qui gouttait sur ses jupons remontés jusqu'à sa taille.

Il la regarda avec un mélange de tendresse et de désir qui la bouleversa jusqu'au tréfonds. Comment renoncer à cela ? Elle gémit en sentant palpiter le sexe de Christopher. Dans cette position, elle était en équilibre instable et les généreux attributs de Christopher lui semblaient presque trop gros.

Il se retira et elle se crispa autour de lui comme pour le retenir. Prenant appui sur ses jambes pour se projeter en avant et de ses bras maintenant le canapé en place, il s'enfonça de nouveau en elle, jusqu'au fond, lui, ses lourdes bourses claquant contre ses fesses.

Éperdue, Maria laissa échapper une plainte sourde. Elle ne put que se cramponner à sa taille pour se préparer à ses coups de boutoir, qui gagnèrent promptement en force et en rapidité jusqu'à ce que le petit salon résonne des bruits caractéristiques que provoque immanquablement la chose. Elle cria très fort, rivalisant avec les pieds du canapé qui claquaient à intervalles réguliers et avec les exclamations indistinctes qui s'échappaient de la gorge de Christopher chaque fois qu'il plongeait en elle.

Son sexe était épais, long et brûlant. Il s'en servait à merveille pour la conquérir, la séduire. Ce qu'il lui donnait, c'était exactement ce qu'elle voulait. Et exactement ce qu'elle ne pouvait pas se permettre d'accepter.

C'était de la sensualité à l'état brut. De la luxure, mais tempérée par des émotions plus profondes. Elle contemplait, fascinée, sa virilité luisante qui allait et venait en elle avec une précision diabolique. Elle s'était demandé si les souvenirs qu'elle avait gardés de leur première nuit ensemble n'embellissaient pas la réalité. Elle avait la réponse. Christopher St. John était un amant émérite, même au comble de l'excitation. Il savait trouver cet endroit particulier qu'il suffisait de toucher pour que ses orteils se recroquevillent.

— Oui ! grogna-t-il lorsqu'elle gémit, en plein égarement.

La voix rauque de Christopher trahissait une satisfaction on ne peut plus masculine et son regard brillait d'une lueur ardente tandis qu'il la regardait voler en éclats sous lui.

Grands dieux, il était en train de l'anéantir, éveillant en elle des sentiments qu'elle ne pouvait pas éprouver.

— Non ! s'écria-t-elle, effrayée par les élans de son propre cœur.

Elle chercha à le repousser. Sans succès.

— Arrêtez !

Elle le bourra de coups de poing jusqu'à briser sa concentration.

Il s'enfonça jusqu'à la garde, puis s'immobilisa, la respiration bruyante, les cuisses tremblantes.

— Quoi ? parvint-il à articuler entre deux laborieuses inspirations. Qu'est-ce qu'il y a ?

— Retirez-vous !

— Vous êtes folle ?

Et puis, quelque chose passa sur ses traits et il baissa les yeux. Avant qu'elle ait deviné son intention, il se pencha et déposa un baiser sur sa cicatrice.

— Je vous ai fait mal ?

Maria déglutit. Son cœur battait si fort qu'il aurait pu exploser.

— Oui.

Ce n'était pas vraiment un mensonge. Il la brisait, il la tuait.

— Doux Jésus !

Christopher pressa son front moite contre celui de Maria, lui soufflant son haleine brûlante dans la figure.

Elle sentit son sexe palpiter en elle. Son corps, qui ne songeait qu'à jouir, l'aspira avidement.

Inhalant profondément, Christopher s'agenouilla sur le bord du canapé, glissa les bras sous le dos de Maria, l'enlaçant avec autant de délicatesse que de force. Il se redressa avec elle contre lui, empalée sur son sexe. Comment il parvint à la chambre, Maria ne le comprendrait jamais.

Christopher s'assit sur le bord du lit, puis s'allongea sur le dos, la gardant sur lui.

— À cheval, dit-il d'une voix enrouée. Allez-y, régalez-vous. Prenez votre plaisir d'une façon qui ne vous fasse pas de mal.

Maria en aurait pleuré.

Ses doigts se crispèrent sur la courtepointe de velours. Qui aurait pensé que le pirate si tristement célèbre puisse être aussi doux et attentionné ? L'expression farouche sur son beau visage lui rappela qui il était – un criminel notoire qui survivait dans un monde impitoyable par la force de son intelligence et son absence de scrupules. Et pourtant, maîtrisant le désir furieux qui le submergeait, il s'offrait à elle pour qu'elle fasse de lui ce qu'elle voudrait...

— Maria, souffla-t-il en lui caressant les cuisses, prenez-moi.

Abasourdie par sa générosité, Maria commença à se mouvoir comme dans un rêve. Elle se souleva et se délecta en entendant la respiration sifflante de Christopher quand elle se laissa redescendre le long de son sexe. Il ne bougea pas, comme il l'avait promis, lui laissant les rênes. Seul, un muscle tressauta sur sa mâchoire.

Elle le contemplait, fascinée, tout en le chevauchant. Qu'il était beau ! Même couvert de plaies et de bosses, il était l'idéal de toutes les femmes. Son visage – d'une blondeur angélique et d'une perfection sans rival – apparaissait diaboliquement séduisant quand il était échevelé. Son corps très musclé demeurait attirant même un peu amaigri. Ses yeux – deux lacs d'un bleu profond – étaient irrésistibles lorsqu'ils exprimaient le désir et la tendresse.

Elle lui effleura le front du bout des doigts, s'attarda sur les pattes d'oies aux coins de ses yeux et les rides d'amertume qui encadraient sa bouche.

— Oui, chuchota-t-il en la tenant par la taille. Aimez-moi à votre guise.

Maria inclina la tête et lui frôla la bouche d'un baiser, cueillant le grondement qui s'échappa de ses lèvres. Ce serait la dernière fois qu'elle profiterait de lui ainsi. La dernière fois qu'elle le verrait nu et le toucherait. En dépit de son chagrin à la pensée de renoncer à quelque chose qu'ils auraient pu partager, elle se réjouissait d'avoir une occasion de lui faire ses adieux convenablement. Lorsqu'elle partirait, un peu plus tard, l'affaire serait close. Une rupture digne, c'était ce qu'elle était venue chercher. Elle était contente de repartir avec.

Elle prit son temps pour faire l'inventaire de ses blessures et de ses bleus, les effleurant tour à tour avant de les embrasser, sa bouche suivant le même trajet que ses doigts. Il se contorsionnait sous elle, solidement agrippé à la courtepointe, ses biceps gonflés par l'effort. Il était sans défense contre les assauts de la volupté. Exactement comme elle.

— Maria ! s'écria-t-il tandis qu'elle lui léchait un mamelon. Je vais jouir, mon ange !

Elle le mordilla et il laissa échapper un juron.

— Essayez de jouir en même temps que moi ! Je vous en prie !

Elle hésita une seconde, et acquiesça.

— Prenez-moi, l'encouragea-t-il, les pommettes en feu. Prenez tout !

Elle ferma les yeux et se mit à monter et à descendre de plus en plus vite, de plus en plus furieusement, le long de son sexe érigé.

Le corps puissant de Christopher se cambra, les tendons de son cou saillant sous la peau. Il lui empoigna les hanches pour la stabiliser tandis qu'elle le chevauchait avec frénésie. Il balançait sa tête d'un côté et de l'autre. La conclusion était proche.

— Maria, gémit-il. Maria.

S'inclinant, elle l'embrassa de nouveau, avec voracité. Les larmes lui piquèrent les yeux comme il lui rendait son baiser avec la même ferveur. Elle était brûlante, fiévreuse, en nage. Elle était pressée de jouir, de l'entendre crier de plaisir, de le sentir exploser en elle.

Les mains à plat sur le torse de Christopher, Maria coulissait en rythme, écartelée par son énorme érection. L'extase était là, à portée de main... Cela commença par sa bouche – Christopher embrassait fabuleusement. Elle était tellement mouillée qu'à chaque mouvement de va-et-vient des bruits de succion se faisaient entendre.

Christopher se mit à onduler de concert avec elle, projetant le bassin à sa rencontre.

— Oui... Maria... grands dieux... *oui !*

Il se cabra. Lorsqu'il heurta son clitoris, elle lâcha un long cri, son corps frémit autour de ce sexe qui l'empalait follement.

Christopher poussa un rugissement triomphal qui se répercuta en elle, et ses entrailles palpitèrent désespérément quand il se répandit en elle à longs traits brûlants.

Elle s'affala sur lui en émettant des petits cris plaintifs, mais lui souleva les hanches et continua d'aller et venir en elle jusqu'à ce qu'il n'ait plus une goutte de semence.

Enfin, pantelant, il l'enlaça et la serra contre lui. Maria se mordit le poing pour étouffer le sanglot qui cherchait à s'échapper de sa gorge. Elle craignait que ses sentiments ne l'aient déjà entraînée trop loin. Elle aurait voulu rester ainsi, en sûreté dans les bras de Christopher, jusqu'à la fin des temps.

Mais qu'y avait-il de vrai dans tout cela ? N'était-ce qu'un stratagème pour parvenir à ses fins ? Christopher était-il réellement le havre de paix qu'il prétendait être ? Ou était-il bien plutôt l'instrument de sa destruction ?

Cela faisait trop de questions sans réponse. Avec la vie d'Amelia dans la balance, Maria ne pouvait prendre le moindre risque.

Elle attendit que la respiration de Christopher soit devenue profonde et régulière, preuve qu'il s'était endormi. Puis elle s'extirpa doucement de ses bras et quitta le lit.

— Adieu, murmura-t-elle en l'admirant une dernière fois dans toute la splendeur de sa nudité.

À contrecœur, elle lui tourna le dos et sortit.

Le loquet fit un petit bruit sec lorsqu'elle referma la porte de la chambre derrière elle. Les jambes flageolantes, elle enfila sa robe déchirée, récupéra son poignard et passa la redingote de Christopher, s'interdisant de respirer par le nez de crainte de humer son odeur. Elle risquait de fondre en larmes, or elle avait encore du chemin à parcourir.

Elle ne se souvint ni d'avoir descendu l'escalier, ni d'avoir traversé le hall, ni d'être sortie de la maison. Avait-elle eu un public ? Les hommes de Christopher l'avaient-ils vue dans sa robe en loques ? Elle l'ignorait et s'en moquait. L'essentiel, c'était de ne pas avoir perdu la face.

Jusqu'à ce qu'elle soit à l'abri dans sa voiture.

Alors, elle s'autorisa à pleurer.

Le silence de la nuit fut troublé par un équipage qui se rapprochait à grand fracas sur les pavés. La brume flottait bas sur le sol, glaçant les pieds de l'homme qui se tenait voûté, le col de sa vieille veste remonté pour tenter de se protéger du froid.

Lorsque la berline s'arrêta à sa hauteur, l'homme s'en approcha et jeta un coup d'œil à l'intérieur. L'obscurité qui y régnait était telle que les occupants étaient tout à fait invisibles.

— Deux sœurs, murmura-t-il. Les hommes de St. John en ont trouvé une. La plus jeune est dans le Lincolnshire.

— L'adresse ?

— L'argent d'abord.

Le canon d'un pistolet apparut.

— D'accord, d'accord, dit l'homme en sortant un bout de papier de sa poche.

Il le tendit, une main s'en empara. Un court instant plus tard, une bourse fut lancée par la fenêtre. L'homme l'attrapa au vol.

— Dieu vous bénisse, dit-il en levant son chapeau avant de disparaître dans la nuit.

La berline redémarra.

À l'intérieur, Eddington, pensif, s'adossa à son siège.

— Amenez-moi cette fille avant que St. John ne s'en empare.

— Oui, milord. Je m'en occupe.

15

Amelia triturait sa lèvre inférieure entre ses dents. Elle risqua un bref coup d'œil au-delà de l'angle de la maison pour vérifier si Colin était dans la cour de l'écurie, et poussa un soupir de soulagement en constatant qu'il n'y était pas. Le vent apportait l'écho de voix masculines, de rires et de chansons. Colin et son oncle étaient en plein travail. Ce qui signifiait qu'elle pouvait quitter tranquillement la maison et prendre la direction des bois.

Je deviens de plus en plus rusée, songea-t-elle, évitant habilement les sentinelles tandis qu'elle progressait entre les arbres jusqu'à la clôture. Une quinzaine de jours s'étaient écoulés depuis le fatidique après-midi où elle avait surpris Colin avec cette fille blonde. Depuis, Amelia l'avait évité, et avait refusé de lui parler, même quand il l'envoyait chercher par la cuisinière.

Vu qu'ils vivaient pratiquement sous le même toit, c'était peut-être idiot d'espérer ne plus le revoir. Dans ce cas, elle était idiote. Il ne se passait pas une heure sans qu'elle pense à lui, mais elle supportait stoïquement son chagrin dès lors qu'il restait à distance. Elle ne voyait pas pourquoi ils auraient dû se rencontrer, se saluer, se parler. Elle ne voyageait qu'en berline lorsqu'elle changeait de demeure, et même là, elle n'avait besoin de parler qu'à Pietro, le cocher.

Attendant le moment propice, Amelia sauta par-dessus la clôture et courut jusqu'à la rivière, où elle trouva Ware sans veste, sans perruque et les manches de sa chemise retroussées. Le comte avait pris de belles couleurs ces deux dernières semaines, ayant troqué ses études contre des activités de plein air. Avec ses cheveux châtain foncé attachés en catogan et ses yeux bleu pervenche, il était très beau garçon, ses traits aristocratiques témoignant de siècles de sang bleu.

Certes, il ne lui faisait pas battre le cœur, et ne lui procurait pas des sensations curieuses dans des endroits curieux, comme Colin, mais il était charmant, poli et attirant. Amelia supposait que c'était là une assez belle combinaison de qualités pour faire de lui le bénéficiaire de son premier baiser. Mlle Pool lui avait conseillé d'attendre le jeune homme idéal, mais c'était Colin, le jeune homme idéal, et il lui en avait préféré une autre.

— Bonjour, mademoiselle Benbridge, la salua le comte en s'inclinant.

— Milord, répondit-elle, soulevant légèrement ses jupes avant de faire la révérence.

— J'ai un cadeau pour vous.

— Vraiment ?

Elle adorait d'autant plus les cadeaux qu'elle n'en recevait presque jamais. Son père n'était pas homme à se préoccuper des anniversaires ou autres célébrations.

Ware eut un sourire indulgent.

— Oui, princesse, confirma-t-il en lui offrant le bras. Venez avec moi.

Amelia posa les doigts sur l'avant-bras du comte, ravie d'avoir l'occasion de mettre en pratique ses leçons de maintien. Ware était gentil et patient, lui montrant ses erreurs et les corrigeant. Elle y gagnait en raffinement et en assurance. Elle n'avait plus l'impression d'être une petite fille qui jouait à la lady mais, au contraire, une lady qui décidait de profiter de sa jeunesse.

Ensemble, ils quittèrent leur lieu de rendez-vous près de la rivière et suivirent la rive jusqu'à ce qu'ils parviennent à une clairière. Là, Amelia découvrit, ravie, une couverture déployée sur le sol, dont l'un des coins était tenu en place par un panier rempli de gâteaux qui sentaient délicieusement bon et de divers pâtés et fromages.

— Comment avez-vous fait cela ? souffla-t-elle, touchée par la sollicitude du comte.

— Chère Amelia, répondit-il d'une voix traînante, le regard pétillant, vous savez qui je suis à présent, et ce que je suis appelé à être un jour. Je peux tout faire.

Elle connaissait le pouvoir de son propre père, qui était vicomte. Celui de Ware, qui serait un jour marquis, devait être autrement plus grand.

— Allez, l'encouragea-t-il. Asseyez-vous, prenez une tartelette et racontez-moi votre journée.

— Ma vie est d'un ennui mortel, soupira-t-elle en se laissant tomber sur la couverture.

— Alors, racontez-moi une histoire. Il doit bien vous arriver de rêver.

Elle rêvait aux baisers passionnés d'un beau Gitan, mais elle ne risquait pas de l'avouer. Elle s'agenouilla et fouilla dans le panier pour dissimuler qu'elle rougissait.

— Je n'ai aucune imagination, murmura-t-elle.

— Très bien.

Ware se coucha sur le dos, croisa les mains derrière la tête et contempla le ciel. Il avait l'air parfaitement à l'aise. En dépit de sa tenue élégante – qui incluait des bas d'une blancheur immaculée et des chaussures cirées –, il était beaucoup plus détendu que lorsqu'elle l'avait connu quelques semaines plus tôt. Elle le préférait ainsi et était assez heureuse à l'idée d'être pour quelque chose dans ce qu'elle considérait comme un changement positif.

— Il ne me reste plus qu'à vous raconter une histoire, dit-il.

— Formidable !

Elle se rassit et mordit dans sa tartelette.

— Il était une fois...

Amelia regarda les lèvres de Ware tandis qu'il parlait et s'imagina en train de les embrasser. La tristesse l'envahit, car cela revenait à renoncer à ses conceptions romantiques pour en adopter de nouvelles, plus cyniques – puis elle se consola en pensant à ce que Colin avait fait. Il n'était certainement pas triste, lui, de l'avoir abandonnée.

— Voudriez-vous m'embrasser ? lâcha-t-elle tout à trac en essuyant sur ses lèvres des miettes de gâteau.

Le comte s'arrêta au beau milieu de sa phrase et tourna la tête vers elle. Il avait les yeux ronds, mais semblait plus intrigué que consterné.

— Je vous demande pardon. Je ne suis pas sûr d'avoir bien entendu.

— Avez-vous déjà embrassé une fille ? demanda-t-elle, curieuse.

Il était de deux ans plus âgé qu'elle, soit tout juste un an de moins que Colin. Ce n'était donc pas impossible qu'il ait de l'expérience.

Colin avait quelque chose de fébrile, d'inquiet, qui ne manquait pas de charme, même pour la naïve jeune fille qu'elle était. D'un autre côté, Ware était plus posé, il tirait sa séduction de la certitude que le monde lui appartenait de plein droit. Malgré l'estime qu'elle éprouvait pour Colin, elle n'était pas indifférente à la désinvolture pleine de charme du comte.

Il sourcilla.

— Un gentleman ne parle pas de ces choses-là.

— Magnifique ! s'exclama-t-elle. Je me doutais que vous étiez quelqu'un de discret.

— Répétez votre demande, murmura-t-il en l'observant d'un œil attentif.

— Voudriez-vous m'embrasser ?

— S'agit-il d'une question purement théorique ou souhaiteriez-vous passer à l'acte ?

Soudain intimidée, Amelia détourna les yeux.

— Amelia ? appela-t-il doucement.

Elle le regarda de nouveau. Son expression était de profonde gentillesse et elle lui en fut reconnaissante.

Il roula sur le côté et se redressa en position assise.

— Pas purement théorique, répondit-elle.

— Pourquoi voulez-vous qu'on vous embrasse ?

Elle haussa les épaules.

— Parce que.

— Je vois, murmura-t-il en pinçant les lèvres. Est-ce que Benny ferait l'affaire ? Ou n'importe quel valet ?

— Non ! s'écria-t-elle.

Il esquissa un sourire qui la mit en émoi. Ce ne fut pas un choc comme celui que provoquaient les fossettes de Colin, mais c'était quand même le signe que son nouvel ami ne la laissait pas indifférente.

— Je ne vous embrasserai pas aujourd'hui, déclara le comte. Je veux que vous y réfléchissiez encore. Si vous êtes dans le même état d'esprit la prochaine fois que nous nous verrons, alors je vous embrasserai.

Amelia plissa le nez.

— Si je ne vous plais pas, dites-le carrément.

— Hé ! La petite princesse a la tête près du bonnet, dit-il en lui prenant la main. Ne vous hâtez pas de conclure. Si vous avez vraiment envie de sauter le pas, je vous aiderai.

Après une pause, il ajouta :

— J'ai hâte de vous aider à sauter le pas.

— Oh ! souffla-t-elle, ayant bien compris le sous-entendu.

— Oh ! confirma-t-il.

Lorsqu'elle regagna la maison, rassasiée, sa décision était prise : elle embrasserait le bel aristocrate. Ils avaient prévu de se revoir le lendemain et elle se préparait déjà mentalement à réitérer son audacieuse requête. Si tout se passait bien, elle projetait de lui demander une autre faveur – poster une lettre.

À Maria.

— Quelle bêtise avez-vous encore en tête ? demanda la cuisinière lorsque Amelia rentra par la porte de service afin d'éviter Colin. Vous êtes trop vieille pour faire des bêtises.

Amelia sourit. C'était la première fois que quelqu'un lui disait qu'elle était trop vieille, et non trop jeune.

— Merci ! s'écria-t-elle avant d'embrasser la servante sur la joue.

Puis elle se rua dans l'escalier. Pour une bonne journée, ç'avait été une bonne journée.

Christopher pianotait nerveusement sur son bureau. Il regarda par la fenêtre, l'esprit aussi agité que le corps.

Maria l'avait quitté. Étant partie alors qu'il dormait, elle ne lui avait rien dit de ses intentions, mais il était certain que cela signifiait la fin de leur liaison.

Il avait failli lui courir après, puis il avait changé d'avis, sachant qu'il avait besoin d'un plan pour agir. Il ne pouvait se permettre de foncer tête baissée, au risque d'aggraver la situation.

Il ne put s'empêcher d'être soulagé lorsqu'on frappa à sa porte, lui offrant ainsi un répit bienvenu après des heures de rumination.

— Entrez, dit-il.

La porte s'ouvrit sur Philip.

— Bonjour, le salua le jeune homme.

Christopher grimaça.

— Ça m'étonnerait.

— Attendez d'avoir entendu ce que j'ai à vous dire.

— Ah oui ?

Philip s'assit en face de son patron.

— Lady Winter n'a pas eu de relation intime avec Eddington, ni à Brighton ni ailleurs.

Cela piqua la curiosité de Christopher.

— Pourquoi me racontes-tu ça ?

— J'ai pensé que ça vous intéresserait, répondit Philip en plissant le front. Si vous aviez su cela lorsqu'elle est venue vous voir, la soirée se serait peut-être passée différemment.

— Qu'est-ce qui te fait penser que j'aurais préféré que ça se passe autrement ?

Philip commença à s'agiter sur son siège.

— Je le pense, c'est tout. Vous êtes sombre depuis qu'elle est partie. Moi, je dormais à ce moment-là, mais ceux qui l'ont vue sortir m'ont dit que lady Winter n'avait pas l'air bien.

— Cela me sert à quoi de savoir qu'elle n'a pas eu de relations intimes avec Eddington à Brighton ? demanda Christopher en se carrant dans son fauteuil.

— Je n'en sais rien, marmonna Philip. Si vous n'en voyez pas l'utilité, ce n'est pas la peine d'en discuter plus longtemps.

— Très bien, dit Christopher avec flegme. Reformulons cela autrement : que ferais-tu de cette information si tu étais à ma place ?

— Mais je ne suis pas à votre place.

— Essaie quand même de répondre.

Après avoir pris une profonde inspiration, Philip avoua :

— Je me demande si les relations entre Eddington et lady Winter ne sont pas la cause de vos récents accès de mélancolie, mais...

— Je ne suis *pas* mélancolique, coupa Christopher.

— Hum ! Euh... le mot est mal choisi, balbutia Philip. J'aurais peut-être mieux fait de dire *langueur*.

Le jeune homme risqua un coup d'œil en direction de Christopher et tressaillit.

— Quoi qu'il en soit, enchaîna-t-il, mélancolie ou langueur, si lady Winter et Eddington en étaient la cause et que je vienne à apprendre qu'ils passent très peu de temps ensemble, j'en conclurais probablement qu'ils ne se livrent pas à des activités lascives.

— Logique.

Philip toussota pour s'éclaircir la voix, puis :

— Dans ces conditions, un certain nombre de choses me paraissant obscures, j'irais voir lady Winter sur-le-champ pour lui demander des éclaircissements.

— Elle ne m'a jamais confié le moindre secret, observa Christopher. C'est même notre principal point de désaccord.

— Elle vous a écrit. Elle est venue vous voir. Je considérerais que c'est bon signe.

Christopher ricana.

— Si seulement c'était vrai ! Elle est venue me dire adieu.

— Vous n'êtes pas obligé de répondre la même chose, non ? risqua Philip.

— Non, en effet. Mais ce serait mieux. Pour elle comme pour moi.

Philip haussa les épaules. *Vous êtes plus malin que cela.* Voilà ce que cela voulait dire. Son jeune protégé pensait qu'il abandonnait la partie avant d'avoir épuisé tous les choix qui s'offraient à lui – et il avait sans doute raison.

— Merci, Philip, dit Christopher. J'apprécie à leur juste prix ta sollicitude et ta franchise.

Philip prit congé, sans dissimuler son soulagement.

Christopher se leva et s'étira. Il était tout courbaturé. Bon sang, cette femme lui avait offert le meilleur orgasme de sa vie. Mais la jouissance avait été douce-amère. Il l'avait sentie se replier sur elle-même alors qu'elle s'abandonnait comme jamais.

— Maria, murmura-t-il en s'approchant de la fenêtre qui donnait sur la rue.

Dire que, pour le voir, elle n'avait pas hésité à s'aventurer dans ce lieu de perdition ! Il appuya le front contre la vitre, qui se couvrit de buée au contact de sa peau brûlante. De nombreuses questions sans réponse le tourmentaient.

Mais avait-il vraiment besoin de réponses ? Leur liaison, telle qu'elle était, n'avait jamais eu le moindre avenir. Mieux valait que cela finisse ainsi. Cette rupture allait lui faciliter la tâche, à savoir, la livrer à Sedgewick pieds et poings liés.

À quoi bon continuer à la fréquenter ?

Quelqu'un frappa à la porte, puis :

— Lord Sedgewick demande à être reçu.

Quelle ironie ! Christopher faillit éclater de rire.

Il lui fallut un moment pour se ressaisir, s'écarter de la fenêtre et retourner s'asseoir derrière son bureau. Il fit un signe à son valet et attendit Sedgewick.

— Milord, le salua-t-il sans prendre la peine de se lever.

Les lèvres de Sedgewick blanchirent sous l'affront. Il s'assit dans le fauteuil récemment libéré par Philip et croisa les jambes comme s'il s'agissait d'une visite de courtoisie.

— Vous avez des informations, oui ou non ? demanda sèchement le vicomte. Lady Winter et vous avez été absents pendant une quinzaine de jours. Vous avez sûrement appris quelque chose durant tout ce temps.

— Vous supposez que nous étions ensemble.

Sedgewick étrécit les yeux.

— Ce n'était pas le cas ?

— Non.

Christopher sourit comme le visage du vicomte s'empourprait. Avec une lenteur délibérée, il prit une pincée de tabac à priser dans la tabatière posée sur son bureau.

— Pourquoi êtes-vous aussi pressé ? demanda-t-il. Cela fait des années qu'ils sont morts. On n'est pas à quelques semaines près.

— Ce n'est pas à vous d'en juger.

Christopher dévisagea l'aristocrate en fredonnant.

— Qu'est-ce que vous ambitionnez ? Une promotion au sein de l'agence ? Et si vous ne vous dépêchez pas, elle risque de vous passer sous le nez ?

— Méfiez-vous, répliqua le vicomte, la patience ne fait pas partie de mes vertus.

— Vous avez des vertus ?

— Plus que vous, rétorqua Sedgewick en se levant. Une semaine, c'est tout ce que je vous accorde. Ensuite, vous retournez à Newgate. Et je trouverai quelqu'un d'autre pour accomplir la tâche pour laquelle vous ne semblez pas à la hauteur.

Christopher pouvait conclure tout de suite. Il n'avait qu'à promettre d'amener un témoin qui accuserait Maria. Mais les mots refusaient de franchir ses lèvres.

— Je vous souhaite une bonne journée, milord, dit-il avec désinvolture.

Furieux, le dandy quitta la pièce dans un tourbillon de dentelle et de bijoux.

Une semaine. Christopher fit jouer les muscles raides de ses épaules. Il allait devoir prendre une décision. Sous peu, les hommes auxquels ils avaient ordonné d'enquêter sur une certaine Amelia allaient revenir avec des informations. Il espérerait que Beth aurait glané des choses intéressantes auprès de Welton. Et il pouvait toujours rappeler le jeune homme qu'il avait infiltré chez Maria pour lui demander ce qu'il avait appris.

Christopher avait une masse de renseignements à exploiter. Et il ne le faisait pas. Ce n'était pourtant pas son genre de remettre à plus tard ce qui aurait dû être fait sur-le-champ, mais il ne se reconnaissait plus depuis qu'il avait couché avec Maria.

Par quoi le tenait-elle ?

Il se posait encore la question lorsqu'il tendit les rênes de sa monture au palefrenier posté devant chez Maria. Il gravit les marches du perron du pas lourd de l'homme qui monte à la potence, et ne fut pas du tout surpris de s'entendre annoncer qu'elle n'était pas chez elle.

Tout en pensant qu'il ferait mieux de s'en retourner, Christopher se retrouva en train de dire :

— Je *vais* entrer. De quelle manière, ça dépendra entièrement de vous.

Le majordome s'écarta en maugréant et Christopher s'élança dans l'escalier, en proie à un grisant mélange d'anticipation et de peur. Il espérait croiser Quinn et se battre avec lui. Il n'était pas en grande forme physique mais tant pis. Pendant la bagarre, au moins, il n'aurait pas le temps de penser à Maria, et c'était tout ce qu'il demandait : être libéré de son emprise.

Au deuxième étage, il tomba sur un visage familier, bien que ce ne soit pas l'Irlandais.

— Comment vas-tu ? demanda-t-il à Tim, notant au passage que son serviteur portait à présent une queue-de-cheval attachée par un lien de velours et qu'une barbiche bien taillée avait remplacé sa barbe hirsute.

— Bien, répondit le bon géant.

— Fais en sorte que nous ne soyons pas dérangés, ordonna Christopher.

— Mouais.

Devant la porte des appartements de Maria, Christopher s'apprêta à frapper et puis se ravisa. Il tourna la poignée et entra. Il s'immobilisa aussitôt le seuil franchi. Elle était devant la fenêtre, ses courbes sensuelles faciles à deviner à travers son déshabillé coupé dans une étoffe légère. À la vue de sa petite silhouette encadrée par les longs rideaux à fleurs retenus par des embrasses, Christopher sentit sa gorge se serrer. Il parvint quand même à dire un mot, un seul.

— Maria.

Elle tressaillit et prit une profonde inspiration.

— Fermez les deux portes, dit-elle sans se retourner comme si elle s'était attendue à sa visite. Simon va rentrer d'un moment à l'autre et je veux que nous soyons tranquilles pour parler.

L'atmosphère était pesante – chargée de secrets et de mensonges. Pourtant, alors qu'il poussait les deux verrous l'un après l'autre, Christopher eut l'impression qu'on le soulageait d'un grand poids, simplement parce qu'il se trouvait dans la même pièce que Maria.

Il se dirigea vers elle, mais s'arrêta à quelques pas.

Elle se retourna finalement, révélant des cernes sombres sous ses yeux rougis. On aurait dit qu'une énorme lassitude écrasait ses frêles épaules.

— J'avais espéré ne plus vous voir, dit-elle.

— C'est ce que je souhaitais aussi.

— Alors que faites-vous ici ?

— J'aime encore mieux être avec vous.

Maria pressa la main sur son cœur.

— Nous ne pouvons pas avoir ce que nous voulons. Les gens comme nous doivent renoncer aux affaires de cœur.

— Vous êtes amoureuse ?

— Vous connaissez la réponse, répondit-elle simplement.

Rien dans les yeux de Maria ni sur ses traits ne révélait ses pensées. Christopher sentit une goutte de sueur rouler le long de sa tempe.

— La nuit où je suis venu dans votre chambre et que nous...

Elle se retourna vers la fenêtre.

— Un beau souvenir, à chérir. Adieu, monsieur St. John.

La voix de Maria était dénuée d'émotion. Christopher ne bougea pas. Son esprit lui conseillait de partir mais ses jambes refusaient d'obéir. Il savait qu'elle avait raison, qu'il aurait mieux valu que chacun reprenne le cours de sa vie, comme avant leur rencontre. Au lieu de quoi, il la rejoignit et l'enveloppa de ses bras.

Dès qu'il la toucha, elle se mit à trembler. Cela lui rappela ce premier soir, à l'opéra. Il l'avait tenue exactement de la même façon. À l'époque, elle était froide et sereine. Ce n'était plus le cas aujourd'hui. Elle était devenue vulnérable. À cause de lui.

— Christopher... murmura-t-elle avec une tristesse poignante.

— Libérez-moi, dit-il d'une voix rauque, le nez plongé dans sa chevelure odorante. Laissez-moi aller.

Au lieu de cela, elle se retourna en poussant un gémissement et l'embrassa avec fougue.

Le réduisant en esclavage.

16

Amelia se glissa dans la forêt. Elle n'aurait pas dû être aussi excitée à la perspective d'un baiser qu'elle avait froidement décidé plutôt que d'attendre qu'il se produise dans les affres de la passion, mais l'idée lui plaisait quand même. Son impatience avait également quelque chose à voir avec la lettre qui se trouvait dans sa poche. Elle avait veillé très tard la veille, essayant de trouver les mots justes pour écrire à sa sœur. À la fin, elle avait choisi le chemin le plus direct, demandant à Maria de contacter lord Ware afin d'arranger une rencontre.

Après s'être assurée que la sentinelle était trop loin pour la voir, elle s'avança d'un pas rapide vers la clôture. Lorsqu'un bras puissant l'attrapa et qu'une grande main se plaqua sur sa bouche, elle fut terrifiée. Son cri s'écrasa contre la large paume.

— Chut ! murmura Colin en la plaquant contre l'arbre derrière lequel il avait dû se cacher.

Le cœur battant, Amelia le bourra de coups de poing, furieuse contre lui pour lui avoir fait une peur pareille. Il la décolla de l'arbre et la secoua.

— Arrête, ordonna-t-il en plongeant son regard de braise dans le sien. Je suis désolé de t'avoir effrayée, mais tu ne m'as pas laissé le choix. Tu ne voulais plus me voir, tu ne voulais plus me parler...

Elle cessa de se débattre lorsqu'il la serra dans ses bras, prise de court par la sensation de son corps musclé pressé contre le sien.

— Je vais retirer ma main, dit-il. Tiens ta langue, sinon tu vas alerter les gardes.

Il la lâcha et recula en hâte comme si elle sentait mauvais – ou quelque chose d'autre de tout aussi déplaisant. Quant à elle, elle regretta aussitôt l'odeur de chevaux et d'homme qui émanait de Colin.

La lumière du soleil, filtrée par les feuillages, caressait son beau visage et ses cheveux sombres. L'estomac d'Amelia se noua et son cœur s'emballa. Vêtu d'une veste ocre jaune et d'un pantalon marron, il était redoutablement viril.

— Je veux que tu saches que je suis désolé, dit-il d'une voix éraillée.

Elle le foudroya du regard.

En soupirant, il se passa les mains dans les cheveux.

— Elle ne signifie rien pour moi.

Amelia se rendit alors compte qu'il n'était pas en train de s'excuser de l'avoir rendue presque folle de peur.

— Charmant, répondit-elle, incapable de cacher son amertume. Tu n'imagines pas à quel point je suis soulagée d'apprendre que ce qui m'a brisé le cœur ne signifiait rien pour toi.

Il tressaillit.

— Amelia, dit-il en tendant vers elle ses mains calleuses, tu ne comprends pas. Tu es trop jeune, trop innocente.

— Oui, eh bien, tu as trouvé quelqu'un de plus âgé et de moins innocent, capable de te comprendre. Moi aussi, ajouta-t-elle en s'éloignant, j'ai trouvé quelqu'un de plus âgé qui me comprend. Nous sommes très heureux et...

— Quoi ?

Sa voix sourde et menaçante la fit sursauter et elle poussa un cri lorsqu'il l'empoigna violemment.

— Qui ?

Il avait les traits tellement crispés qu'elle eut peur de nouveau.

— C'est le garçon près de la rivière ? *Benny ?*

— Qu'est-ce que ça peut te faire ? lança-t-elle. Tu as cette fille.

— C'est pour ça que tu t'es fait belle ? demanda-t-il en la parcourant de la tête aux pieds.

Pour la circonstance, elle portait l'une de ses plus jolies robes, un semis de petites fleurs rouges sur fond bleu roi.

— Et c'est pour ça que tu relèves tes cheveux ? Pour *lui* ?

— Oui ! Lui, au moins, il ne me considère pas comme une gamine.

— Parce que ce n'est qu'un gamin ! L'as-tu embrassé ? T'a-t-il touchée ?

— Il n'a qu'un an de moins que toi, répliqua-t-elle en levant le menton. Et c'est un comte. Un gentleman. Ce n'est pas lui qui se ferait surprendre en train d'embrasser amoureusement une fille dans une ruelle.

Colin la prit par le bras.

— Je n'appelle pas ça « embrasser amoureuse-ment », rétorqua-t-il avec colère.

— C'est pourtant l'impression que j'ai eue.

— Parce que tu n'y connais rien !

Il lui pétrissait nerveusement le bras, comme s'il ne voulait pas la toucher mais ne pouvait s'en empêcher.

— Et toi, tu t'y connais, bien sûr ! lança-t-elle.

Il serra les dents en réaction à son mépris.

Oh, cela faisait si mal de savoir qu'il y avait quelque part une fille dont Colin était amoureux ! Son Colin.

— Je me demande pourquoi nous parlons de cela, reprit Amelia.

Elle essaya de se libérer, en vain. Il la tenait d'une main ferme. Elle avait besoin de mettre de la dis-tance entre eux. Elle avait du mal à respirer quand il la touchait, et arrivait à peine à réfléchir. Elle ne sentait plus que la douleur et le chagrin.

— Je t'ai oublié, Colin. Je t'ai laissé tranquille. Pourquoi est-ce que tu viens m'ennuyer de nou-veau ?

Il la saisit par la nuque et l'attira vers lui. Son torse toucha sa poitrine. En réaction, les seins d'Amelia se gonflèrent et devinrent douloureux. Elle cessa de se débattre de crainte que cela n'empire.

— J'ai vu ton expression, dit-il d'un ton bourru. Je t'ai fait du mal. Je n'ai jamais voulu te faire du mal.

Les yeux d'Amelia s'emplirent de larmes. Elle bat-tit des paupières pour les retenir.

— Amelia, murmura-t-il en collant sa joue contre la sienne, sa voix trahissant une authentique douleur. Ne pleure pas. Je ne supporte pas de te voir pleurer.

— Alors lâche-moi. Et ne t'approche plus de moi, souffla-t-elle avant d'ajouter : Mieux encore, tu pourrais peut-être trouver un meilleur emploi ailleurs. Tu es très travailleur...

Il enroula son bras libre autour de sa taille.

— Tu souhaiterais que je m'en aille ?

— Oui, articula-t-elle en serrant les poings contre son torse. Oui, je le souhaiterais.

Tout plutôt que de le voir avec une autre fille.

— Un comte... Ça ne peut être que lord Ware. Maudit soit-il !

— Il est gentil avec moi. Il me parle. Il sourit quand il me voit. Aujourd'hui, il va me donner mon premier baiser. Et je...

— Non ! s'écria-t-il en s'écartant, ses yeux sombres pareils à deux puits sans fond. Je veux bien qu'il ait tout ce que je n'aurai jamais, y compris toi. Mais bon sang, *ça,* il ne l'aura pas.

— Quoi ?

Il s'empara de sa bouche. Sidérée, Amelia ne bougea pas. Elle ne comprenait pas ce qui se passait, pourquoi il se comportait ainsi, pourquoi il l'avait abordée justement maintenant et pourquoi il l'embrassait comme un affamé. Elle tremblait violemment, se demandant si elle rêvait ou si elle avait perdu la raison.

Avec ses pouces, il appuyait doucement sur sa mâchoire pour l'inciter à ouvrir la bouche, ce qu'elle fit. Elle laissa échapper une petite plainte lorsqu'il y glissa la langue.

Effrayée, elle cessa de respirer. Il lui caressa la joue pour la rassurer.

— Laisse-toi faire, dit-il dans un souffle. Fais-moi confiance.

Amelia se hissa sur la pointe des pieds, se pressant contre lui. Elle enfouit les doigts dans ses boucles épaisses. Ignorante, elle ne pouvait que se laisser guider, le laissant se repaître de sa bouche, touchant parfois timidement sa langue de la sienne.

Avec un gémissement d'impatience, il lui orienta la tête afin que leurs lèvres coïncident parfaitement. Amelia réagit avec ferveur. Elle eut la chair de poule. Son ventre palpita de désir et son cœur s'emplit d'espoir.

Une des mains de Colin descendit le long de son dos et se referma sur ses fesses. Il la souleva et la plaqua contre lui. Lorsqu'elle sentit le ferme renflement de son érection, elle éprouva un douloureux manque au creux de son corps.

— Amelia... ma douce, murmura-t-il en promenant les lèvres sur ses joues humides, nous ne devrions pas faire ça.

— Je t'aime, hoqueta-t-elle. Je t'aime depuis si longtemps...

Il la fit taire en l'embrassant de nouveau et se frotta contre elle en roulant des hanches. Au comble de la passion, il lui caressait fébrilement le dos et les bras. À bout de souffle, elle s'arracha à sa bouche.

— Dis-moi que tu m'aimes, l'implora-t-elle, hors d'haleine. Dis-le-moi, Colin. Oh, Seigneur, tu as été si cruel, si mesquin...

— Tu ne dois pas m'aimer. Rien n'est possible entre nous. Jamais nous ne...

Il s'écarta d'elle en lâchant un juron.

— Tu es trop jeune pour que je te touche comme je le fais, reprit-il. Non ! Ne dis rien, Amelia. Je suis un domestique. Je serai toujours un domestique et tu seras toujours la fille d'un vicomte.

Elle l'enlaça, tremblant de tout son corps, comme si elle mourait de froid alors qu'elle était en feu. Elle se sentait à l'étroit dans sa peau. Ses lèvres gonflées palpitaient.

— Mais tu m'aimes, non ? dit-elle d'une voix qui tremblait malgré ses efforts pour paraître forte.

— Ne me demande pas ça.

— Si ! Accorde-moi au moins cela. Si je ne peux pas espérer t'avoir, si tu ne dois jamais être à moi, dis-moi au moins que ton cœur m'appartient.

Colin poussa un grondement douloureux.

— Je pensais qu'il valait mieux que tu me détestes, dit-il en renversant la tête en arrière, les yeux clos. J'espérais que si tu me détestais j'arrêterais de rêver.

— Rêver de quoi ?

Oubliant toute prudence, elle glissa les doigts sous sa veste pour caresser son abdomen musclé. Il lui attrapa les poignets et la fusilla du regard

— Ne me touche pas.

— Dans mes rêves, tu m'embrasses comme tu viens de le faire et tu me dis que tu m'aimes plus que tout au monde. Tes rêves ressemblent-ils aux miens ?

— Non, grinça-t-il. Mes rêves ne sont pas charmants et romantiques comme ceux d'une jeune fille. Ce sont des rêves d'homme.

Amelia se mordit la lèvre pour l'empêcher de trembler.

— Tu rêves de l'autre fille ? demanda-t-elle timidement.

Colin l'attira de nouveau à lui.

— Jamais.

Il l'embrassa, avec moins de force, moins d'empressement qu'un peu plus tôt, mais pas moins de passion. Légères comme des ailes de papillon, ses lèvres frôlèrent celles d'Amelia, dans un sens, dans l'autre. C'était un baiser respectueux et le cœur solitaire d'Amelia en absorba la douceur comme un désert aride absorbe la pluie.

Lui prenant tendrement le visage entre ses mains, il murmura :

— Voilà ce qui s'appelle « embrasser amoureusement », Amelia.

— Dis-moi que tu n'as jamais embrassé l'autre ainsi ?

Elle se mit à sangloter, lui enfonçant ses ongles dans le dos à travers sa veste.

— Je n'embrasse personne, répondit-il en appuyant son front contre le sien. Je n'ai jamais embrassé personne. Il n'y a jamais eu que toi.

— *Maria.*

La voix rauque de Christopher arracha un gémissement étouffé à Maria. Il l'entendit, resserra son étreinte, et l'embrassa avec un regain d'ardeur.

Elle ne savait que faire des sentiments qu'il lui inspirait, un mélange de désir – qui n'était pas que physique – et d'espoir, comme si quelque chose pouvait sortir de leur liaison.

— J'aurais voulu que vous soyez là quand je me suis réveillé ce matin, dit-il.

Elle leva les yeux vers lui, contempla ses traits d'une austère beauté, nota sa pâleur sous son hâle et son expression soucieuse, reflet de la sienne.

— J'aurais voulu rester, mais il n'y a rien de possible entre nous.

— Au fond, vous avez bien fait de partir. Parce qu'autrement je ne me serais peut-être jamais rendu compte à quel point je tenais à vous.

Elle pressa deux doigts sur ses lèvres pour interrompre son émouvante confession. Il lui prit le poignet et appliqua un ardent baiser sur sa paume. Qu'était-il arrivé au pirate qu'elle avait rencontré à l'opéra ? Physiquement, l'homme qui se tenait devant elle lui ressemblait trait pour trait, en un peu plus fatigué, peut-être. En revanche, son regard était différent. Elle le dévisagea longuement, s'efforçant de comprendre pourquoi elle éprouvait un tel trouble. Et soudain, en un éclair aveuglant, elle comprit.

— Qu'y a-t-il ? demanda Christopher en fronçant les sourcils.

Elle détourna les yeux, cherchant dans la pièce quelque chose à quoi se raccrocher. Christopher la prit par les épaules, l'empêchant de s'enfuir.

— Dites-moi ce qui se passe. Par Dieu, il y a trop de secrets entre nous. Trop de choses laissées dans l'ombre. Ça nous tue.

— Il n'y a pas de *nous*, murmura-t-elle.

Elle prit une profonde inspiration, inhalant une odeur de bergamote et d'amidon. L'odeur de Christopher.

— J'aimerais que ce soit vrai, dit-il doucement.

Il pencha la tête vers elle et entrouvrit les lèvres juste avant de l'embrasser. Sa main se glissa dans l'encolure de son déshabillé et prit un sein nu en coupe. Elle étouffa un cri tandis qu'une onde brûlante se répandait en elle. Il en profita pour enfoncer la langue dans sa bouche. Pinçant doucement la pointe dressée de son sein, il le titilla avec une habileté diabolique jusqu'à ce qu'elle sente ses genoux mollir.

Alors, il la souleva dans ses bras et la porta jusqu'au lit.

— Comment réussirons-nous à rompre si nous refaisons l'amour ? dit-elle en nichant le visage au creux de son épaule.

— Pour répondre à cette question, il faudrait faire appel à la raison, répondit-il en la déposant délicatement sur le lit.

Incliné sur elle, les mains à plat sur la courtepointe de part et d'autre de ses hanches, il la gratifia de ce lent sourire auquel elle était incapable de résister.

— Mais ce qu'il y a entre nous n'obéit pas à la raison.

Maria fut profondément touchée par sa douceur. Son cœur se mit à battre une folle chamade. Et soudain, incapable de supporter l'émotion qu'elle lisait dans son regard, elle ferma les yeux.

Le matelas ploya lorsqu'il s'assit près d'elle. Elle sentit son doigt lui caresser le creux de la gorge, puis glisser plus bas, entre ses seins.

— Racontez-moi, la pressa-t-il.

— J'aimerais mieux...

Il lui prit les seins dans ses mains, et aspira la pointe de l'un d'eux dans sa bouche à travers son déshabillé. Le plaisir lui fit creuser les reins et elle rouvrit les yeux.

Christopher se redressa et se débarrassa de sa lourde veste de soie.

— Dites-moi ce qu'il y a, insista-t-il. Sinon, je vais avoir recours à des moyens de coercition autrement plus persuasifs.

— Je suis une femme et, avec vous, je me sens comme une adolescente, avoua-t-elle.

Les émotions qu'elle éprouvait étaient dignes d'une fille de l'âge d'Amelia plutôt que du sien – de la peur mais de la curiosité, de l'anxiété mais de l'impatience. Elle tremblait d'avance alors même qu'elle savait ce qui allait se passer.

Cette fois, ce serait différent, elle en était persuadée. Au-delà de ce qu'elle avait déjà connu.

Les doigts de Christopher s'affairaient sur les boutons de son gilet. Il arqua un sourcil doré.

— La première fois que j'ai fait l'amour, c'était contre un mur dans une allée crasseuse, confessa-t-il. Elle avait au moins dix ans de plus que moi. C'était une putain émérite. J'avais fait croire aux autres que j'étais expert en la matière, mais elle s'est vite rendu compte que ce n'était pas vrai et s'est fait un devoir de m'instruire. Elle m'a pris par la main, m'a emmené dehors et a soulevé ses jupes. Je me suis accroché à mon mensonge, ça va sans dire. Alors, je l'ai besognée furieusement et je ne me suis pas arrêté avant qu'elle ait joui tellement fort que je pouvais être sûr que les autres avaient entendu.

Il s'était exprimé d'un ton léger, mais elle avait perçu quelque chose dans sa voix qui l'émut profondément. Qui était cet homme ? Comment était-il devenu cet amant en train de se déshabiller dans sa chambre ? Un homme qui venait à elle comme

277

elle était allée à lui, essayant de sauver une relation qui n'allait nulle part.

Il se leva, ôta son gilet. Sa chemise suivit rapidement, puis sa culotte, ses bas et ses chaussures. Une fois nu, il s'étendit près d'elle, l'attira à lui, lui installant la tête sur son torse, puis laissa échapper un profond soupir de satisfaction.

La main reposant sur son cœur, Maria regarda par la fenêtre, à travers les persiennes, et savoura cette douce impression d'être, pour l'heure, à l'abri des dangers du vaste monde.

— Dites-moi, murmura-t-il, qu'entendez-vous par se sentir « comme une adolescente » ?

Si nous ne pouvons pas parler du présent, il ne nous reste qu'à parler du passé, songea-t-elle.

— Dayton était beaucoup plus âgé que moi, commença-t-elle.

— C'est ce que j'ai entendu dire.

— Il avait été très amoureux de la première lady Dayton. Mais même si ça n'avait pas été le cas, je crois qu'il m'aurait trouvée trop jeune pour me mettre dans son lit.

— Oh ?

Sous sa joue, Maria sentit le corps de Christopher se tendre de curiosité.

— Mais j'étais jeune et curieuse et...

— Chaude comme la braise ? suggéra-t-il en l'embrassant affectueusement sur le sommet du crâne.

— Admettons, répondit-elle, un sourire dans la voix. Bref, Dayton a fini par remarquer que je reluquais les beaux garçons et m'a prise à part pour me demander lequel de ses domestiques me plaisait le plus.

— Vous lui avez répondu ?

Christopher la prit par le menton pour la forcer à le regarder. Il avait l'air amusé.

— Pas sur-le-champ. J'étais trop embarrassée.

Embarrassée, elle l'était toujours, à en juger par la couleur de ses joues.

— Comme vous êtes jolie quand vous rougissez, murmura-t-il.

— Ne vous moquez pas de moi ou je ne réussirai jamais à finir.

— Je ne me moque pas de vous.

— Christopher !

Il sourit, et parut soudain beaucoup plus jeune. Elle lui caressa la joue d'un geste tendre, presque craintif. Il cessa de sourire et son regard devint brûlant.

— Finissez votre histoire, insista-t-il.

— Un jour, Dayton m'a fait dire qu'il m'attendait dans la maison de plaisance, au fond du parc. Cela n'avait rien d'exceptionnel. C'est là qu'il m'enseignait tout ce que, selon lui, une fille dans ma situation devait savoir. Nous y étions à l'abri des regards indiscrets. Seulement, quand je suis arrivée, ce n'était pas Dayton qui se trouvait là mais le beau garçon qui avait attiré mon attention.

— Foutu veinard, commenta Christopher.

Maria se réinstalla confortablement, la joue sur sa poitrine et la main sur sa hanche.

— Il a été gentil et patient. En dépit de sa jeunesse et de son évidente vitalité, il a fait passer mon plaisir avant le sien. C'était quand même une curieuse façon de perdre sa virginité.

Christopher roula et se retrouva sur elle.

— Je suis peut-être bête, mais je ne comprends toujours pas pourquoi ce qui se passe aujourd'hui vous rappelle votre adolescence.

Elle fit la moue, redoutant d'en dire trop.

— Je vais devoir sévir, la prévint-il.

Sur ce, il écarta les pans de son déshabillé, révélant ses seins. Maria trouva délicieux le contact de sa peau sur sa poitrine nue.

— Dieu que vous êtes belle ! souffla-t-il en titillant la pointe d'un sein entre ses doigts.

— Vil flatteur !

Elle déposa un baiser sur son menton avant d'écarter les jambes pour lui permettre de se loger entre elles.

— La langue ne sert pas qu'à flatter, observa-t-il, enjôleur. Je suis tout à fait prêt à m'en servir autrement pour vous extorquer des confessions. Allez, dites-moi pourquoi vous vous sentez comme une écolière, que nous puissions passer à autre chose.

— Ce n'est pas avec ce genre de menace que vous allez réussir à me faire parler.

Christopher lui mordilla la lèvre inférieure.

— Fort bien, puisqu'il en est ainsi, je vais essayer de deviner en m'appuyant sur ce que vous m'avez dit jusqu'ici. Vous oscillez entre appréhension et désir. Surprise et impatience. Indécision et certitude. Vous ne voulez pas de moi et en même temps vous me voudriez bien un peu quand même. Je me trompe ?

Maria souleva la tête et frotta le bout de son nez contre le sien.

— Je suppose que, la première fois, c'est pareil pour tout le monde.

— Je n'ai rien ressenti de tel la première fois, rétorqua-t-il. Je vous ai dit que ç'avait été sordide, avec une prostituée de bas étage. Tout ce que j'éprouvais, c'était le besoin physique de me soulager. Les émotions n'avaient rien à y voir.

Elle écarquilla les yeux.

— Alors comment savez-vous ce que je ressens en ce moment ?

— Parce que, murmura-t-il en se penchant pour l'embrasser, je ressens la même chose pour vous.

17

Maria gémit doucement lorsque Christopher captura sa bouche pour le plus somptueux de tous les baisers, sans hâte ni insistance, prenant son temps pour la savourer comme si elle était un mets délectable. Il glissa la langue entre ses lèvres et la retira tandis que sa grande main lui pétrissait un sein, ses doigts habiles tirant sur la pointe qui était de plus en plus dure et sensible.

Elle trembla sous lui, tellement excitée qu'elle ne pouvait s'empêcher de se tortiller.

— Maria.

Dieu, qu'elle aimait la manière dont il disait son nom, avec une ferveur mêlée de respect.

Elle lui caressa le dos de haut en bas. Ses muscles étaient si fermes que ses doigts ne s'enfoncèrent pas dans sa chair quand elle chercha à l'attirer plus près.

C'était exactement ce qu'elle avait en tête en rentrant de Brighton, cette étreinte passionnée, cette explosion de désir. À la différence de Simon, Christopher ne battait pas en retraite quand elle le lui demandait. Il la forçait à prendre tout ce qu'il avait à donner, à le prendre *avec plaisir.*

Soudain, il s'arracha à ses lèvres, la respiration laborieuse, le corps tremblant. Pressant sa joue contre la sienne, il gronda :

— Avez-vous la moindre idée de l'effet que vous me faites ?

Le désir ardent qui vacillait dans sa voix fit monter les larmes aux yeux de Maria.

— Est-ce quelque chose qui ressemble à l'effet que vous me faites ? hasarda-t-elle.

Bouche ouverte, brûlante, Christopher lui suça le cou.

— Grands dieux, je l'espère bien. Ce ne serait pas supportable si j'étais le seul à éprouver ça.

Les mains de Maria glissèrent jusqu'à ses épaules et elle le repoussa. Il grogna et continua de lui lécher la gorge, sa langue se promenant le long d'une veine qui palpitait.

— Permettez-moi d'avoir les mêmes égards pour votre sexe, murmura-t-elle.

Levant la tête, il posa sur elle un regard d'une profondeur insondable. Puis il bascula sur le dos, l'entraînant avec lui. Il la prit par la nuque et la gratifia d'un baiser ardent emplit de gratitude.

Cela la fit sourire, ce simple geste. Elle se laissa glisser le long de son torse avec des mouvements délibérément provocants, lui titillant les mamelons du bout des doigts comme il avait titillé les siens. Il se figea, le souffle court, attendant. Elle donna un bref coup de langue sur la pointe durcie par ses caresses, lui arrachant un cri étouffé.

— Assez badiné, dit-il d'une voix enrouée. Ce n'est pas là que j'ai envie de votre bouche.

Elle eut pitié de lui et descendit jusqu'à ce qu'elle se retrouve entre ses jambes écartées. Les muscles de ses cuisses étaient animés de mouvements spasmodiques, si grande était sa tension.

Ses bourses, nota-t-elle, étaient lourdes et compactes. Son sexe, épais et dur, était cabré. Elle souffla doucement dessus et il tressaillit tandis qu'une goutte de fluide perlait à l'extrémité.

— Magnifique, chuchota-t-elle en l'empoignant à pleine main.

Comme elle l'orientait vers sa bouche, d'autres gouttes de fluide perlèrent au sommet du bulbe et glissèrent le long d'une grosse veine qui palpitait. Elle lécha la hampe de bas en haut, lentement.

— Ah !

Christopher agrippa la courtepointe, le cou raide de tension. Encore un peu de fluide suinta, coula le long de sa virilité, se faufila entre les doigts de Maria. Il la fixait d'un regard fiévreux.

— Maria, la pressa-t-il d'une voix rauque de désir.

Elle se coucha sur le côté et l'incita à en faire autant. Ils se retrouvèrent face à face, elle beaucoup plus bas que lui. Elle approcha son érection de sa bouche entrouverte, puis l'aspira tout en lui tenant les hanches tandis qu'il sursautait violemment en étouffant un juron. Elle lécha le renflement hypersensible à la base du gland. Christopher lâcha un grondement douloureux et, l'espace d'un instant, Maria faillit pleurer. Ils étaient si proches l'un de l'autre, elle avait envie de lui donner tout le plaisir possible, et même un peu de bonheur, au milieu de cette fange qui menaçait de les engloutir.

285

Elle ferma les yeux, sa langue tournoyant autour du bulbe dilaté, se désaltérant du fluide qui coulait maintenant à profusion.

— Par Dieu ! siffla-t-il.

Il referma la main sur l'arrière de sa tête, la maintenant immobile, tout en imprimant à son bassin un mouvement de va-et-vient. Elle prit ses testicules dans ses paumes, les fit rouler délicatement entre ses doigts. La main de Christopher se crispa sur son crâne. En réaction, les seins de Maria se gonflèrent douloureusement et son sexe se mit à pleurer de désir. Elle se mit à le sucer avec ardeur, les lèvres aussi serrées que possible, et son grand corps frémit.

— Oui... Maria...

Elle s'ouvrait à lui sans réticences comme il s'était ouvert à elle en venant ici aujourd'hui. À part les mouvements de succion, elle était complètement immobile, lui permettant de mener la danse. Il continua à gémir, à crier, à trembler, la voix de plus en plus gutturale.

Bientôt, les lèvres de Maria furent luisantes de salive. Le sexe de Christopher enfla encore, devenant presque trop gros pour sa bouche. Il jurait et s'agitait, cherchant frénétiquement l'assouvissement, s'enfonçant jusqu'à buter parfois au fond de la gorge de Maria. Et soudain, il s'immobilisa, un cri puissant, mélange de soulagement et de volupté, lui échappa.

Un flot de sperme chaud se répandit dans la bouche de Maria, qui continua à s'activer, caressant la queue de Christopher d'une main tandis que l'autre lui pressait en douceur les testicules sans pour autant cesser de le sucer avec vigueur. Il tenta

de la repousser, mais elle le retint, le forçant à capi-
tuler.

Il se mit à balbutier des propos incohérents.

— Non... *Maria*... grands dieux... oui... arrêtez...
arrêtez...

Et, finalement, une supplique :

— *Encore*...

Elle l'épuisa, ses mains et sa bouche ne le lâchant
pas alors même qu'il commençait à mollir contre
sa langue.

— Je vous en prie, implora-t-il, rompu. Je n'en
peux plus.

Maria le laissa aller, se léchant les lèvres, son
propre corps travaillé par des désirs inassouvis, ce
qui ne l'empêchait pas d'être heureuse.

Il la contemplait d'un regard embrumé, le visage
empourpré et humide de sueur.

— Venez, souffla-t-il en lui ouvrant les bras.

En rampant, elle vint se lover contre lui. Sa tête
reposant sur sa poitrine, elle entendait son cœur
battre follement. Peu à peu, il reprit son souffle, sa
respiration se fit lente et régulière – la respiration
d'un dormeur. Elle faillit le rejoindre dans le
sommeil lorsqu'elle sentit qu'il lui retroussait son
déshabillé.

Elle leva les yeux pour le regarder. Il avait
retrouvé cette expression calme et déterminée
qu'elle connaissait.

— Christopher ? chuchota-t-elle, et elle frissonna
quand il posa sa paume tiède sur sa cuisse.

Il la fit rouler sur le dos, cala la tête sur l'une
de ses mains tandis qu'il insinuait l'autre entre ses
jambes.

— Écartez-les, ordonna-t-il.

— Christopher, vous n'êtes pas obligé...

— Écartez-les.

La pression de sa main devint plus insistante.

Excitée par une telle démonstration d'autorité, Maria obéit, laissant échapper un petit cri lorsqu'il se mit à jouer avec sa toison.

— Vous êtes parfaite, murmura-t-il en écartant les pétales de son sexe. Je n'en reviens pas que vous soyez aussi chaude et aussi mouillée juste pour m'avoir sucé.

Il lui frotta délicatement le clitoris. Le vagin de Maria se contracta de désir.

— Et vos tétons...

Il inclina la tête, referma sa bouche chaude sur l'un de ses mamelons qu'il se mit à aspirer et sucer rythmiquement. Le lâchant, il souffla sur la pointe humide. Elle gémit.

— Vous êtes si délicieuse et sensible, chuchota-t-il en glissant deux doigts en elle, que c'est votre petite chatte gourmande qui m'aspire.

Maria commença à haleter quand il fit aller et venir ses doigts en elle, observant avec attention sur son visage toutes les nuances de son plaisir.

— J'ai beau adorer votre enveloppe extérieure, ma beauté andalouse, ce sont des affinités plus profondes qui me lient à vous.

Christopher laissa sa bouche planer au-dessus de celle de Maria, respirant l'air qu'elle exhalait, tout en continuant de la baiser avec ses doigts.

— Christopher...

Sa gorge était tellement serrée qu'elle arrivait à peine à respirer. Elle avait l'impression de tomber, sans rien à quoi se raccrocher. Il était si près que leurs lèvres se frôlaient.

— Choquant, n'est-ce pas ?

Empoignant la courtepointe, Maria ondulait des hanches au rythme des lentes intrusions dans son sexe. Son corps aspirait les doigts de Christopher avec des petits bruits d'eau et les laissait ressortir à regret.

— Vous êtes si étroite, si chaude, murmura-t-il. Si vous ne m'aviez pas fait jouir jusqu'à la dernière goutte, je serais tenté de...

— Plus tard, gémit-elle, les paupières fermées.

— Oui, plus tard, acquiesça-t-il d'une voix éraillée. Regardez-moi au moment de l'orgasme. Je veux savoir combien ça vous plaît que je vous fasse jouir comme ça.

Se forçant à rouvrir les yeux, Maria fut stupéfiée par la tendresse qu'elle lut dans ceux de Christopher. Ses cheveux en bataille adoucissaient encore ses traits. Elle plaqua les mains sur ses seins douloureux et les pétrit dans l'espoir d'atténuer son tourment.

Il enfonça les doigts profondément en elle, la massa doucement avant de les retirer. Puis il recommença. Dedans, dehors. Encore et encore.

— Je vous en prie, supplia-t-elle en se tortillant.

— Nous sommes des mendiants l'un avec l'autre.

Il l'embrassa – un baiser très doux, très délicat, aux antipodes du contact brut de ses doigts. Il releva la tête, appuya le pouce sur son clitoris, lui imprima un mouvement circulaire. Elle jouit en criant son nom, et trembla violemment tandis que son sexe se convulsait autour de ses doigts. Elle monta au pinacle et retomba.

Il la rattrapa au vol. La retint. La serra contre lui. Et s'endormit.

Amelia sauta par-dessus la clôture et courut jusqu'à la rivière. Lord Ware l'attendait sur la berge. Les mains dans le dos, il contemplait le flot rapide.

— Je suis navrée, dit-elle d'une voix haletante en s'arrêtant près de lui.

Il se retourna avec lenteur et la balaya du regard, de la tête aux pieds.

— Vous m'avez fait faux bond, hier.

Amelia rougit, son cœur s'emballa au souvenir de Colin et de ses baisers ardents.

— J'ai eu un empêchement. Je suis accablée.

— Vous n'en avez pas l'air. Vos yeux brillent, vous semblez plutôt heureuse.

Ne sachant que dire, elle se contenta d'un haussement d'épaules.

Ware attendit un moment avant de lui offrir son bras.

— J'espère que vous allez me dire le secret de cette mine resplendissante.

— N'y comptez pas trop.

Il rit et lui adressa un clin d'œil, une réaction amicale qui la soulagea grandement. Elle avait redouté qu'une certaine gêne s'installe entre eux. Elle était contente qu'il n'en soit rien.

Ils suivirent tranquillement la berge jusqu'à ce qu'ils atteignent la clairière où ils avaient pique-niqué l'avant-veille. Une fois de plus, une couverture était étalée au milieu de ce charmant décor. La rivière courait entre les pierres en chantant une agréable mélodie. L'air était chargé d'un parfum d'herbe et de fleurs sauvages. Amelia se laissait réchauffer par le soleil.

— Êtes-vous en colère contre moi ? demanda-t-elle avec un sourire timide tandis qu'elle s'installait sur la couverture en lissant sa robe blanche d'une main nerveuse.

— Un peu déçu, avoua-t-il en ôtant sa veste moutarde. Mais en colère, non. Je ne crois pas qu'il soit possible d'être fâchée contre vous.

— Il y en a qui y parviennent très bien.

— Ce sont des idiots. Tout le monde devrait avoir envie d'être gentil avec vous.

Il se coucha en travers de la couverture, les mains sous la tête.

— Si je vous demandais une faveur, risqua-t-elle doucement, vous me l'accorderiez ?

— Bien sûr, murmura-t-il en l'étudiant.

Il faisait tout le temps cela. Même quand il ne la regardait pas directement, elle avait parfois l'impression qu'il l'examinait. Apparemment, il s'intéressait beaucoup à elle, sans qu'elle sache pourquoi.

Glissant la main dans son réticule, elle en sortit la lettre qu'elle avait écrite pour Maria.

— J'aimerais que vous postiez ceci pour moi. Je n'ai pas l'adresse de la destinataire. Mais elle est très connue, cela ne devrait donc pas être trop difficile de la trouver. En outre, est-ce que ça vous ennuierait qu'elle passe par vous pour me répondre ?

Ware s'empara de la lettre et lut le nom écrit dessus.

— La fameuse lady Winter...

Relevant les yeux, il demanda :

— Me feriez-vous la grâce de répondre à quelques questions ?

291

— Bien sûr, acquiesça Amelia. N'importe qui à votre place aurait envie d'en savoir plus.

— Premièrement, pourquoi me demander d'expédier cette lettre au lieu de vous en acquitter vous-même ?

— Je n'ai le droit d'écrire à personne, expliqua-t-elle. Même pour correspondre avec lord Welton, je dois passer par ma gouvernante.

— Je trouve cela plutôt inquiétant, commenta le comte d'un ton grave qu'elle ne lui connaissait pas, lui qu'elle avait cru frivole, porté à sourire de tout. Je n'aime pas non plus l'allure des hommes qui patrouillent autour de la propriété. Dites-moi, Amelia, est-ce qu'on vous retient prisonnière ?

Elle prit une profonde inspiration et décida de lui dire tout ce qu'elle savait. Il l'écouta attentivement, comme toujours, comme si le moindre mot qui s'échappait de sa bouche était de la plus haute importance. Ce pour quoi elle l'aimait infiniment.

Le temps qu'elle achève son récit, Ware était assis en tailleur devant elle, l'œil sombre et la bouche pincée.

— Vous n'avez jamais envisagé de fuir ?

Amelia cilla, puis baissa les yeux sur ses mains jointes.

— Une ou deux fois, reconnut-elle. Mais, en vérité, je ne suis pas maltraitée. Les domestiques sont aimables avec moi, ma gouvernante est gentille et d'humeur égale. J'ai de jolies robes et l'on me donne une excellente éducation. Qu'est-ce que je ferais si je m'en allais ? Où est-ce que j'irais ? Il faudrait être stupide pour partir à l'aventure sans un sou.

Elle s'interrompit et haussa les épaules.

— Si mon père dit la vérité à propos de ma sœur, enchaîna-t-elle en le regardant de nouveau, alors, il ne cherche qu'à me protéger.

— Mais vous ne le croyez pas, devina lord Ware en lui prenant les mains. Sinon, vous ne me demanderiez pas de poster cette lettre.

— À ma place, vous ne chercheriez pas à savoir ? demanda-t-elle, sincèrement intéressée par son avis.

— Si, bien sûr. Mais il faut dire que j'ai toujours été curieux.

— Ma foi, moi aussi.

Les yeux bleus du comte pétillaient de malice.

— Fort bien, princesse. Je vais poster cette lettre. Ne suis-je pas votre humble et dévoué serviteur ?

— Oh, merci !

Se penchant vers lui, elle enroula les bras autour de son cou et l'embrassa sur la joue. Puis, un peu honteuse de son exubérance, elle recula en rougissant.

Ware avait malgré tout le sourire.

— Pas exactement le baiser que j'espérais, murmura-t-il. Mais cela fera l'affaire.

18

Simon s'adossa à son oreiller et attrapa le verre de vin posé sur la petite table de chevet. Tous ces efforts lui avaient donné chaud. Alors il repoussa le drap et laissa la brise qui entrait par la fenêtre entrouverte le rafraîchir.

Il but une grande gorgée de vin, puis sourit à la belle blonde allongée près de lui.

— Tu as soif, Amy ? demanda-t-il avec sollicitude.

— Ouais.

La fille s'assit, découvrant des seins plutôt petits mais joliment galbés, et accepta le verre qu'il lui tendait.

— Donc, dis-m'en un peu plus à propos de ce compartiment secret chez lord Sedgewick, murmura-t-il en l'observant avec attention de sous ses paupières à demi baissées.

Amy avala le vin fin d'une seule lampée.

— Il s'en sert pour cacher son eau-de-vie.

— De contrebande ?

— Ouais.

— Et l'on peut y accéder par la cave à charbon ?

Elle hocha la tête, ses boucles dansant autour de sa charmante frimousse.

— Ça facilite les livraisons. Tu vas pas le lui voler, hein ?

— Bien sûr que non, dit-il pour la tranquilliser. Seulement, je trouve que c'est une très bonne idée et je me demande si je ne vais pas la mettre en pratique chez moi.

Il plongea l'index dans le peu de vin qui restait au fond du verre et s'en servit pour badigeonner les lèvres de la petite servante. Elle rougit et son regard se tourna vers le sexe de Simon, qui bandait encore à moitié. Comme elle était facile à distraire !

— Nous verrons cela dans un instant, murmura-t-il.

Elle fit une petite moue.

— Quand reçoit-il ses visites ?

— Le mardi et le jeudi, de 3 à 6.

Il sourit. Quand il en aurait terminé ici, il irait visiter les lieux pour savoir s'il était possible d'entendre clairement à travers le mur ou pas. Si oui, il posterait un de ses hommes à cet endroit-là aux jours dits et à l'heure dite, dans l'espoir d'apprendre des choses sur le vicomte. Il y avait forcément une raison pour que Sedgewick ait abordé Maria au bal masqué. Simon avait envie de savoir laquelle.

Mais d'abord, il devait finir ce qu'il avait commencé.

Il posa son verre et regarda Amy avec un sourire éloquent. Elle frémit, et s'allongea en hâte.

Quel boulot épuisant, pensa-t-il en riant intérieurement.

Puis il se mit à l'ouvrage.

Amelia était si heureuse en retournant vers la maison qu'elle ne courait pas, elle volait. Le comte avait pris sa lettre ! Pour la première fois de sa vie, elle agissait. Elle avait un but et elle faisait le nécessaire pour l'atteindre. Tout à sa joie, elle fut de nouveau prise au dépourvu quand des bras puissants l'enlacèrent, mais son cri de surprise fut absorbé par des lèvres tendres et passionnées, et ses protestations cédèrent aussitôt la place à un gémissement plaintif.

— Colin, souffla-t-elle, les yeux clos et la bouche incurvée sur un sourire.

— J'espère que tu ne l'as pas embrassé, dit-il d'un ton bourru, les bras enroulés autour de sa taille.

— J'espère que je ne rêve pas, murmura-t-elle en s'abandonnant au pur plaisir d'être dans les bras de son bien-aimé.

— Si tu rêvais, ça vaudrait peut-être mieux, soupira Colin en la relâchant.

Rouvrant les yeux, Amelia découvrit qu'il avait les sourcils froncés et la bouche pincée.

— Pourquoi es-tu tellement déterminé à trouver terrible quelque chose d'aussi merveilleux ?

Ses cheveux trop longs lui tombaient sur le front, ombrageant les yeux noirs qu'elle adorait, mais un sourire contrit flottait sur ses lèvres.

— Douce Amelia, murmura-t-il en encadrant tendrement son visage de ses mains. Parce que, parfois, il vaut mieux ne pas savoir ce qu'on manque. Comme ça, on peut toujours se dire que ça n'aurait pas été aussi merveilleux qu'on le pensait. Mais, une fois qu'on y a goûté, ça nous manque, forcément.

— Je vais te manquer ? demanda-t-elle, le cœur battant.

— Ça te plairait, méchante ?

— Moi, méchante ? C'est toi qui t'es montré méchant avec moi.

Il déposa un baiser sur ses lèvres.

— Dis-moi que tu ne l'as pas embrassé.

— Colin, tu n'as donc aucune confiance en moi ?

Amelia se haussa sur la pointe des pieds et frotta le bout de son nez contre celui de Colin.

— Je lui ai juste demandé une faveur, expliqua-t-elle.

— Quelle faveur ? demanda-t-il d'un ton belliqueux.

— Je lui ai demandé de poster une lettre pour ma sœur.

Colin se figea.

— Quoi ? s'écria-t-il. Tout ceci, c'est justement pour te protéger d'elle ! ajouta-t-il avec un geste du bras qui englobait le parc.

Elle s'écarta de lui et croisa les bras d'un air têtu.

— J'ai besoin de la connaître.

— Mais non, grommela Colin, les mains sur les hanches. Bon sang, tu ne sais pas quoi inventer comme bêtise !

Avec son charme exotique et son air ténébreux, elle le trouvait divin. Elle soupira comme seules soupirent les amoureuses. Du coup, il se rembrunit davantage.

— Ne me regarde pas comme ça, bougonna-t-il.

— Comme quoi ?

— Comme *ça* ! répliqua-t-il en pointant l'index sur elle.

— Je t'aime, expliqua-t-elle avec toute l'adoration que contenait son jeune cœur. Je ne saurais pas te regarder autrement.

Secouant la tête, Colin alla s'asseoir sur une souche d'arbre. Autour d'eux, les oiseaux gazouillaient et les feuilles mortes sur le sol bruissaient à la moindre brise. Au fil des ans, ils avaient joué dans beaucoup de forêts et couru dans beaucoup de prairies et le long de beaucoup de rivages. Où qu'ils aillent, Amelia n'avait jamais eu peur tant que Colin était avec elle.

— Pourquoi ne m'as-tu pas demandé de poster cette lettre ? J'aurais pu le faire aussi bien que lord Ware.

— J'espère une réponse et elle ne peut pas arriver ici. J'avais besoin de son aide non seulement pour envoyer cette lettre, mais pour en recevoir une.

Elle s'interrompit en voyant que Colin se tenait la tête entre les mains.

— Qu'y a-t-il ?

Sans égard pour sa robe blanche, elle tomba à genoux devant lui.

— Parle-moi, implora-t-elle car il persistait à se taire.

Il la regarda.

— Il y aura toujours des choses que je ne pourrai pas te donner et que des gens comme Ware te donneront facilement.

— Quelles choses ? demanda-t-elle. Des jolies robes, des rubans de soie ?

— Des chevaux, des manoirs, des domestiques dans mon genre, grinça-t-il.

Elle posa ses petites mains sur ses larges épaules et l'embrassa sur la bouche.

— Rien de tout cela ne m'a jamais rendue heureuse, assura-t-elle. À part un serviteur comme toi, et tu sais que je ne t'ai jamais considéré comme inférieur à moi.

— Parce que tu vis loin de tout, Amelia. Si tu étais libre d'aller et venir, tu verrais les choses comme elles sont réellement.

— Je me moque de ce que les gens pensent, pourvu que tu m'aimes.

— Je ne peux pas t'aimer, murmura-t-il en lui prenant les poignets pour repousser ses mains. Ne me le demande pas.

Tout à coup, elle avait l'impression d'être la plus âgée des deux, celle qui était chargée de réconforter et de protéger.

— Colin, tu me brises le cœur. Mais même en mille morceaux, il y restera toujours assez d'amour pour nous deux.

Marmonnant un juron, Colin la prit dans ses bras et lui dit avec des baisers ce qu'il s'interdisait de dire avec des mots.

Maria se prélassait dans la baignoire, les yeux clos, la nuque appuyée contre le rebord. Ce soir, elle irait chez Christopher et elle lui parlerait d'Amelia et de Welton. Elle lui parlerait aussi d'Eddington et, ensemble, ils trouveraient une solution à leurs problèmes. Même s'il lui avait fallu plusieurs jours pour arriver à cette décision, elle était certaine au fond de son cœur d'avoir raison.

Elle soupira et se laissa glisser dans l'eau bien chaude jusqu'au menton. Elle entendit des voix d'hommes dans le couloir et la porte de la salle de bains s'ouvrit.

— Tu as été parti toute la journée, Simon chéri, murmura-t-elle.

Il rapprocha une chaise de la baignoire et s'assit lourdement. Puis il prit une profonde inspiration, comme s'il rassemblait ses forces en prévision d'une corvée. Il n'en fallut pas davantage pour alerter Maria. Elle rouvrit les yeux. Simon avait l'air grave, très loin de l'humeur plaisante qu'il affichait d'ordinaire.

— Qu'y a-t-il ?

Il se pencha en avant, les avant-bras sur les cuisses, le regard intense.

— Tu te souviens que je t'ai parlé du compartiment secret de lord Sedgewick ? Aujourd'hui, il a eu un visiteur qui lui a dit des choses qui éclairent d'un jour nouveau ses activités.

Elle se redressa, sa curiosité en éveil.

— Simon, tu es un génie.

Son compliment ne lui valut pas ce demi-sourire qu'elle aimait tant.

— Maria... commença-t-il.

Puis il se leva, vint à elle et lui prit les mains. De sombres pressentiments nouèrent l'estomac de Maria.

— Dis-moi.

— Sedgewick est un agent de la Couronne.

— Seigneur, ce n'est que cela ! Tu m'as fait peur avec tes airs mystérieux. Ils essaient toujours de résoudre les assassinats de Winter et de Dayton. Et c'est moi qu'ils soupçonnent. Rien de nouveau sous le soleil.

— Oui, l'agence te veut, confirma Simon en poussant un profond soupir. Ils te veulent tellement qu'ils ont libéré un criminel pour attraper une criminelle.

— Libéré un criminel...

Elle secoua lentement la tête, comprenant ce qu'il en était.

— *Non...*

Sans se soucier de ses beaux vêtements, Simon s'agenouilla sur le sol mouillé.

— Sedgewick a un témoin contre St. John, qu'il cache dans une auberge à St. George's Fields. Le vicomte a proposé un marché : la liberté de St. John contre des informations qui permettraient de te faire endosser le meurtre de tes maris. C'est pourquoi il n'a pas été surpris de voir St. John au bal masqué chez les Campion et c'est pourquoi il s'attendait à ce que tu y sois avec le pirate.

Maria scruta Simon, cherchant sur ses traits des signes de malice. Si c'était un canular, il serait de très mauvais goût, mais cela vaudrait toujours mieux que l'autre possibilité, à savoir que son amant méditait la trahison suprême – sa mort.

— Non, Simon. Non !

Il était impossible de faire l'amour comme Christopher l'avait fait avec elle et de mentir.

Simon se redressa d'un mouvement souple, l'entraînant avec lui. Il la souleva et la déposa sur le sol, la serrant amoureusement dans ses bras. Elle s'accrocha à lui et se mit à pleurer en silence, les larmes coulant à flots. Il la berçait, lui murmurait des paroles consolantes, l'aimait.

— Je pense qu'il tient à moi, murmura-t-elle, son visage humide de larmes pressé contre le cou de Simon.

— C'est impossible de ne pas tenir à toi, ma douce.

Elle poussa un soupir saccadé.

— J'avais tellement confiance en lui que j'avais prévu de lui demander son aide ce soir même.

Si tout ce qui s'était passé entre eux n'avait été qu'un stratagème pour gagner sa confiance, ç'avait failli réussir. Elle avait été à deux doigts de lui dévoiler ses secrets, de lui révéler ses faiblesses, parce qu'elle avait foi en lui. Elle avait même pensé qu'il *méritait* la vérité, parce qu'il lui avait pardonné sa rencontre avec Eddington bien qu'elle ne lui ait fourni aucune explication.

Eddington.

Elle s'écarta un peu, agrippa les revers de la veste de Simon avec l'énergie du désespoir.

— St. John m'a fait surveiller. Il savait qu'Eddington était venu me voir à Brighton. Il a envoyé Tim pour qu'il essaie de découvrir l'identité d'Amelia. S'il a fait tout cela dans l'intention de me perdre... Oh, grands dieux, je lui ai déjà confié trop de choses !

— J'ai envoyé des hommes à St. George's Fields pour qu'ils s'emparent du témoin de Sedgewick, déclara Simon. Du coup, toi aussi, tu auras un moyen de pression.

— Seigneur, Simon ! s'exclama-t-elle en se blottissant de nouveau dans ses bras. Qu'est-ce que je deviendrais sans toi ?

— Tu te débrouillerais très bien, ma douce. Mais je ne suis pas pressé que tu m'en apportes la preuve, répondit-il en appuyant le menton sur le sommet de son crâne. Et maintenant, que vas-tu faire ?

— Je ne sais pas trop. J'imagine que je vais lui donner une chance de se racheter, répondit-elle, la bouche sèche. Je vais lui demander sans détour par quel miracle il a été libéré. S'il refuse de me répondre ou s'il me ment, je saurai qu'il pense d'abord à lui et non à moi.

— Et alors ?

Elle essuya ses larmes.

— Et alors nous ferons ce qu'il faudra. Amelia passe avant tout.

La démarche élastique, Christopher franchit le seuil de sa maison en sifflotant. Pour autant qu'il s'en souvienne, il n'avait jamais été aussi… heureux. Bonté divine, il ne s'était même jamais douté qu'il pouvait *être* heureux. Il avait toujours pensé que ce n'était pas à sa portée.

Il jeta son chapeau au majordome, ôta ses gants et réfléchit à la meilleure façon de recevoir Maria quand elle viendrait ce soir. Il enverrait des hommes à sa rencontre pour l'escorter… mais, une fois qu'elle serait là ? Il lui ferait l'amour pendant des heures, pas de doute là-dessus, mais il aimerait aussi continuer de lui faire la cour. Il avait envie d'explorer le monde, inconnu pour lui, des relations amoureuses.

Il se creusa la cervelle à la recherche d'idées pour une fête inoubliable. Il demanderait à la cuisinière de préparer des mets réputés pour leurs qualités aphrodisiaques. Il commanderait des fleurs. Celles aux parfums capiteux.

Il eut un sourire penaud. Tout cela, bien sûr, ne visait qu'à préparer la partie sexuelle de la soirée.

Il ne connaissait naturellement rien aux ambiances romantiques ni à la façon d'en créer une. Faisant jouer les muscles ankylosés de ses épaules, il envisagea une petite sieste. Il avait encore besoin de réfléchir à la question, mais cela réclamait davantage d'énergie qu'il n'en avait pour le moment.

— St. John ?

Tournant la tête, Christopher découvrit Philip dans l'encadrement de la porte de son bureau.

— Qu'y a-t-il ?

— Les hommes que vous avez envoyés chercher Amelia viennent de rentrer.

Après une mimique de surprise, Christopher hocha la tête. Il pénétra dans la pièce et s'assit à son bureau. Alignés devant lui, il y avait les quatre gaillards en question. Ils étaient couverts de poussière mais leur excitation était palpable. Quoi qu'ils aient à lui apprendre, ils pensaient que c'était quelque chose qui allait lui faire plaisir.

— Je vous écoute, dit-il, sa fatigue miraculeusement envolée.

Les quatre hommes échangèrent des regards, puis Walter fit un pas en avant. Une bonne quarantaine d'années, des cheveux et des favoris gris pour en témoigner, il avait accompli au service de Christopher l'essentiel de son obscure carrière.

— J'ai envoyé Tim pour vous annoncer la nouvelle, mais j'ai entendu dire qu'il avait été attaqué.

Christopher sourit.

— L'histoire est vraie.

— Eh bien, j'espère que ce retard aura pas de conséquences fâcheuses. La gamine s'appelle Amelia Benbridge. C'est la fille du vicomte Welton.

La *fille* de Welton ?

305

— Bon Dieu, souffla Christopher en s'adossant à son fauteuil. C'est donc la demi-sœur de lady Winter.

— Ouais. Le plus curieux c'est que, dans les villages autour des terres de Welton, personne semble au courant de son existence. Quand on parlait d'elle, les gens nous regardaient comme si on était des échappés de l'asile.

— Comment l'avez-vous retrouvée ?

— Le pasteur a les certificats de naissance.

— Bien joué, commenta Christopher.

Il tapa du pied sur le tapis. Maria s'était fait poignarder pour avoir essayé de parler à sa sœur. Manifestement, on voulait les empêcher de se voir.

— Il faut retrouver Amelia, reprit-il.

— Ah, mais c'est fait !

Christopher ouvrit des yeux ronds.

— Oui, confirma Walter avec un sourire satisfait. À un des relais de poste, Peter a fait la connaissance d'une petite mignonne. Alors qu'il lui contait fleurette en essayant de glisser la main sous ses jupes, elle lui a dit qu'elle avait été engagée comme femme de chambre de la fille d'un vicomte, et le vicomte qu'elle a décrit ressemblait bougrement à Welton. Du coup, on l'a suivie jusque dans le Lincolnshire et on a découvert qu'elle était au service d'une jeune fille dénommée Amelia Benbridge.

— Bonté divine !

— Un sacré coup de veine, dit Walter. Mais on va pas cracher dessus, hein ?

— Ah, ça non ! confirma Christopher. Je constate que Peter n'est pas avec vous. Je suppose qu'il est resté là-bas pour surveiller la fille ? Excellent !

Il se tourna vers Philip, qui attendait près de la porte.

— Va me chercher Sam.

Il pianota sur le bureau.

— C'est Welton qui a engagé cette fille ?

— C'est ce qu'elle a dit.

En soupirant, Christopher récapitula ce qu'il savait. Welton avait Amelia. Maria voulait Amelia. Welton entretenait Maria. Il lui présentait des hommes comme Eddington. Christopher ne savait pas pourquoi Eddington payait Maria, mais il avait la certitude que ce n'était pas en échange de ses faveurs. Un tableau commençait à se dessiner, mais encore trop flou pour qu'on y comprenne quelque chose.

Sam fit son entrée.

— Demain, tu iras avec Walter et les autres dans le Lincolnshire, lui annonça Christopher. Il y a là-bas une jeune fille. Je veux savoir si c'est celle que cherche lady Winter. Si c'est le cas, préviens-moi, mais reste avec elle. Si elle se déplace, suis-la. Je veux savoir à tout moment où elle se trouve.

— Bien sûr.

Sam avait l'air déterminé de celui qui va faire de son mieux pour se racheter. Comme avait fait Tim.

— Débarrassez le plancher, dit-il aux quatre autres. Dégotez-vous une fille pas farouche et passez une bonne nuit. Vous avez fait du bon travail, vous aurez une prime.

— Merci, dirent-ils d'une seule voix.

Il leur fit signe de partir et prit un moment pour rassembler ses pensées.

Maria savait qu'il avait les moyens de l'aider. Maintenant qu'ils avaient mutuellement forcé les défenses de l'autre, irait-elle jusqu'à partager cela avec lui ? Franchement, il l'espérait.

Mais ce n'était pas tout. Il espérait aussi conquérir le cœur de Maria, avec ses recoins sombres et ses blessures.

Aurait-elle suffisamment confiance en lui pour le lui donner ?

— Le comte d'Eddington demande à être reçu.

Maria regarda le reflet de son majordome dans le miroir de sa coiffeuse. Elle s'efforçait d'apparaître aussi impassible que lui alors qu'elle n'était que chagrin, désordre et confusion. Elle acquiesça d'un signe de tête.

Le majordome s'inclina et sortit.

Sarah continua à agrémenter de perles et de fleurs les cheveux de sa maîtresse, mais lorsqu'on frappa à la porte et qu'Eddington entra, elle fit une petite révérence et se retira prestement.

— Ma chère lady Winter, dit le comte d'une voix traînante en s'avançant dans le boudoir, vous êtes belle comme une apparition.

Il n'avait jamais fait de manières avec elle, et elle n'était pas certaine d'apprécier son sans-gêne. Le comte était impeccablement vêtu d'un magnifique ensemble bordeaux tandis que ses cheveux noirs, lissés et attachés, se terminaient par un bouquet de boucles au milieu du dos. Il prit la main qu'elle lui tendait et la porta à ses lèvres. Puis il s'assit sur le petit tabouret qui se trouvait tout près d'elle.

— Alors ? demanda-t-il en la dévisageant sans ciller.

— J'aimerais avoir quelque chose à vous offrir, murmura-t-elle.

Pas question de lui révéler ce qu'elle avait appris à propos de Sedgewick tant qu'elle ne saurait pas si Christopher tenait à elle ou pas.

Le comte soupira, comme s'il se sentait floué, puis il ouvrit sa tabatière. Il attrapa la main de Maria, la retourna paume en l'air, déposa une pincée de tabac sur le poignet, à l'endroit où battait son pouls, et prisa.

— Quelque chose vous chiffonne, commenta-t-il en fixant la petite veine bleue qui palpitait au rythme de ses battements de cœur.

— Ma femme de chambre semble incapable de me coiffer comme je le désire.

Il lui caressa le poignet avec son pouce.

— Qu'avez-vous prévu pour ce soir ? Êtes-vous toujours en vacances ?

Maria récupéra sa main d'un geste brusque.

— Non. J'ai rendez-vous avec un criminel renommé.

— Charmant.

Eddington s'autorisa un sourire satisfait. Même immunisée contre son charme, elle dut admettre qu'il était très séduisant. Un espion, par-dessus le marché. Irrésistible, à condition d'aimer les canailles.

— Avez-vous l'intention de demander carrément à St. John comment il a réussi à sortir de prison ? demanda-t-il sur le ton de la conversation. Ou allez-vous vous y prendre autrement pour glaner les informations dont j'ai besoin pour le faire pendre ?

— Si je vous révèle mes secrets, vaudrai-je encore quelque chose ?

— Bien vu.

Il se leva, ouvrit la boîte à mouches de Maria, en choisit une en forme de diamant et la lui colla au coin de l'œil.

— L'agence aurait du travail pour une femme ayant votre talent, dit-il. Vous devriez y réfléchir.

— Et vous, vous devriez partir, que je puisse accomplir la mission que vous m'avez confiée.

Le comte se plaça derrière elle et posa les mains sur ses épaules.

— N'écartez pas mon offre d'un revers de main. Je suis sincère.

Maria croisa son regard dans le miroir.

— Je n'écarte jamais rien d'un revers de main, milord. Surtout pas les alléchantes propositions d'un homme qui a tout intérêt à ma chute.

Eddington sourit, cynique.

— Vous ne faites confiance à personne, n'est-ce pas ?

— Hélas, non ! soupira-t-elle, s'adressant à son propre reflet dans le miroir. La vie m'a appris à me méfier de tout le monde.

Tim plaqua l'appétissante et robuste Sarah contre le mur du salon, les mains sur ses fesses rebondies, il la serra fort contre son sexe en érection. Il s'était concentré sur cette brutale étreinte jusqu'à ce qu'il entende la conversation entre lady Winter et lord Eddington dans la pièce voisine.

Il ferma les yeux et appuya le front contre le mur, très au-dessus de la tête de Sarah, qui était tellement plus petite que lui. La révélation de cette trahison le peinait. Au fil des jours, il en était venu

310

à aimer et à respecter lady Winter. Il avait même espéré que sa liaison avec St. John durerait indéfiniment. Ils avaient tous deux une lueur particulière dans le regard quand ils parlaient de l'autre. St. John ne paraissait jamais plus heureux que lorsqu'il était en compagnie de la belle Maria.

— Le comte vient de partir, grommela Tim en faisant un pas en arrière. Lady Winter va avoir besoin de toi.

— Tu viendras me rejoindre dans ma chambre tout à l'heure ? demanda Sarah d'une voix entrecoupée.

— J'essaierai. Maintenant, file !

Il la fit pivoter et la poussa vers la porte en lui pinçant les fesses.

Il attendit que le battant se soit refermé avant de quitter la pièce.

Le temps pressait.

S'il se dépêchait, il pourrait révéler à St. John la vraie nature de lady Winter et être revenu avant que l'on ne s'aperçoive de son absence.

19

Colin brossait la robe d'un superbe cheval bai en sifflotant. Son cœur était à la fois plus léger et plus lourd, un mélange étrange dont il ne savait quoi faire.

C'était d'une témérité extraordinaire, il le savait, de soupirer pour Amelia. Elle était beaucoup trop jeune, et d'un rang trop élevé pour lui. Ils ne pourraient jamais être ensemble. C'était hors de question. Les quelques baisers volés qu'ils avaient échangés étaient dangereux pour eux deux, et il se considérait déjà comme une fripouille de s'y être risqué.

Un jour ou l'autre, elle serait libre, entourée d'hommes tels que lord Ware. Elle repenserait à l'époque où elle s'était amourachée d'un palefrenier et se demanderait où elle avait eu la tête. Il était tout simplement le seul plat sur la table, et elle avait faim. Mais une fois qu'elle serait libre, il serait comme un brouet au milieu d'un festin.

— Colin.

Il tourna la tête et regarda son oncle entrer dans l'écurie de sa démarche pesante.

— Oui, mon oncle ?

Pietro ôta son chapeau et passa la main dans ses cheveux grisonnants, l'air contrarié. Hormis leur tour de taille, l'oncle et le neveu se ressemblaient beaucoup. Leur ascendance gitane était flagrante, même si celle de Colin était mitigée par une mère gadjo.

— Je sais que tu as vu la fille dans les bois.

Colin se tendit.

— Les gardes m'ont dit qu'elle allait voir le lord de la propriété voisine, poursuivit Pietro. Et voilà que tu t'en es mêlé.

— Non, ce n'est pas vrai, rétorqua Colin en se remettant à brosser le cheval. Elle l'a vu hier.

— Je t'ai dit de garder tes distances avec elle ! s'exclama Pietro en se rapprochant, furieux. Va au village. Amuse-toi avec les filles de cuisine et les laitières.

Colin dut lutter pour tenir sa colère en bride.

— C'est ce que je fais, tu le sais très bien.

Et chaque fois, il en souffrait. Les femmes sur lesquelles il se couchait ne servaient qu'à le soulager temporairement, rien de plus. Son cœur appartenait à Amelia depuis toujours. Son amour pour elle avait grandi, mûri, au même rythme que son corps. De son côté, Amelia était restée ingénue, innocente, et son amour pour lui était pur, sans tache.

Il appuya le front contre l'encolure du cheval. Amelia était tout pour lui, l'avait été dès le jour où le vicomte Welton avait embauché son oncle. Pietro avait accepté des gages beaucoup moins élevés que les autres cochers. C'était la raison pour laquelle il avait gardé son emploi pendant toutes ces années au lieu d'être remplacé, comme les gouvernantes.

Colin n'oublierait jamais le jour où Amelia avait couru vers lui, un franc sourire éclairant sa frimousse, et avait glissé sa main dans la sienne.

« Viens jouer avec moi », avait-elle dit.

Venant d'une famille nombreuse, il craignait la solitude. Mais Amelia valait une douzaine de camarades de jeu à elle toute seule. Dotée d'un esprit aventureux, elle était prête à apprendre tous les jeux qu'il connaissait, et puis elle s'était mis en tête de le battre à chacun.

Au fil des ans, elle était devenue femme et il avait commencé à l'apprécier en homme. Il était tombé amoureux d'elle, d'un amour solidement enraciné dans une longue et heureuse amitié. Amelia était peut-être amoureuse, elle aussi, mais comment en être certain ? Il avait connu d'autres filles. Amelia n'avait jamais eu que lui. Ses sentiments risquaient de changer lorsqu'elle comprendrait qu'elle avait le choix. En revanche, les siens à lui ne changeraient jamais. Il l'aimerait toujours.

Il laissa échapper un soupir las. De toute façon, même si elle l'aimait aussi, il ne pourrait jamais l'avoir.

— Mon garçon, dit son oncle en posant la main sur son épaule, si tu l'aimes vraiment, laisse-la tranquille. Elle a le monde à ses pieds. Ne l'en prive pas.

— La laisser tranquille ? répéta Colin d'une voix enrouée. J'essaie, mon oncle. J'essaie.

Christopher s'installa dans un fauteuil et contempla le fond du verre qu'il tenait à la main. Il ne

315

savait pas exactement ce qu'il ressentait. Cela ressemblait assez à ce qu'il avait ressenti lorsqu'il avait surpris Eddington et Maria en grande conversation, à Brighton – mais en plus intense. Un étau lui enserrait la poitrine et c'était presque intolérable. Pour respirer, il fallait qu'il s'applique.

— Tu devrais retourner là-bas, dit-il à Tim. Je n'ai pas envie qu'on remarque ton absence.

Sa voix était si âpre qu'il en fut le premier étonné. Il se reconnaissait à peine. Il ne pensait plus, n'agissait plus, ne parlait plus comme avant sa rencontre avec Maria.

Il songea à la position de Tim chez la veuve Winter. Elle était tellement sûre d'elle qu'elle ne se rendait pas compte qu'elle réchauffait un serpent dans son sein.

— Ouais.

Tim pivota sur ses talons et se dirigea vers la porte.

— Si Eddington revient, je veux connaître les détails de leur échange.

— Bien sûr. Je vous décevrai pas une deuxième fois.

Christopher hocha la tête, les yeux toujours rivés sur son verre.

— Merci, Tim.

Il entendit vaguement la porte se refermer. Il se flattait de savoir juger les gens. Il serait mort depuis longtemps si ça n'avait pas été le cas. Alors pourquoi n'arrivait-il pas à se convaincre que Maria n'éprouvait aucune tendresse pour lui ? Les faits étaient là, clairs et indiscutables, pourtant, au fond de son cœur, il croyait encore en elle.

En ricanant il porta son verre à ses lèvres et le vida d'un trait. Tout le problème était là : il se laissait guider par son cœur et non pas par sa tête. Malheureusement pour lui, il l'aimait. Cette traîtresse. Cette séductrice dont la fortune dépendait du nombre d'hommes qu'elle pouvait faire passer de vie à trépas.

Quelqu'un frappa à la porte, l'arrachant à ses sombres pensées.

— Entrez ! cria-t-il.

L'instant d'après, son cœur battait à un rythme effréné et il se levait comme un automate pour saluer le retour de sa maîtresse.

Combien de temps s'était-il écoulé ? Un rapide coup d'œil à la pendule lui donna la réponse : presque deux heures.

Il vit dans le regard de Maria une lueur de pur plaisir, preuve qu'elle ressentait la même chose que lui, puis un sourire charmeur la balaya. Elle portait une cape dont la capuche sombre encadrait son visage aux traits délicats, avec ses grands yeux noirs et sa bouche vermeille légèrement boudeuse.

Christopher, quant à lui, ne portait rien d'autre que sa paire de culottes. Il prit une profonde inspiration, alla à sa rencontre avant de se placer derrière elle. Il posa les mains sur les épaules et inhala son parfum. C'était la plus enivrante des femmes.

— Vous m'avez manqué, murmura-t-il en tirant sur le ruban qui fermait sa cape.

— Serez-vous toujours à demi nu pour m'accueillir ?

Toujours ? Comme s'ils avaient un avenir commun !

— Ça vous plairait ?

Il rabattit doucement sa capuche et laissa le lourd vêtement glisser sur le sol à leurs pieds.

— Je vous préférerais nu, répondit-elle.

— Moi aussi, je vous préférerais nue. Et je vais m'y employer sur-le-champ.

Il entreprit aussitôt de la déshabiller, ses doigts s'activant prestement sur les boutons et les rubans.

— Comment s'est passée votre journée ? s'enquit-il.

— Solitaire. Vous m'avez manqué.

Les mains de Christopher s'immobilisèrent. Il ferma les yeux en s'efforçant de calmer la colère qui s'était emparée de lui à ces mots. Il se remémora les événements de l'après-midi – d'abord, son expression stupéfaite, presque effrayée à son arrivée. Puis la manière dont elle avait frissonné lorsqu'il l'avait touchée et embrassée, la manière dont elle l'avait aimé, la manière dont elle s'était livrée à lui.

Lorsqu'ils étaient au lit, ils étaient nus l'un devant l'autre, et cela allait bien au-delà du physique.

— J'ai prévu des mets fins pour vous nourrir, murmura-t-il en déposant un baiser sur sa cicatrice, et j'ai fait mettre des fleurs un peu partout pour vous charmer. Je n'avais pas l'intention de commencer la soirée au lit, mais je m'aperçois que je ne vais pas pouvoir attendre.

Il glissa les mains entre les pans de sa robe, qu'il avait commencé à déboutonner, et referma les mains sur ses seins à travers sa camisole. Ses mamelons étaient déjà durcis et il les manipula du bout des doigts exactement comme elle aimait.

Elle renversa la tête en arrière pour la poser sur son épaule avec un doux gémissement.

318

— J'adore vos seins, lui chuchota-t-il à l'oreille d'une voix grondante. Ce soir, j'ai l'intention de les sucer pendant que je vous ferai jouir avec mon sexe. Vous n'avez pas oublié comment c'est, n'est-ce pas ? Ni comment vous m'avez agrippé ? Tenez, poursuivit-il en se frottant contre ses fesses, je n'ai qu'à m'en souvenir pour bander aussitôt.

— Christopher.

Il y avait quelque chose de triste et de presque plaintif dans la manière dont elle prononça son pré-nom. L'atmosphère était soudain d'une pesante mélancolie.

Pressé d'en venir aux choses sérieuses, il déchira le dos de sa robe, faisant voler dans toutes les direc-tions des petits boutons auxquels étaient restés accrochés des lambeaux d'étoffe.

— Si ça continue, je n'aurai bientôt plus rien à me mettre, dit-elle d'une voix haletante qui trahis-sait son désir d'être prise.

Christopher le savait, bien sûr, et il soupçonnait Quinn d'avoir causé sa propre perte en acceptant trop facilement de ne plus coucher avec elle. Si l'Irlandais s'était mieux défendu, Maria ne serait peut-être pas ici en ce moment.

À cette pensée, son impatience grimpa d'un cran et il tira sur ses lacets et ses rubans avec férocité. La camisole rendit l'âme avec un cri déchirant, puis Maria pivota et se retrouva dans ses bras, seins nus contre torse nu. Il s'empara de la bouche qu'elle lui offrait et la souleva du sol.

Elle lui prit le visage entre ses mains ; ses douces lèvres s'animaient frénétiquement sous les siennes. Il y avait là un désespoir qui reflétait le sien, songea Christopher.

Il l'emporta dans la chambre d'un pas si vif qu'il courait presque. Il la déposa sur le lit et acheva de se déshabiller.

— Écartez les jambes, ordonna-t-il.

Elle parut inquiète et Christopher comprit pourquoi. Il ne lui laissait pas la moindre possibilité de se cacher.

Jetant ses culottes au loin, il la rejoignit sur le lit, lui prit les genoux et les écarta. Elle essaya de résister, mais il fut sans pitié, l'immobilisant afin de se repaître de son sexe.

— Non, s'écria-t-elle en lui attrapant les cheveux. Pas comme ça...

Christopher écarta la toison d'ébène, exposant les replis roses de son intimité et le capuchon qui protégeait son clitoris. De la pointe de la langue, il le lécha, le taquina, et le prit entre ses lèvres lorsqu'il émergea puis l'aspira doucement. Maria gémit et se cambra tout en le suppliant d'arrêter, de la baiser avec son sexe, de lui accorder un moment pour se ressaisir. Elle n'avoua pas qu'elle se sentait trop vulnérable ainsi, mais il le devina.

De même qu'il sut à quel moment elle ouvrit les yeux et découvrit le miroir au-dessus du lit, parce qu'elle hoqueta de surprise et se raidit.

— La vue vous plaît ? demanda-t-il d'une voix rauque avant de se remettre à l'ouvrage.

Maria fut fascinée par leur reflet dans le miroir – la chevelure dorée de Christopher entre ses cuisses. Les yeux embrumés, le visage et le buste empourprés, elle n'avait plus rien de la femme sévère et déterminée qu'elle avait vue dans son propre miroir avant de sortir. Celle qu'elle voyait à présent était ivre de plaisir. Elle s'abandonnait à un homme qu'elle désirait de tout son être. Un homme qui l'avait courtisée à seule fin de la faire pendre à sa place.

Elle pouvait pardonner cela, sachant qu'elle était allée vers lui avec des intentions déloyales. Elle comprenait que beaucoup de gens dépendaient de lui et c'était sans doute à cause d'eux qu'il voulait rester en vie. Il ne se serait jamais donné autant de mal pour lui tout seul.

Elle le savait parce qu'elle le comprenait, *lui*, l'homme qu'il était, l'homme qui avait aimé son frère comme elle aimait Amelia. Mais ses motifs de départ n'avaient peut-être pas changé et l'homme installé en ce moment entre ses jambes était peut-être aussi celui qui voulait la voir morte.

— Maria.

Elle ferma les yeux, le sentit bouger. Après un dernier baiser sur son clitoris, il vint s'allonger près d'elle.

— Vous n'êtes pas timide, loin de là, murmura-t-il. Pourtant, me voir en train de vous faire l'amour a refroidi votre désir. C'est trop intime pour vous ?

Il bascula sur le flanc, la prit par les hanches, pour l'attirer à lui, pressant son érection contre son ventre.

Rouvrant les yeux, elle découvrit qu'il l'observait avec un mélange d'affection et d'intense curiosité.

— Peut-on appeler cela « faire l'amour » ? demanda-t-elle d'une voix fluette. Ou n'est-ce qu'un rapport sexuel entre un homme et une femme qui s'entendent bien au lit ?

— À vous de me le dire.

Ils échangèrent un long regard.

— Si seulement je le savais, murmura Maria.

— Alors tâchons de le découvrir ensemble.

Il lui souleva la cuisse, positionna l'extrémité engorgée de son sexe entre les pétales du sien.

— Prenez-moi en vous, dit-il.

Était-il possible de découvrir le caractère d'un homme en faisant l'amour avec lui ?

— Dites-moi ce qui est arrivé au témoin qui aurait pu témoigner contre vous ? souffla-t-elle.

— Qu'est-ce que ça peut faire ? rétorqua-t-il.

Elle retint son souffle.

— Christopher...

Était-il au courant ? Serait-ce possible ? S'il savait tout sur elle, il ne la toucherait pas comme il la touchait en cet instant.

Il appuya son érection contre sa fente étroite.

— Prenez-moi, répéta-t-il. Faites-moi l'amour et je vous dirai tout ce que vous voulez savoir.

Il cala sa jambe sur sa hanche. Elle essaya d'inspirer profondément, en vain. Elle avait l'impression d'étouffer. Enroulant les doigts autour de son sexe raide, elle l'orienta pour faciliter la pénétration. Il commença à entrer en elle, oh, à peine, et elle renversa la tête en arrière tandis que ses chairs s'étiraient pour l'accueillir.

— Le plus profondément possible, murmura-t-il. Jusqu'à la garde.

Elle s'exécuta, le prit en elle, s'emplit de sa dureté et de sa chaleur, gémissant tant il était gros et tant elle aimait cela.

Christopher lui prit le menton, et lui fit tourner la tête.

— Regardez là-haut !

Elle n'osait pas mais en mourait d'envie. Incapable de résister, la vue brouillée par le désir, elle leva les yeux vers leur reflet au plafond. Près de son grand corps athlétique, elle semblait minuscule. Le torse et les bras de Christopher étaient hâlés et semblaient incroyablement sombres à côté de sa peau à elle, qui n'avait presque jamais vu le soleil. Et ses cheveux dorés paraissaient plus clairs encore comparés à ses boucles de jais.

On ne pouvait imaginer deux personnes physiquement plus différentes, et pourtant, à l'intérieur, ils étaient semblables.

— Alors ? murmura Christopher en croisant son regard dans le miroir.

Ensemble, ils regardèrent sa queue disparaître en elle. Les paupières de Maria devinrent lourdes mais elle s'interdit de fermer les yeux. Christopher se retira, son sexe luisant de son miel à elle, puis ses fesses se crispèrent et il plongea de nouveau en elle.

Elle le contempla, fascinée par la perfection de ses traits, à présent échauffés par le désir. Tandis qu'il allait et venait en elle, un plaisir sans mélange se peignit sur son visage. Lorsqu'elle regarda le sien dans le miroir, elle y vit la même expression intense.

— Maintenant, murmura-t-il de cette voix âpre qu'elle adorait, dites-moi, nous faisons l'amour, oui ou non ?

Elle gémit de bonheur comme le bassin de Christopher heurtait le sien à un rythme parfait.

— Alors, Maria ? dit-il, son regard rivé au sien dans le miroir. Moi, je vous fais l'amour. Et vous, me faites-vous l'amour ?

Il se retira et s'enfonça de nouveau en elle. Plus fort. Plus profondément.

— Ou est-ce que nous sommes juste en train de baiser ?

Pouvait-il la duper à ce point ? Était-il un maître en tromperie, capable de contrefaire aussi bien le sentiment amoureux ?

Elle avait beau essayer de concilier ce qu'elle *savait* de lui et ce qu'elle *voyait* de lui, elle n'y arrivait pas.

Elle noua les bras autour de son cou et pressa la joue contre la sienne. C'est alors qu'elle se rendit compte qu'elle avait le visage mouillé de larmes. Les siennes ou celles de Christopher, elle n'aurait su le dire.

— Ça n'est pas que baiser, souffla-t-elle. C'est plus que cela.

Un mélange de tendresse et de possessivité passa brièvement sur les traits de Christopher.

L'écrasant contre lui, il se mit à la besogner sérieusement, son bassin poussant son sexe en elle avec une précision d'orfèvre. Elle l'accueillit avec une ferveur égale, les yeux fixés sur leur reflet et la vision terriblement érotique de leurs corps mêlés, la virilité de Christopher la pistonnant si rapidement qu'elle apparaissait presque floue.

Elle ouvrit la bouche sur un cri muet, son corps pris dans les convulsions d'un orgasme dévastateur. Christopher gronda sans cesse ses coups de boutoir, lui murmurant à l'oreille des mots crus et des paroles tendres qui prolongèrent sa jouissance au point qu'elle crut en mourir. Lorsqu'elle mollit entre ses bras, il s'autorisa à la chevaucher jusqu'à atteindre à son tour l'extase, son sperme fusant en jets puissants.

Le souffle erratique, il couvrit sa bouche de la sienne, leurs haleines se mêlant intimement.

Ils ne faisaient plus qu'un.

20

Amelia se réveilla en sursaut lorsqu'une grande main s'abattit sur sa bouche. Épouvantée, elle se débattit, enfonçant ses ongles dans le poignet de son agresseur.

— Arrête !

Le cœur battant, elle obéit. Ouvrant grands les yeux, l'esprit embrumé par le sommeil, elle vit Colin penché sur elle dans la pénombre.

— Écoute-moi, chuchota-t-il en jetant un coup d'œil vers la fenêtre. Il y a des hommes dehors. Une douzaine, au moins. Je ne sais pas qui ils sont, mais ce ne sont pas les hommes de ton père.

Elle tourna la tête sur le côté pour libérer sa bouche.

— *Quoi ?*

— Les chevaux m'ont réveillé lorsque les hommes sont passés près de l'écurie, expliqua Colin en tirant vivement drap et couverture. Je suis passé par-derrière pour venir te chercher.

Gênée d'être vue en chemise de nuit, Amelia les ramena sur elle. Colin les tira de nouveau.

— Viens ! dit-il d'un ton pressant.

— Qu'est-ce que tu racontes ?

— Tu me fais confiance ?

Les yeux de Colin brillaient dans la pénombre.

— Bien sûr que oui.

— Alors, commence par faire ce que je te dis, tu poseras des questions plus tard.

Elle n'avait pas la moindre idée de ce qui se passait mais elle savait que Colin ne plaisantait pas. Elle inspira profondément, acquiesça d'un hochement de tête et sortit du lit. La chambre n'était éclairée que par le clair de lune. Ses cheveux pendaient au milieu de son dos en une lourde tresse que Colin ne put s'empêcher de caresser au passage.

— Habille-toi, dit-il. Vite !

Amelia passa derrière le paravent posé et se débarrassa en hâte de sa chemise de nuit avant d'enfiler la camisole et la robe qu'elle avait portées la veille.

— Je n'arrive pas à boutonner le dos. J'ai besoin de ma femme de chambre.

La main de Colin surgit. Il attrapa Amelia par le coude, la tira de derrière le paravent et l'entraîna vers la porte.

— Je suis pieds nus ! protesta-t-elle.

— On n'a pas le temps, grommela-t-il.

Ouvrant la porte, il regarda dans le couloir. Il faisait si sombre qu'Amelia n'y voyait presque rien. Mais elle entendit des voix d'hommes.

— Qu'est-ce qui...

Vif comme l'éclair, Colin fit volte-face et plaqua de nouveau la main sur sa bouche en secouant vigoureusement la tête.

Elle tressaillit. Puis lui fit signe qu'elle avait compris. Elle allait se taire.

Il sortit dans le couloir sans faire de bruit, la main d'Amelia dans la sienne. Elle avait beau être pieds nus, le parquet grinça sous ses pas alors qu'il était resté muet sous les bottes de Colin. Il se figea, elle aussi. Au-dessous d'eux, les voix s'étaient tues. On aurait dit que la maison retenait son souffle.

Colin posa l'index sur les lèvres d'Amelia, puis la hissa en travers de son épaule. La suite se passa dans une sorte de brouillard : tête en bas, elle était désorientée, incapable de comprendre comment il réussit à la porter depuis le deuxième étage jusqu'au rez-de-chaussée. Un cri retentit là-haut lorsqu'on s'aperçut de sa disparition et des bruits de pas résonnèrent dans l'escalier. Colin jura et se mit à courir. Amelia était tellement secouée que ses dents s'entrechoquaient. Sa tresse fouettait les jambes de Colin si fort qu'elle craignit de lui faire mal. Elle glissa les bras autour de la taille et il accéléra. Ils jaillirent par la grande porte et dévalèrent les marches du perron.

Il y eut des éclats de voix. Des gens couraient. Des épées cliquetaient. Les cris de Mlle Pool déchirèrent la nuit.

— Elle est là ! hurla quelqu'un.

Le sol défilait sous Amelia.

— Par ici !

La voix de Benny tinta comme une musique aux oreilles d'Amelia. Colin changea de direction. Levant la tête, elle aperçut leurs poursuivants. Et puis d'autres hommes vinrent leur barrer la route. Elle en reconnut certains. D'autres étaient de parfaits inconnus. Une échauffourée s'ensuivit qui leur fit gagner du terrain et bientôt ils n'eurent plus personne à leurs trousses.

Un instant plus tard, elle se retrouva sur ses pieds. Écarquillant les yeux, elle chercha à se repérer. Elle vit Benny sur un cheval et Colin qui grimpait sur un autre.

— Amelia !

Elle attrapa la main que Colin lui tendait. Il la souleva et la déposa en travers de l'encolure de sa monture. Puis il éperonna sa bête et ils s'élancèrent au triple galop dans la nuit.

Amelia se cramponna à une sangle, son estomac se soulevant à chaque foulée. Mais l'épreuve ne dura pas longtemps. Alors qu'ils atteignaient la route, un coup de feu retentit, dont l'écho se répercuta dans la nuit. Colin sursauta et lâcha un cri.

Amelia hurla. Le monde entier vacilla.

Elle glissa, glissa...

Jusqu'à tomber lourdement sur le sol.

Et puis plus rien.

Lorsque Christopher se réveilla, tout n'était que chaleur et douceur. Le parfum de Maria emplissait l'air et imprégnait les draps. Elle était lovée contre lui, une jambe par-dessus les siennes, un bras en travers de son torse, ses seins fermes et rebondis appuyés contre son flanc. Il ajusta le drap sous lequel pointait son érection matinale.

Les seuls mots qu'ils avaient échangés pendant la nuit avaient été des mots d'amour et de désir. Il n'avait été question ni de douleur, ni de trahison, ni de mensonges. Cela ne lui ressemblait pas d'éviter les sujets épineux, et Maria étant comme lui, il se doutait que cela ne lui ressemblait pas non plus. Mais ils avaient un accord tacite pour dire avec leurs corps ce qu'ils refusaient de dire à haute voix.

Il l'embrassa sur le front. Elle murmura quelque chose d'une voix ensommeillée et se pelotonna contre lui. Un chaton n'aurait pas été plus adorable.

Se passant la main dans les cheveux, il réfléchit à une stratégie. Il n'y avait pas trente-six moyens de tester sa loyauté. Il allait lui fournir une occasion de le trahir et verrait ainsi si elle en profitait.

Elle déposa un doux baiser sur son torse.

Leurs regards se croisèrent.

— À quoi pensez-vous ? murmura-t-elle.

— À vous.

Le brillant soleil matinal paraissait envahissant, hélas ! Il y avait un climat de méfiance entre eux.

— Christopher...

Il attendit qu'elle parle mais elle parut se raviser.

— Quoi ? demanda-t-il.

— Je voudrais que nous n'ayons aucun secret l'un pour l'autre, répondit-elle en lui caressant la poitrine. Vous avez promis de me dire tout ce que je désirais savoir.

— Et c'est ce que je vais faire.

Levant les yeux vers leur reflet, il songea qu'il aimerait beaucoup se réveiller tous les matins devant cette vision.

— Je vous invite à me rejoindre ce soir, reprit-il. Je suis une brute, j'ai saccagé deux de vos robes et ma conscience ne sera pas en paix tant que je n'aurai pas fait amende honorable.

— Oh ?

Elle se redressa, ses cheveux formant un délicieux fouillis de boucles sombres, de perles et de fleurs.

Il sourit au souvenir de ce qu'il avait pensé, la première fois qu'il l'avait vue, à l'opéra, à savoir qu'elle devait être trop soucieuse de son apparence pour apprécier une bonne séance au lit. Dieu qu'il avait eu tort !

En revanche, il espérait ne pas se tromper quant aux sentiments qu'elle éprouvait à son égard. Ce soir même, il serait fixé.

— Il y a un endroit en ville où j'entrepose de la marchandise, dit-il. J'aimerais vous y emmener. Il y a là de belles robes de soie et de la lingerie fine. Vous prendrez ce que vous voudrez. Je tiens à remplacer les vêtements que j'ai martyrisés.

Le visage impassible, elle demanda :

— Et quand répondrez-vous à mes questions ?

Il poussa un soupir exagéré.

— Vous êtes censée vous réjouir de ma générosité. Au lieu de ça, vous cherchez à savoir ce que j'ai en tête.

— C'est peut-être que je trouve le contenu de votre cerveau plus intéressant que le contenu de votre entrepôt, riposta-t-elle d'une voix caressante. Je l'entends comme un compliment, vous savez.

— Très bien. S'il ne nous arrive aucune mésaventure ce soir, je vous révélerai tous mes secrets.

Oui, si elle ne le trahissait pas ce soir, il mettrait son cœur à nu et, s'il avait de la chance, le tableau qu'il voyait en ce moment au-dessus de lui serait effectivement celui qu'il découvrirait chaque matin, jusqu'à la fin de ses jours.

Maria se doutait que ce n'était pas un hasard si lord Eddington se présentait chez elle moins d'une heure après son retour. Il la faisait surveiller. Il la faisait suivre. Il la rendait folle.

— Faites-le entrer, dit-elle lorsqu'on l'informa que le comte demandait à être reçu.

Un court instant plus tard, Eddington parut, arborant une mine suffisante que Maria trouva passablement inquiétante. Elle feignit la nonchalance et plaqua sur ses lèvres un sourire de bienvenue.

— Bonjour, milord.

— Très chère, murmura-t-il en lui baisant la main.

Elle l'examina avec soin mais ne trouva rien à redire à sa tenue, impeccable, comme d'habitude.

— Dites-moi quelque chose qui vaille la peine d'être écouté.

Elle haussa les épaules.

— J'aimerais vraiment qu'il y ait quelque chose à dire. Par malheur, St. John a été beaucoup moins bavard que je ne l'espérais.

Eddington ajusta les basques de son habit avant de prendre ses aises dans un fauteuil.

— Vous ne m'aviez pas dit que vous aviez de la famille.

Maria se figea, son cœur s'arrêta une seconde avant de se remettre à battre à coups redoublés.

— Je vous demande pardon ?

— J'ai dit que j'ignorais que vous aviez une sœur.

Incapable de tenir en place, Maria se leva.

— Que savez-vous exactement ?

— Très peu de choses, malheureusement, répondit le comte. Je ne connais même pas son nom. Mais je sais où elle est et j'ai des hommes là-bas pour s'emparer d'elle en cas de besoin.

Maria se dressa sur ses ergots.

— Vous vous aventurez en territoire dangereux, milord.

Le comte se leva à son tour et franchit la distance qui les séparait.

— Donnez-moi quelque chose, n'importe quoi, qui puisse m'être utile, rugit-il, et il n'arrivera rien à votre sœur.

— Cela ne suffit pas pour me rassurer.

Elle afficha un air brave mais, en vérité, elle était sur le point de s'évanouir de peur.

— Je veux la voir de mes propres yeux, articula-t-elle.

— Remplissez votre part du contrat et il ne lui arrivera rien. Elle ne saura même pas ce qu'elle a risqué.

— Je veux ma sœur *ici* ! s'écria Maria en serrant les poings, accablée par le sentiment de son impuissance. Amenez-la-moi, après quoi, je vous donnerai tout ce que vous voudrez. Je le jure.

— Vous m'avez déjà promis de me donner… commença le comte.

Puis il s'interrompit et la considéra d'un œil soupçonneux.

— Vous n'avez pas confiance en moi, d'accord, reprit-il sur un autre ton. Mais cela n'explique pas tout.

L'estomac de Maria se noua, mais elle n'en montra rien, arborant au contraire un air dédaigneux. Le comte lui attrapa le menton et lui fit tourner la tête d'un côté et de l'autre, comme s'il voulait l'examiner sous toutes les coutures.

— Combien de secrets avez-vous ? murmura-t-il pensivement. Je parie que vous ne le savez pas vous-même.

334

Elle se dégagea de son emprise.

— Vous savez où elle est, oui ou non ?

En sifflotant, Eddington se laissa choir sur le canapé.

— Je ne sais pas ce qui se passe dans votre vie mais je propose qu'on arrête de se mentir un moment.

Il indiqua le sofa en face de lui.

— Asseyez-vous.

Maria obéit, non par docilité mais seulement parce que ses jambes tremblaient trop pour la soutenir.

— Welton sait-il où est votre sœur ?

Maria acquiesça d'un hochement de tête.

— En un lieu inconnu de vous ? demanda Eddington.

Et soudain il comprit.

— C'est comme cela qu'il vous tient ?

Elle ne dit rien.

— Je peux vous aider à la récupérer en échange du service que vous allez me rendre, déclara Eddington en s'inclinant, les avant-bras appuyés sur les cuisses. Je sais où est votre sœur. Vous devez savoir quelque chose sur St. John qui m'aiderait à lui passer les menottes. Notre association pourrait être profitable pour nous deux.

— Vous avez l'intention de vous servir d'elle contre moi, comme Welton, dit Maria. S'il devait lui arriver malheur, je vous le ferais payer cher, croyez-moi.

— Maria...

C'était la première fois que le comte l'appelait par son prénom et elle en fut choquée, comme il l'avait sans doute espéré.

— Votre position est intenable, vous le savez. Je peux arriver à mes fins sans vous. Acceptez mon offre. Elle est plus qu'honnête.

— Il n'y a rien d'honnête là-dedans, milord. Rien.

— Vous feriez mieux de vous fier à moi qu'à St. John.

— Vous ne le connaissez pas.

— Vous non plus, rétorqua-t-il. Je ne suis pas le seul à savoir où se trouve lady Amelia. St. John le sait aussi.

Maria sourit d'un air moqueur.

— Gardez vos pauvres petites ruses pour quelqu'un de plus naïf que moi.

— Comment croyez-vous que je l'ai trouvée ? J'ai envoyé des gens enquêter sur Welton, à cause de ses liens avec vous. Les hommes de St. John avaient un coup d'avance sur nous. C'est eux qui ont découvert votre sœur. Mes agents se sont contentés de les suivre.

Maria se rembrunit. Pensive, elle se remémora les événements de ces derniers jours, qui lui apparurent sous un jour nouveau.

— Bon Dieu ! s'exclama le comte d'un ton rageur. J'ai cru que vous étiez de taille à vous mesurer à St. John, mais il vous a roulée dans la farine.

— Vous pensez vraiment que je vais vous croire sur parole ? rétorqua Maria. Que je doute de vous ne signifie pas que je suis du côté de St. John, juste qu'entre lui et vous je vois beaucoup de points communs. Et entre deux maux, y en a-t-il un moindre ?

— Soyez raisonnable, la cajola-t-il. Je travaille pour le bien de l'Angleterre. St. John ne pense qu'à ses intérêts. Cela me donne l'avantage, non ?

Elle eut une moue dédaigneuse.

— Maria, enchaîna-t-il, je suis sûr que vous savez un petit quelque chose qui me permettrait d'impliquer St. John dans des activités illégales ou bien de retrouver ce satané témoin. Y a-t-il quelqu'un que vous avez vu chez St. John ou dont il vous a parlé ? Réfléchissez bien. Le sort de votre sœur est en jeu.

Maria était écœurée, elle en avait assez de tout cela, mais elle savait qu'il fallait qu'elle trouve une issue à cette situation. Elle ne pouvait pas continuer ainsi. Le jeu était trop épuisant et elle avait besoin de toute son énergie pour sauver Amelia.

— Il m'a demandé de l'accompagner ce soir, avoua-t-elle. Dans un endroit où il a entreposé de la marchandise.

— Il va vous y conduire ?

Maria hocha la tête.

— Mais si vous avez l'intention de l'arrêter pour contrebande, je vous plains, commenta-t-elle. Il va y avoir des émeutes.

— J'en fais mon affaire, dit Eddington, visiblement excité. Contentez-vous de me montrer le chemin.

Christopher lâcha un juron.

— Tu es certain que c'est ce qu'il a dit ? Il a ordonné d'enlever Amelia ?

— Oui, répondit Tim. Ils ne parlaient pas fort, mais j'ai clairement entendu. Maintenant, ils attendent des nouvelles. Mais Eddington n'en a pas tant dit à lady Winter. Il lui a juste dit qu'il savait où était sa sœur, qu'il la faisait surveiller, pas qu'il allait la capturer.

— On ne peut qu'espérer que Walter, Sam et les autres ont fait échouer l'affaire, intervint Philip.

— L'espoir est trop capricieux pour qu'on s'en contente, contra Christopher. Mieux vaut partir du principe qu'Eddington a réussi son coup.

— Comment allons-nous procéder ? demanda Philip, le regard compatissant derrière ses lunettes.

Se massant la nuque, Christopher s'assit sur le rebord de son bureau.

— Je vais me laisser attraper par Eddington.

— Par Dieu, non ! rugit Tim. Lady Winter s'apprête à vous trahir.

— Elle n'a pas le choix, répliqua Christopher.

— Eddington est un agent de la Couronne, lui rappela Philip. Je doute qu'il fasse du mal à la jeune fille.

— J'en doute aussi. Mais la loi l'oblige à rendre Amelia à son père et c'est ce qu'il fera si Maria ne lui fournit pas l'aide qu'il attend d'elle. Retourne chez lady Winter, continua-t-il à l'adresse de Tim. Mais quand elle viendra me voir ce soir, accompagne-la.

— Vous allez vous sacrifier pour elle alors qu'elle en ferait pas autant pour vous ? demanda Tim, visiblement scandalisé.

Christopher lui répondit d'un sourire. Comment expliquer qu'il accordait plus de prix au bonheur de Maria qu'au sien propre ? Certes, il pouvait toujours lui dire qu'il connaissait la vérité à propos d'Eddington. Et après ? Il ne pourrait pas vivre en sachant qu'il l'avait laissée à la merci de Welton et d'Eddington, et d'hommes comme Sedgewick, qui ne lui voulaient que du mal.

— Philip et mon notaire savent ce qu'il faut faire pour assurer l'avenir de chacun d'entre vous s'il devait m'arriver quelque chose de malencontreux.

— Je me moque de mon avenir ! répliqua Tim. C'est *le vôtre* qui m'inquiète.

— Merci, mon ami, dit Christopher. Je suis touché.

— Non ! protesta Tim en secouant la tête. Vous êtes fou. Une femme vous a fait perdre la tête. J'aurais jamais cru voir ça un jour.

— Tu m'as dit toi-même que lady Winter n'avait livré aucune information jusqu'à ce qu'Eddington évoque Amelia. Je ne peux pas lui en vouloir pour ça. Elle n'a pas d'autre choix si elle veut garder l'espoir de revoir un jour sa sœur.

— Elle aurait pu vous choisir, *vous,* bougonna Tim.

Dissimulant sa douleur, Christopher leur fit signe de partir.

— Allez-vous-en, à présent. J'ai des choses à régler.

Les hommes partirent à contrecœur. Christopher se laissa choir dans le fauteuil derrière son bureau et poussa un profond soupir. Qui aurait pu prévoir que sa liaison avec Maria finirait ainsi ?

Quoi qu'il en soit, il n'avait pas de regrets.

Il avait été heureux pour un temps.

Cela n'avait pas de prix.

21

Maria alla chez St. John comme on va au gibet.

Quelque part derrière elle, il y avait Eddington et d'autres agents qui ne la perdaient pas de vue.

Cette idée la rongeait avec tant de férocité qu'elle avait mal dans sa chair. Elle n'avait jamais eu qu'un désir : récupérer Amelia – mais son cœur lui disait que le prix qu'elle s'apprêtait à payer était beaucoup trop élevé.

Elle était profondément attachée à St. John, c'était indéniable. Malgré toutes les choses qu'elle avait découvertes à son sujet, elle ne s'attardait que sur les bons souvenirs – comment il avait traité Templeton, son inquiétude quand elle avait été blessée, la manière dont il lui avait fait l'amour.

Lorsqu'elle descendit de voiture et leva les yeux vers la maison de Christopher, tous les détails de leur liaison lui revinrent en mémoire. Des moments passionnés ou tendres. Des moments d'agréable silence ou de joutes verbales. Ils avaient beaucoup de choses en commun, une parenté de caractère et des passés qui se ressemblaient.

Soulevant ses jupes, Maria monta les marches sans hâte. Le perron était encadré par des gardes à la carrure impressionnante. Le majordome devait la guetter car il lui ouvrit la porte avant qu'elle ait frappé. Lorsqu'elle entra, la plupart des hommes de Christopher se trouvaient dans le hall. Ils la considérèrent gravement, et s'attardèrent sur la lame qu'elle tenait à la main. Elle les regarda un à un, tous autant qu'ils étaient, les défiant d'intervenir.

Aucun ne s'y risqua.

Elle gravit l'escalier et gagna la chambre de Christopher où elle entra sans frapper. Il était devant le miroir, en train d'enfiler le gilet que lui présentait son valet. Le gilet magnifiquement brodé, aux riches couleurs, contrastait avec sa paire de culottes beurre frais et la redingote assortie suspendue à un portemanteau tout proche. L'ensemble lui rappela leur première rencontre à l'opéra et elle se redressa dans une attitude farouche.

— J'ai quelque chose à vous dire.

Le regard de Christopher croisa le sien dans le miroir et il remarqua l'arme. Il renvoya le domestique dans un murmure et se retourna.

— Eh bien, lady Winter, si je m'étais attendu à cet accueil glacial, je me serais habillé plus chaudement.

— Tel quel, je vous trouve suffisamment vêtu, répliqua-t-elle avec un sourire. Autant de tissu en moins entre la pointe de ma lame et votre peau.

— Vous avez l'intention de m'embrocher ?

— Cela se pourrait.

Il la considéra de la tête aux pieds, l'air sceptique.

— Ne faites pas l'erreur de croire que mes jupes m'entravent. Je me suis entraînée à l'escrime en robe aussi souvent qu'en culottes d'homme.

Il leva les mains en signe de reddition.

— Dites-moi, belle dame, ce que je dois faire pour échapper à une mort qui semble aussi certaine qu'imminente.

Maria piqua son épée dans le tapis et posa négligemment la main sur la poignée.

— M'aimez-vous ?

Christopher arqua les sourcils.

— Grands dieux, c'est déloyal de votre part de chercher à obtenir une déclaration d'amour sous la menace.

Elle tapa du pied avec impatience.

Il lui adressa un sourire et le cœur de Maria cessa de battre.

— Je vous adore, mon amour. Je vous vénère. Je baiserais vos pieds, je me vautrerais dans l'abjection pour obtenir le plus infime de vos regards, la plus insignifiante de vos faveurs. Je vous offre tout ce que j'ai – mes immenses richesses, mes nombreux vaisseaux, ma queue qui ne rêve que de vous, mes...

— Ça suffit, l'interrompit-elle en secouant la tête. C'est lamentable.

— Oh ? Allez-y, faites mieux.

— Très bien. *Je vous aime.*

— C'est tout ?

Il croisa les bras, mais son regard était doux et chaleureux.

— C'est tout ce que vous avez à dire ? insista-t-il.

— Non, ce n'est pas tout. Ne sortez pas de chez vous ce soir.

Il se crispa.

— Maria ?

Elle prit une profonde inspiration, puis vida ses poumons d'un seul souffle.

— Vous m'avez demandé plusieurs fois ce que je manigançais avec Eddington. Je vais vous le dire. C'est un agent de la Couronne. Il est là dehors, en ce moment même. Il attend pour nous suivre et vous prendre sur lc fait.

Il la contempla pensivement.

— Je vois.

— Par ailleurs, je suis au courant pour Sedgewick.

Lorsqu'il ouvrit la bouche, elle leva la main pour le faire taire.

— Je vous fais grâce de vos explications. Je ne vous en parle que parce que Simon a trouvé le témoin de Sedgewick. Il était dans une auberge à St. George's Fields. Le vicomte a obtenu sa coopération en menaçant sa famille – il a une épouse, deux fils et une fille. Quelques-uns des hommes de Simon l'ont libéré. Sedgewick n'a plus rien contre vous.

Christopher fronça les sourcils.

— Je ne sais que dire.

— Tant mieux. Je n'aime pas être interrompue. J'ai appris que vous étiez au courant de l'existence d'Amelia, poursuivit Maria d'une voix qui tremblait un peu. Que vous l'aviez trouvée et que vous la faisiez surveiller. Est-ce vrai ?

— Oui. En tout cas, je l'espère, répondit-il le regard insondable. J'attendais que mes hommes l'aient identifiée formellement avant de vous en parler. Je n'avais pas envie de vous donner de faux espoirs.

— Où est-elle ?

— Si la fille en question est effectivement votre sœur, elle est dans le Lincolnshire.

— Merci.

Maria arracha son épée du tapis dans lequel elle l'avait plantée.

— Soyez prudent, murmura-t-elle. Je vous souhaite les meilleures choses du monde, Christopher. Adieu.

Sur ce, elle tourna les talons.

— Maria.

La voix sourde et âpre la fit frissonner. Les larmes jaillirent. Elle s'empressa de les essuyer et accéléra le pas. Elle attrapa la poignée de la porte, mais avant d'avoir eu le temps de la tourner, elle se retrouva coincée entre le battant et Christopher.

— Vous rendez-vous compte de ce que vous venez de faire ? dit-il en pressant la joue contre sa tempe. Vous avez renoncé à votre rêve de revoir bientôt votre sœur pour me sauver la vie. Vous me dites que vous m'aimez. Et cependant vous ne pouvez vous résoudre à me demander mon aide ?

— C'est maintenant que nos existences se séparent, Christopher, dit-elle d'une voix à peine audible tant sa gorge était serrée. C'est ainsi. Sedgewick ne peut plus vous nuire. Vous êtes libre de vous arrêter là. Moi, je dois continuer. Je finirai par retrouver Amelia, je n'en doute pas une seule seconde. Mais pas comme cela. Pas en vous livrant à Eddington. Je trouverai quelque chose d'autre à lui donner.

— En ne me sacrifiant pas, vous ne faites pas preuve de clémence envers moi. Que voulez-vous que je fasse d'une vie dans laquelle vous n'êtes pas ? demanda-t-il d'une voix rude.

Elle se mit à trembler. Il l'enlaça.

— Je suis au courant, Maria, murmura-t-il en enfouissant le visage au creux de son cou. Je sais qu'il vous a promis de vous rendre Amelia en échange de ma capture. Ce que je ne savais pas, c'est que vous alliez tout m'avouer et essayer de me sauver la vie, malgré Sedgewick et le reste. Mon Dieu, acheva-t-il d'une voix qui se brisait, faut-il que vous m'aimiez pour agir ainsi ! Je ne le mérite pas.

Elle lui agrippa les mains.

— Vous étiez au courant ?

— Oui. Tim est venu me voir aujourd'hui. Il m'a raconté la visite d'Eddington. Je savais que vous aviez accepté son offre. Tim avait également entendu la conversation d'Eddington avec un autre homme dans sa voiture. Eddington avait donné l'ordre d'enlever votre sœur et il attendait des nouvelles. Je prie pour que mes hommes aient fait échouer l'entreprise, mais il n'y a pas moyen d'en être certain.

Maria se débattit jusqu'à ce qu'il la lâche et fit volte-face.

— Alors, nous devons faire comme si Eddington avait ma sœur.

Il la contempla avec une incroyable tendresse.

— C'est pourquoi, malgré vos efforts pour me sauver, je dois quand même sortir ce soir. Je n'ai pas de marchandise cachée en ville – c'était juste une ruse pour savoir si vous alliez me trahir –, mais je peux faire des aveux et les échanger contre Amelia.

Maria essuya ses larmes d'un geste brusque, regrettant amèrement de ne pas distinguer le visage de Christopher alors qu'il lui disait de telles choses.

346

— Vous étiez au courant de mon accord avec Eddington... et vous étiez quand même prêt à venir avec moi ?

— Bien sûr, répondit-il simplement.

— Pourquoi ?

— Pour la même raison que vous étiez prête à vous sacrifier alors que vous saviez pour Sedgewick. Je vous aime, Maria. Je vous aime plus que ma propre vie.

Christopher s'interrompit, esquissa un sourire doux-amer et reprit :

— Cet après-midi, je croyais que je vous aimais autant que j'étais capable d'aimer. Pourtant maintenant, je vous aime dix fois plus.

Maria passa la main derrière elle et se raccrocha à la poignée de la porte quand ses jambes se dérobèrent sous elle. Mais cela ne fut pas suffisant. Elle glissa sur le sol dans un fouillis de jupes lavande et de jupons blancs, son épée en travers de ses cuisses.

Christopher s'accroupit et, encadrant le visage de Maria de ses mains, il déposa sur ses lèvres un baiser empreint de respect. Elle l'agrippa par les poignets et le lui rendit avec une ardeur presque désespérée.

— Je vous aime, répéta Christopher d'une voix déformée par l'émotion.

Maria se mit à genoux et se blottit dans ses bras. En réponse, il l'enlaça et la serra si fort qu'elle en perdit le souffle.

— Ils nous ont dressés l'un contre l'autre, murmura-t-elle. Allons-nous leur permettre de nous séparer ?

— Non, dit Christopher en s'écartant pour la regarder. Vous avez une suggestion ? N'oubliez pas que, tant qu'ils ont Amelia, nous sommes en position de faiblesse.

— La partie devient incroyablement compliquée. Il faut limiter le nombre de joueurs. Nous avons trop de soucis qui nous détournent de notre véritable but.

Christopher approuva d'un hochement de tête, perdu dans ses pensées.

— À nous deux, nous devrions être assez intelligents pour trouver une solution, décréta-t-il. Welton, Sedgewick, Eddington... Eddington détient peut-être Amelia, c'est pourquoi il faut le ménager... Mais Welton et Sedgewick...

Une idée traversa l'esprit de Maria. À la réflexion, elle lui parut bonne et elle sourit.

— J'adore quand vous prenez cet air malicieux, avoua Christopher.

— Si nous changions les règles, mon chéri ? Si, à notre tour, nous les dressions les uns contre les autres ?

— Pervers et audacieux, commenta Christopher en souriant. Je ne sais pas ce que vous mijotez, mais ça me plaît déjà.

— Il nous faut du papier et de l'encre, et trois de vos meilleurs cavaliers. Ces lettres devront être distribuées dans les meilleurs délais, où que soient les destinataires.

Christopher se releva et aida Maria à en faire autant.

— Qui aurait pu prévoir qu'en essayant de dresser l'un contre l'autre les deux criminels les plus recherchés d'Angleterre ils n'aboutiraient qu'à en faire des alliés à la vie, à la mort ?

— *Nous*, répliqua Maria avec un clin d'œil complice. Nous l'aurions prévu si nous avions été à l'origine du complot.

Il éclata de rire et l'étreignit.

— Je plains le monde, maintenant que nous unissons nos efforts.

— Gardez votre compassion pour vous-même, suggéra Maria. Parce que vous allez m'avoir sur les bras jusqu'à la fin de vos jours.

— Alors, je ne vais pas m'ennuyer une seule seconde, mon cœur, assura-t-il avant de l'embrasser sur le bout du nez.

22

Pour un observateur distrait, il n'y avait personne sur les docks, à part les occupants de la voiture.

Maria en descendit, une lampe à la main afin d'attirer l'attention sur elle. Derrière elle, dans l'obscurité, Christopher se glissait dehors par une trappe dissimulée dans le plancher. Il allait tenir son rôle pendant qu'elle tiendrait le sien.

— Sacrebleu, Maria !

La voix dure de Welton la fit sursauter, mais elle se réjouit en secret. Avant de pivoter pour lui faire face, elle afficha un air vaguement dédaigneux.

— De quoi diable s'agit-il ? grommela-t-il en s'approchant à grands pas, son long manteau flottant autour de ses jambes. Pourquoi me donner rendez-vous dans un endroit aussi lugubre ? Et dans un délai aussi court ? J'étais occupé.

— Par « occupé », vous voulez évidemment dire que vous étiez au bordel ou au tripot, rétorqua-t-elle avec mépris. Je ne vous demande pas pardon pour le dérangement.

Il entra dans le cercle de lumière et, comme d'habitude, Maria fut frappée par l'extraordinaire beauté de ses traits. Sans doute ne cesserait-elle jamais de s'attendre à trouver sur son visage des traces de sa laideur intérieure, mais apparemment ni l'âge ni les remords n'avaient prise sur lui.

— Vous rencontrer ailleurs serait dangereux, reprit-elle en reculant comme il se rapprochait, pour l'obliger à parler fort. Eddington n'avait pas envie de coucher avec moi, comme vous le supposiez. Il me soupçonne d'avoir tué Winter et Dayton. Il veut me faire pendre à votre place.

Le vicomte lâcha un méchant juron.

— Eddington ne pourra jamais rien prouver.

— Il prétend qu'il a trouvé la personne qui a préparé les poisons dont vous vous êtes servi.

— Impossible. J'ai tué cette vieille sorcière de mes propres mains lorsqu'elle est devenue trop gourmande. Rien de telle qu'une lame dans le cœur pour réduire quelqu'un au silence une bonne fois pour toutes.

— Quoi qu'il en soit, il a trouvé quelqu'un qui est prêt à témoigner contre moi. Son souhait le plus cher est de me voir me balancer au bout d'une corde.

Welton plissa les yeux.

— Alors, qu'est-ce que tu fais là ? Comment se fait-il que tu ne sois pas déjà sous bonne garde ?

Elle s'autorisa un rire amer.

— Il a remarqué mes liens avec Christopher St. John. Il fait pression sur moi pour me contraindre à l'aider à faire tomber le pirate.

Les yeux verts du vicomte brillèrent dangereusement.

— Dans ce cas-là, dit-il d'un air pensif, je vais être obligé de lui faire suivre le même chemin qu'à Winter et Dayton.

Maria s'étonna de la facilité avec laquelle son beau-père parlait de meurtre. Comment était-il possible qu'autant de corruption puisse se loger dans une enveloppe aussi parfaite ?

— Vous n'hésiteriez pas à empoisonner un autre agent de la Couronne ? s'exclama-t-elle d'une voix suraiguë, feignant d'être horrifiée.

Il s'esclaffa.

— Je n'en reviens pas de te surprendre encore, Maria. Depuis le temps, je croyais que tu me connaissais.

— Apparemment, le degré d'infamie auquel vous êtes prêt à descendre ne cessera jamais de me stupéfier. Vous avez tué Dayton et Winter pour leur argent. J'ai beau détester votre avidité, je comprenais vos mobiles. L'appât du gain est un vice universel. Mais tuer Eddington simplement parce qu'il vous dérange... Ma foi, je vous aurais cru au-dessus de cela.

Welton secoua la tête.

— Je ne te comprendrai jamais, Maria. Je t'ai procuré titres et fortune, et maintenant j'essaie de garantir ta liberté, et tu es, comme toujours, d'une totale ingratitude.

— Par Dieu ! tonna une voix qui les fit tous deux sursauter. Voilà qui est excellent !

Des bruits de pas attirèrent leur attention sur des silhouettes qui, en se rapprochant, se révélèrent être celles de deux hommes : lord Sedgewick et Christopher.

— Qu'est-ce que cela signifie ? demanda Welton en se rapprochant de Maria.

Christopher s'interposa vivement pour protéger Maria de tout mauvais coup.

— Le voyage s'arrête ici pour vous, milord, dit-il.

Sedgewick se balança sur ses talons, un large sourire aux lèvres.

— Vous n'avez pas idée du bien que cela va faire à ma carrière. J'ai attrapé l'homme qui a assassiné Dayton et Winter. C'est brillant, St. John, absolument brillant.

— Vous n'avez rien, riposta Welton en regardant Maria. Ma belle-fille ici présente témoignera que je n'ai rien fait de mal.

— Certainement pas, déclara-t-elle en souriant. Au contraire, j'ai hâte de confirmer la version de lord Eddington concernant les événements de ce soir.

— Eddington ? s'exclama Sedgewick en fronçant les sourcils. Qu'est-ce qu'il vient faire là-dedans ?

— Je suis celui qui va mettre fin à votre carrière, répondit Eddington en les rejoignant. Et, naturellement, nous avons aussi lord Welton, dont les aveux ont été entendus par trop de monde pour être récusés.

Des lanternes s'allumèrent autour d'eux, révélant un grand nombre de personnes – policiers, serviteurs, soldats.

C'était un vrai chef-d'œuvre. Les trois bonshommes se contrecarraient mutuellement. Grâce à Eddington, Sedgewick ne pouvait plus rien contre St. John et, grâce à Sedgewick, Welton ne pouvait plus rien contre Maria.

— Grands dieux ! souffla Welton.

Il pivota vers Maria, les traits déformés par la rage. Enfin, il commençait à ressembler au monstre qu'il était vraiment.

— Tu vas rectifier tout cela, Maria, ou alors tu ne la reverras jamais. Ce qui s'appelle *jamais*.

— Je sais où elle est, lâcha-t-elle calmement. Vous ne pouvez plus rien contre moi. Ni contre Amelia. Vous allez en prison et moi, je vais m'occuper d'elle. Comme ç'aurait dû être le cas depuis des années.

— J'ai des associés, grinça-t-il. Tu ne seras jamais en sécurité.

Christopher toisa Welton.

— Elle sera toujours en sécurité, contra-t-il d'une voix sourde et vibrante de ferveur. Ce qui s'appelle *toujours*.

Maria, un léger sourire aux lèvres, se tourna vers Welton.

— Puisse Dieu n'avoir pas pitié de votre âme, milord.

Un garde mit des fers aux poignets de Welton. Deux agents emmenèrent Sedgewick. Les docks se vidèrent peu à peu. Eddington plaqua les mains au creux de ses reins et laissa échapper un soupir de satisfaction. Après ce qui venait de se passer, on ne manquerait pas de lui offrir le poste de commandant que Sedgewick avait convoité avec tant de détermination et si peu de scrupules.

Très occupé à réfléchir à ce qu'il allait faire de son nouveau pouvoir, il n'entendit pas les pas se rapprocher avant qu'une lame aiguisée traverse ses vêtements et lui pique le dos. Il se pétrifia.

— Qu'est-ce que cela veut dire ?

— Que vous allez être mon invité, milord, murmura lady Winter. Et ce, jusqu'à ce que ma sœur me soit rendue.

— Vous plaisantez, je suppose.

— Ne prenez pas le risque de la sous-estimer, intervint St. John. J'ai moi-même tâté de son poignard plus souvent que je ne saurais l'admettre.

— Je pourrais appeler à l'aide, répliqua Eddington.

— Ce ne serait pas très loyal de votre part, commenta lady Winter.

— Ni très utile, renchérit St. John.

Un cri se fit entendre, bientôt suivi par plusieurs autres. Eddington tourna vivement la tête et découvrit son cocher, ses valets de pied et ses agents en train de se bagarrer avec un homme seul. L'homme seul avait le dessus, de toute évidence.

— Seigneur ! s'écria Eddington, atterré. Je n'ai jamais vu personne se servir aussi bien de ses poings.

Il était tellement absorbé par le spectacle qu'il n'opposa pas la moindre résistance lorsque Maria entreprit de lui lier les mains dans le dos.

— Allons-y, à présent, dit-elle lorsqu'il fut solidement attaché.

Et elle lui piqua le bas du dos pour faire bonne mesure.

— Qui est-ce ? s'enquit Eddington tandis que les hommes de St. John empêchaient ceux qui gémissaient sur le sol de se relever.

Personne ne lui répondit.

Plus tard, Eddington fut ravi de revoir l'homme en question lorsque celui-ci lui rendit visite avec un flacon de cognac et deux verres. En vérité, comme prison, on ne pouvait pas rêver mieux que la somptueuse demeure de lady Winter. La chambre qui lui tenait lieu de cellule était tendue d'étoffes ivoire et or. Il y avait de beaux fauteuils, une cheminée de marbre et un lit à baldaquin recouvert d'une courtepointe en soie rebrodée de fleurs dorées.

— Il est certes très tard, mais j'ai pensé que vous aimeriez partager un verre avec moi, milord, dit l'homme.

En grimaçant un sourire, il ajouta :

— Lady Winter et St. John se sont déjà retirés pour la nuit.

Eddington accepta volontiers le verre qu'il lui tendait. Il en profita pour l'observer attentivement, cherchant sur son visage des traces de la récente bagarre. À sa grande surprise, il n'en décela aucune.

— Vous êtes sans doute le concubin dont j'ai entendu parler, dit le comte.

L'Irlandais inclina la tête.

— Simon Quinn, pour vous servir.

Il s'installa dans un fauteuil près de la cheminée et fit tourner son verre entre ses mains. Puis il lança au comte un regard qui aurait suffi à geler une marmite d'eau bouillante.

— Au cas où vous penseriez qu'il s'agit d'une simple visite de politesse, milord, je me sens obligé de vous dire carrément que si la sœur de lady Winter nous est rendue avec la plus infime blessure, je vous transforme en chair à saucisse.

— Grands dieux ! s'exclama Eddington en battant des paupières. Vous me terrifiez.

— C'était bien mon intention.

Eddington vida son verre d'un trait.

— Écoutez-moi, Quinn. Il semblerait que votre emploi actuel soit... menacé de suppression.

— Oui, il semblerait.

— J'ai une proposition à vous faire.

Quinn se rembrunit.

— Laissez-moi aller jusqu'au bout, dit Eddington. Une fois que l'affaire de la sœur sera résolue, on va me confier un poste important. Je pourrais avoir besoin d'un homme de votre talent.

Quinn demeura impassible.

— Se retrouver du bon côté de la loi n'a pas que des inconvénients, fit valoir Eddington.

— Et ce serait payé combien ?

— Donnez votre prix.

— Hum... Je préfère que vous fassiez une offre.

— Parfait. Voilà ce que j'ai en tête...

23

— Une fois de plus, tu me stupéfies, murmura Christopher, les lèvres contre le front de Maria, alors qu'ils étaient blottis au creux du lit.

Elle se serra contre lui, le nez contre son torse nu, humant sa délicieuse odeur.

— C'est normal puisque je *suis* stupéfiante.

— Je confirme, dit-il en riant. Comment tu as fait pour survivre après la mort de tes parents... Toutes ces années sous la férule de Welton... Après le mariage, poursuivit-il en resserrant son étreinte, nous partirons en voyage. Où tu voudras. Nous laisserons derrière nous tous nos mauvais souvenirs et nous en fabriquerons de nouveaux. Des souvenirs heureux. Nous trois, mon amour.

— Après le mariage ? répéta Maria en renversant la tête en arrière pour le regarder. C'est un peu présomptueux, selon moi.

— Présomptueux ? s'exclama Christopher, effaré. Tu m'aimes, je t'aime. On se marie. Ce n'est pas présomptueux, c'est prévisible.

— Oh ? Et depuis quand t'es-tu mis à faire des choses prévisibles ?

— Depuis que, de manière totalement imprévisible, je suis tombé amoureux de toi.

— Hmm.

— Qu'est-ce que ça veut dire ce « hmm » ? demanda Christopher en fronçant les sourcils. Ça ne ressemblait pas à un oui.

— Et je suis censée dire oui à quoi ?

Maria se détourna pour dissimuler son sourire. Avant d'avoir eu le temps de comprendre, elle se retrouva sur le dos, avec un fameux pirate penché sur elle. Il avait l'air vexé.

— À ma demande en mariage.

— Quelle demande en mariage ? J'ai plutôt eu l'impression qu'on en était déjà à la publication des bans.

Christopher poussa un soupir exaspéré.

— Maria, tu ne veux pas m'épouser ?

Elle lui prit le visage entre ses mains. À sa décharge, Christopher ne se laissa distraire qu'un moment par ses seins nus.

— Je t'adore, tu le sais, dit-elle. Mais j'ai déjà été mariée deux fois. C'est grandement suffisant pour une seule femme.

— Comment peux-tu comparer une union avec moi et ce que tu as vécu avec ces hommes ? Le premier te traitait en ami et l'autre t'exhibait comme un trophée.

— Tu serais heureux dans les liens du mariage, Christopher ? demanda Maria avec le plus grand sérieux.

Il la regarda intensément.

— Tu en doutes ?

— C'est bien toi qui as dit qu'on n'échappe à ton genre de vie que par la mort ? La sienne ou celle de ceux qu'on aime.

— Quand ai-je...

Il écarquille les yeux.

— Bonté divine, tu as placé un espion dans mon entourage ?

Maria se contenta de sourire.

— Petite rouée, marmonna-t-il en lui écartant les jambes de ses genoux. C'est vrai, j'ai dit cela. C'est sans doute égoïste de ma part de te demander en mariage dans ces circonstances, mais je n'ai pas le choix. Je ne peux pas vivre sans toi.

Glissant la main entre leurs deux corps, il commença à lui toucher doucement l'entrecuisse.

— Ni toi ni moi, nous n'avons pris de précautions, dit-il tout bas. Et c'est tant mieux. À l'idée que tu es peut-être enceinte de moi, j'ai peur. Un enfant de nous sera forcément très intelligent et très remuant.

— Christopher...

Les yeux de Maria s'emplirent de larmes et sa vue se brouilla, alors même que son corps s'éveillait sous les caresses de Christopher.

— Comment réussirons-nous à venir à bout de ce petit vaurien ? murmura-t-elle.

— Nous sommes bien venus à bout des vauriens d'hier soir. Tant que nous sommes ensemble, rien ne nous résiste.

Il empoigna son sexe et en frotta l'extrémité contre sa fente déjà toute moite, puis il commença à la pénétrer. Maria ferma doucement les yeux et tourna la tête sur le côté, offrant sa gorge à ses baisers.

— Et si quelque chose devait nous arriver, à moi ou à nos enfants, pourrais-tu me promettre de ne pas te sentir coupable ? souffla-t-elle. De ne pas te le reprocher jusqu'à la fin de tes jours ?

Christopher se tint immobile, sa virilité palpitant en elle. Un nuage noir passa dans ses yeux – le souvenir de souffrances anciennes, peut-être.

— Tu aurais pu changer de vie depuis longtemps, dit-elle en l'enlaçant. Cette vie, tu t'y étais engagé pour aider ton frère et cela ne l'a pas sauvé, n'est-ce pas ?

Le frisson qui le secoua se répercuta en elle.

— Pourtant, tu as continué, murmura-t-elle. Tu as veillé sur ceux qui t'ont suivi loyalement. Et tu as subvenu aux besoins des familles de ceux qui sont morts.

— Je ne suis pas un saint, Maria.

— Non. Tu es un ange déchu.

La comparaison n'avait jamais semblé si juste, avec le dais bleu qui mettait en valeur sa virile beauté.

— Je ne suis pas non plus un ange, grommela-t-il.

— Mon chéri, dit Maria en levant la tête pour lui embrasser l'épaule, si nous ne nous marions pas, tu sauras que je reste avec toi parce que je le souhaite. Que je renouvelle mes vœux chaque matin, et que cela n'a rien à voir avec le fait que je suis liée à toi.

— Tu ne pourrais pas te contenter de faire le vœu de m'épouser une fois et qu'on n'en parle plus ?

En riant, elle l'attira à elle. Il résista un instant, impossible à déplacer à moins qu'il n'y consente. Et puis, en soupirant, il roula sur le côté, l'entraînant avec lui. Il posa la tête sur l'oreiller et la regarda.

— Je suis le fils illégitime d'un aristocrate, dit-il de ce ton détaché qu'il employait toujours lorsqu'il évoquait un sujet qui le perturbait. Ma mère lavait la vaisselle dans les cuisines du château. Elle dut endurer en silence les assauts du maître de maison. Jusqu'à ce qu'elle ait l'audace de tomber enceinte. Alors, on la chassa et elle retourna au village couverte de honte.

— Ton frère...

— ... était légitime. Mais j'ai eu un meilleur sort que lui. Au village, j'étais heureux. Nigel était malheureux au château. Notre père était un demi-fou et un tyran. Je pense qu'il a violé ma mère moins par lubricité que pour affirmer son pouvoir. Malgré cela, ma mère m'aimait. La seule affection à laquelle Nigel a eu droit, ce fut la mienne et celle de sa femme.

— Comme c'est triste ! murmura Maria.

Elle écarta les cheveux qui tombaient sur le front de Christopher et l'embrassa entre les sourcils.

— Tu comprends pourquoi je veux avoir des enfants dans les liens du mariage, dit-il en s'emparant de la main de Maria qu'il pressa sur son cœur. Je veux fonder un foyer avec toi. Je veux que nous puissions afficher aux yeux du monde un semblant de normalité.

— Un semblant ? répéta-t-elle, narquoise.

— Serons-nous jamais normaux ?

— Dieu nous en préserve, répondit-elle sur un ton de fausse gravité.

— Cela me blesse, répliqua-t-il. Comment peux-tu plaisanter en un moment pareil ? Je dépose mon cœur à tes pieds et tu me taquines.

Maria souleva leurs mains jointes et les posa sur son propre cœur.

— Ton cœur n'est pas à mes pieds, il est là. C'est lui que tu sens battre dans ma poitrine.

Christopher lui embrassa le bout des doigts. Ses yeux bleus brillaient d'amour.

— C'est faisable, je te l'assure. Mon intendant et Philip sont capables de veiller sur mes affaires pendant notre absence. Philip est le plus jeune de mes lieutenants, mais il n'est pas seul. À eux tous, ils peuvent très bien se débrouiller sans moi.

— Doux Jésus, soupira Maria en battant des paupières pour chasser ses larmes. Comment vas-tu te débrouiller entre une épouse enceinte et une belle-sœur à marier ?

— Une épouse enceinte... répéta-t-il d'une voix encore plus rauque que d'ordinaire.

Il referma la main sur sa nuque et l'attira à lui pour capturer sa bouche.

— C'est tout ce que je demande, bon sang ! reprit-il. Et je le veux maintenant. Avec toi. Je ne l'aurais jamais cru. Pourtant, c'est le cas. Et je veux que ce soit toi qui me le donnes. Aucune autre femme ne serait capable de m'apprivoiser. Il me fallait au moins une criminelle notoire et il ne doit pas y en avoir tant que ça.

— Je n'en sais rien. Je peux enquêter...

Christopher la fit basculer sous lui et s'enfonça jusqu'à la garde, lui arrachant un hoquet de surprise. Il se retira, puis plongea de nouveau en elle, encore plus brutalement.

— Je ne t'ai jamais dit que j'avais tendance à m'obstiner quand on est agressif avec moi ? demanda Maria, un sourire dans la voix.

— Exaspérante petite chipie ! gronda-t-il, ponctuant chaque mot d'un grand coup de boutoir.

Il l'incita à enrouler les jambes autour de ses hanches, puis se mit à la besogner avec ardeur, et passion.

Il allait et venait avec la précision d'un homme qui non seulement savait donner du plaisir à une femme, mais en avait tout particulièrement envie. Un homme dont le seul but, dans l'affaire, était de donner du plaisir à *cette* partenaire-*là*. Il l'observait avec attention, adaptant ses réponses à ses réactions.

— Tu aimes ça ? demanda-t-il lorsqu'elle poussa un gémissement de volupté.

Il refit exactement le même mouvement.

— Tu sais aussi bien que moi que tu ne peux pas te passer de moi. Que tu ne peux pas te passer de ma queue dans ta délicieuse petite chatte. Imagine des jours et des nuits pendant lesquels je te baiserais jusqu'à l'épuisement.

— Ha ! C'est plutôt moi qui t'épuiserais !

Elle avait eu l'intention de se moquer, mais au lieu de cela le plaisir la faisait bredouiller.

— Prouve-le, murmura-t-il en continuant de la pilonner vigoureusement, chaque coup de reins s'accompagnant de petits bruits de succion.

Emportée dans un tourbillon de sensations, Maria se tortilla en murmurant des obscénités à l'oreille de Christopher, ses ongles enfoncés dans ses fesses musclées. Il était sauvage, pas apprivoisé du tout malgré ses protestations du contraire. Il avait besoin d'elle, c'était manifeste dans sa façon de lui faire l'amour. Comme s'il ne pourrait jamais se rassasier d'elle.

— Es-tu sûr d'avoir envie d'atteindre ce degré d'exaltation tous les jours, jusqu'à la fin de ta vie ? haleta-t-elle.

Les représailles ne se firent pas attendre. Il s'enfouit en elle profondément et ondula des hanches ; son pubis frottant contre son clitoris l'envoya au septième ciel en une fraction de seconde.

Elle frémit en criant son nom, et il la rejoignit dans la jouissance.

— Je t'aime, haleta-t-il en la serrant à l'étouffer. Je t'aime.

Maria l'enveloppa de ses bras, le cœur battant d'un amour tout aussi violent.

— Je crois qu'il ne me reste plus qu'à t'épouser, articula-t-elle, à bout de souffle. Qui d'autre que moi aurait le pouvoir de te rendre fou ?

— Personne n'oserait, à part toi.

— Et je suis certaine que personne ne pourrait t'aimer autant que moi.

— Moi aussi, j'en suis certain.

Il frotta son front en nage contre la joue de Maria, comme s'il cherchait à l'imprégner de son odeur.

— Je me suis longtemps demandé pourquoi il avait fallu que j'aie ce père-là, pourquoi mon frère était tombé dans la misère, pourquoi le seul recours que j'avais trouvé m'avait mené là où j'en étais aujourd'hui.

— Mon amour...

Elle ne savait que trop bien ce qu'il ressentait. Ne s'était-elle pas posé les mêmes questions jour après jour ?

— À l'instant où je t'ai tenue dans mes bras à l'opéra, j'ai su que tu étais la raison de tout. Mes nombreux détours n'avaient eu pour but que de mener à toi. Si je n'avais pas été l'homme que je suis, l'agence ne m'aurait pas approché et je ne t'aurais jamais rencontrée, toi, mon âme sœur. En fait, tu me ressembles tellement que c'en est presque effrayant. Et pourtant, tu continues à me surprendre et à me dérouter.

— De même que tu me surprends et me déroutes.

Elle pianota le long de sa colonne vertébrale et éclata de rire lorsqu'il se tortilla.

— Je n'aurais jamais cru que tu souhaiterais te marier, reprit-elle. Je ne t'y vois pas.

— Si ce n'est que ça, nous ferons venir un portraitiste, déclara-t-il avec flegme. Dis oui, ma Maria chérie. Dis oui.

— Oui.

Il leva la tête et haussa un sourcil.

— Pourquoi ai-je l'impression que tu as cédé trop facilement ?

Maria fit la coquette.

— Oh ? murmura-t-elle en battant des cils. Dans ce cas, je me rétracte.

Christopher gronda, l'air menaçant, et gonfla de nouveau en elle.

— Tu te rends compte que plus je te résiste, et plus tu deviens ardent ? demanda-t-elle en souriant. C'est délicieux.

— Tu finiras par me tuer.

— Je t'aurais prévenu.

— Tu me le paieras.

— Ooh ! Quand cela ?

— Dès que nous nous serons procuré une dispense de bans et un prêtre.

— J'attends ton bon plaisir, ronronna-t-elle.

Avec un sourire espiègle, il bougea en elle.

— Eh bien, puisqu'il en est ainsi, je ne vais pas te faire attendre plus longtemps.

*

— Simon chéri !

Maria se leva du canapé et lui tendit les mains. Simon s'approcha de son pas souple, un sourire affectueux aux lèvres. Vêtu de gris, il était d'une élégance discrète, comme toujours, mais extraordinairement séduisant quand même. Il lui prit les mains et se pencha pour l'embrasser sur la joue.

— Comment vas-tu, ma douce ?

— Pas très bien, reconnut-elle tandis que tous deux s'asseyaient sur le canapé.

Christopher était rentré chez lui pour se changer et donner des ordres. Maria attendait chez elle, n'osant sortir au cas où on lui enverrait des messages. Elle avait voulu rassembler des hommes pour qu'ils se mettent à la recherche d'Amelia, mais Christopher l'avait suppliée de le laisser s'en occuper et avait avancé plusieurs bonnes raisons à cela. Elle avait fini par céder, quoique à contrecœur.

— Je ne peux m'empêcher de m'inquiéter, avoua-t-elle.

— Je sais, murmura Simon en lui caressant le dos de la main. J'aimerais pouvoir t'aider.

— Ta présence en soi m'est d'un grand réconfort.

— Ah, mais je risque d'être de trop, non ?

— Jamais ! Tu auras toujours un rôle important dans ma vie.

Maria s'interrompit, le temps d'inspirer profondément, puis :

— St. John m'a demandée en mariage.

— C'est sage de sa part, répondit Simon en souriant. Je te souhaite d'être très heureuse. Personne ne le mérite plus que toi.

— Toi aussi, tu mériterais d'être heureux.

— Je le suis, ma douce. Vraiment. Pour le moment, ma vie est parfaite telle qu'elle est.

Simon s'installa plus confortablement sur le canapé.

— Alors, dis-moi, combien de temps me laisses-tu avant de m'obliger à vider les lieux ?

— Tu ne vas nulle part. Je veux que tu gardes cette maison. Tu y as de bons souvenirs, non ?

— Les meilleurs de ma vie.

Une boule se logea dans la gorge de Maria et ses yeux s'emplirent de larmes.

— Lorsque j'aurai récupéré Amelia, nous avons l'intention de voyager. De voir tous les endroits dont j'ai rêvé durant ces années où j'étais sous la domination de Welton. J'espère que cette aventure nous permettra de retisser le lien qui nous unissait autrefois, Amelia et moi.

— Je pense que c'est une bonne idée.

— Tu vas me manquer terriblement, dit Maria d'une voix chevrotante.

Sa lèvre inférieure tremblait comme celle d'une petite fille qui se retient de pleurer. Simon lui prit la main et la porta à ses lèvres.

— Tu pourras toujours compter sur moi, quoi qu'il arrive. Ce n'est pas un adieu, ma douce. Entre nous, ce ne sera jamais un adieu.

— Et tu pourras toujours compter sur moi en retour, murmura-t-elle.

— Je sais.

Maria poussa un profond soupir.

— Alors, tu la prends, cette maison ?

— Non. Mais je vais l'entretenir pour toi. Soit dit en passant, enchaîna-t-il en souriant, c'est l'endroit idéal pour mes nouvelles activités.

— Quelles nouvelles activités ?

— Je travaille pour lord Eddington.

Maria resta bouche bée un instant.

— Il a réussi à te convaincre de rejoindre l'agence ?

— Pas tout à fait. Il prévoit des missions délicates qu'il a l'intention de confier à quelqu'un de moins scrupuleux que la moyenne.

— Grands dieux ! s'exclama Maria en lui caressant la joue. Sois prudent, je t'en conjure. Tu fais partie de ma famille. S'il devait t'arriver quelque chose, je ne m'en remettrais pas.

— J'attends de ta part le même degré de prudence. Ne prends aucun risque.

Elle leva la main.

— Marché conclu.

Il inclina légèrement la tête en réponse, s'empara de sa main et la plaqua sur son cœur.

— À la vie, à la mort !

Maria sourit finement.

— Alors, dis-moi, il mijote quoi, ton Eddington ?

— Eh bien, voilà ce qu'il a en tête...

Maria faisait les cent pas dans le salon. Incapable de s'en empêcher, elle regardait fixement l'homme en conversation avec Christopher dans un coin de la pièce. Il était couvert de poussière et avait l'air exténué. Christopher était en train de le féliciter pour avoir protégé Amelia contre ceux qui cherchaient à l'enlever.

Un instant plus tard, il posait les mains sur ses épaules.

— Maria, tu es prête ?

Elle leva les yeux vers lui.

Il lui sourit, le regard empli d'une tendresse sans nom.

— Sam est parti devant dès qu'ils ont atteint les faubourgs de Londres. Le groupe avec Amelia ne va pas tarder.

Maria acquiesça d'un bref hochement la tête.

— Tu es toute pâle.

Elle porta la main à sa gorge.

— J'ai peur.

— De quoi ?

Il la prit dans ses bras.

— Je n'ose pas croire qu'elle sera bientôt là. Je n'ose pas croire que le cauchemar est fini.

Les larmes perlèrent aux coins de ses yeux, puis ruisselèrent le long de ses joues.

— Je comprends, murmura Christopher en lui caressant le dos pour l'apaiser.

Simon, qui était posté près de la fenêtre, vint lui offrir un mouchoir et un sourire encourageant.

— Et si elle ne m'aime pas ? Et si elle m'en veut ?

— Maria, elle t'aimera, la rassura Christopher. Cela ne fait aucun doute.

— Aucun, renchérit Simon. Elle va t'adorer, ma douce.

Un coup fut frappé à la porte, et Maria se crispa. Christopher la lâcha et se tint à ses côtés, la soutenant discrètement d'une main au creux de ses reins. Simon alla ouvrir.

Une éternité plus tard, sembla-t-il, un homme entra, aussi las et poussiéreux que l'autre. Maria retint son souffle. Puis quelqu'un d'autre fit son apparition. Vêtue d'une robe trop grande, Amelia s'immobilisa sur le seuil. Ses yeux verts, pareils à ceux de son père, la dureté en moins, balayèrent la pièce, attentifs. Puis son regard s'arrêta sur Maria, et la jeune fille la parcourut de la tête aux pieds avec un mélange de curiosité et de crainte. Maria fit de même, constatant un par un tous les changements survenus durant ces années où elles avaient été séparées.

Dieu qu'elle avait grandi ! Sa piquante frimousse était encadrée par les mêmes longs cheveux noirs que leur mère. Mais ses yeux conservaient intacte l'innocence de la petite fille dont Maria avait gardé le souvenir, et elle en conçut un immense bonheur.

Un sanglot brisa le silence. Maria se rendit compte que c'était elle qui l'avait émis, et se couvrit la bouche de son mouchoir. Sa main libre se tendit de sa propre initiative et se mit à trembler violemment, de même que tout son corps.

— Maria, dit Amelia.

Elle risqua un timide pas en avant, tandis qu'une grosse larme solitaire roulait sur sa joue.

Maria aussi fit un pas, un seul, tout petit, mais cela suffit. Amelia courut vers elle et se jeta dans ses bras avec tant de force que si Christopher n'avait pas été là pour soutenir Maria, elles seraient sans doute tombées toutes les deux.

— Je t'aime, murmura Maria en enfouissant le visage dans les cheveux de sa sœur, les mouillant de ses larmes.

Cramponnées l'une à l'autre, elles se laissèrent glisser sur le tapis d'Aubusson dans un bouillonnement de jupes à fleurs et de jupons de dentelle.

— Maria ! C'était tellement horrible !

Amelia gémissait au point qu'il devenait difficile de comprendre ce qu'elle disait – un vrai déluge de

paroles où il était question de bagarres et de chevaux et d'un certain Colin... Colin s'était fait tuer...
il y avait aussi lord Ware et une lettre...

— Chuut, souffla Maria en la berçant.

— J'ai tant de choses à te dire, murmura Amelia
d'une voix entrecoupée de sanglots.

— Je sais, ma chérie, je sais.

Maria jeta un coup d'œil à Christopher et vit qu'il
pleurait. Simon aussi avait les yeux rouges.

Maria posa la joue sur la tête d'Amelia et la serra
très fort.

— Tu auras la vie entière pour me raconter tout
cela. La vie entière...

Épilogue

Un léger grattement sur la porte entrouverte attira l'attention de Simon, occupé à examiner des cartes marines étalées sur son bureau. Il leva la tête et adressa au majordome un regard interrogateur.

— Oui ?

— Il y a un jeune homme à la porte, qui demande à voir lady Winter, Monsieur. Je lui ai dit qu'elle n'était pas là, mais il refuse de partir.

Simon se redressa.

— Qui est-ce ?

Le serviteur se racla la gorge.

— Il a l'air d'un Gitan.

L'Irlandais resta muet de surprise pendant une seconde, puis ordonna :

— Fais-le entrer.

Simon prit le temps de mettre à l'abri les documents compromettants qui se trouvaient sur son bureau, puis attendit. Un instant plus tard, un jeune homme aux cheveux noirs entra.

— Où est lady Winter ? demanda le garçon dont la mine et l'attitude trahissaient une résolution iné- branlable.

Simon se carra dans son fauteuil.

— La dernière fois que j'ai eu de ses nouvelles, elle voyageait en France.

Le garçon se rembrunit.

— Mlle Benbridge l'accompagne-t-elle ? Comment puis-je les trouver ? Avez-vous leur adresse ?

— Comment t'appelles-tu ?

— Colin Mitchell.

— Eh bien, Mitchell, tu prendras bien un verre avec moi ?

Simon se leva et s'approcha des carafes alignées sur la table près de la fenêtre.

— Non, merci.

Réprimant un sourire, Simon se versa deux doigts de cognac dans un verre et se retourna. Il s'appuya contre la table, croisa les chevilles. Mitchell n'avait pas bougé. Il parcourait la pièce des yeux, son regard s'arrêtant sur un objet ou un autre. Peut-être cherchait-il des réponses à ses questions. C'était un jeune homme bien fait de sa personne, dont le visage exotique devait plaire aux femmes, devina Simon.

— Que feras-tu si tu retrouves la belle Amelia ? s'enquit-il. Tu t'occuperas de ses chevaux ?

Mitchell ouvrit des yeux ronds.

— Oui, je sais qui tu es, confirma Simon. Encore que je te croyais mort.

Il porta son verre à ses lèvres et le vida d'un trait. Une douce chaleur se déploya dans son estomac et il sourit de contentement.

— Alors, reprit-il, as-tu vraiment l'intention de travailler dans ses écuries ? Tu es prêt à passer ta vie à la reluquer de loin ? À moins que tu n'espères la culbuter dans les bottes de paille aussi souvent que possible jusqu'à ce qu'elle se marie... ou que tu l'engrosses ?

Simon se redressa, posa son verre. Comme prévu, Mitchell se rua sur lui. Ce qu'il n'avait pas prévu, en revanche, c'était que le choc serait aussi violent. Le gamin et lui roulèrent sur le sol. Dans l'empoignade, ils bousculèrent une petite table. Les figurines de porcelaine qui l'ornaient allèrent se fracasser par terre.

Simon n'eut besoin que d'une minute pour prendre le dessus. Trente secondes lui auraient suffi s'il n'avait pas répugné à faire mal au garçon.

— Arrête ! ordonna-t-il. Et écoute-moi !

Il ne badinait pas. Son ton était mortellement sérieux.

Mitchell se figea, mais la fureur ne quitta pas son visage.

— Je vous interdis de parler comme ça d'Amelia ! rugit-il.

Simon se leva d'un mouvement fluide et tendit la main au jeune homme pour l'aider.

— Je n'ai rien fait d'autre que de rappeler des évidences, dit-il. Tu n'as rien à lui offrir. Pas de fortune pour l'entretenir. Pas de titre pour lui faire honneur.

Le jeune homme serra les dents et les poings. La vérité ne lui plaisait pas.

— Je sais déjà tout ça.

Simon rajusta sa tenue et retourna s'asseoir derrière son bureau.

— Parfait. Et si je t'aidais à acquérir tout ce dont tu as besoin pour devenir quelqu'un – de l'argent, une belle maison, peut-être même un titre, qu'on aurait soin d'aller chercher dans un pays lointain, pour qu'il soit assorti à tes origines ?

Mitchell étrécit les yeux, l'air intéressé.

— Comment ?

— Vois-tu, je me consacre à certaines... *activités* qui pourraient se trouver facilitées par quelqu'un d'aussi courageux que toi. J'ai entendu le récit de tes exploits, quand tu as essayé de sauver Mlle Benbridge... Et tu as bien failli réussir, ajouta Simon en souriant. Convenablement guidé, tu m'es très utile. C'est pourquoi je te fais cette offre, à *toi*. Je ne la ferais à personne d'autre. En conséquence, estime-toi heureux.

— Pourquoi moi ? demanda Mitchell, soupçonneux, et avec une pointe de dédain.

Il était cynique – une bonne chose selon Simon. Un naïf ne lui serait d'aucune utilité.

— Vous ne me connaissez pas, ajouta Mitchell. Vous ne savez pas de quoi je suis capable.

— Je sais jusqu'où un homme peut aller pour une femme, répondit Simon en le regardant droit dans les yeux.

— Je l'aime.

— Oui. Au point d'être prêt à aller la chercher n'importe où, quoi qu'il t'en coûte. J'ai besoin de ce genre de loyauté. En échange, je te promets de faire de toi un homme riche.

— Ça prendra des années, rétorqua Mitchell en se passant la main dans les cheveux. Je ne sais pas si je pourrais supporter d'attendre aussi longtemps.

— Donne-toi le temps de mûrir. Amelia, de son côté, a été tenue à l'écart du monde pendant presque toute sa vie, elle a beaucoup de choses à découvrir. Quand ce sera fait, si elle veut toujours de toi, tu sauras que c'est un cœur de femme qu'elle t'offre, pas un cœur de petite fille.

Le jeune homme demeura immobile un long moment. La décision était difficile à prendre.

— Essaie, suggéra Simon. Qu'est-ce que tu as à perdre ?

Finalement, Mitchell poussa un profond soupir et se laissa choir sur le siège le plus proche du bureau.

— Je vous écoute.

— Excellent ! s'exclama Simon en se carrant dans son fauteuil. Voilà ce que j'ai en tête...

À suivre dans...
Si vous m'embrassez
LA SÉRIE *GEORGIAN*, livre 3

Amelia Benbridge, la petite sœur de lady Maria Winter, a bien grandi et elle est fermement décidée à tourner le dos aux tourments de son passé. Avec lord Ware, elle forme un couple parfait : son fiancé est beau, riche et, par-dessus tout, gentil. Il sait que son cœur appartiendra pour toujours à Colin, son amour d'enfance impossible. Quand le garçon d'écurie est mort, Amelia a compris qu'elle n'éprouverait plus jamais une telle passion. Et pourtant... un homme masqué l'approche dans un bal et, d'un seul baiser, bouleverse toutes ses certitudes. Qui est cet inconnu et comment peut-il, par ce simple geste, anéantir le bonheur tranquille qu'elle a eu tant de mal à trouver ?

Crossfire

Ce qu'ils en disent...

« Terriblement "plaisir coupable", sans les kilos en trop. »
Josée Blanchette, *Le Devoir*

« Une nouvelle nuance d'érotisme. »
Paris Match

« *Dévoile-moi* se révèle un peu plus piquant dans les descriptions de scènes érotiques que *Fifty Shades of Grey*. »
ELLE

« Romance érotique à New York [...] Sylvia Day a répondu aux attentes des lecteurs. »
Le Journal de Montréal

« Leur union sera intense et ravivera toutes sortes de blessures intimes et de désirs vertigineux. L'amour entre les deux sera d'une grande profondeur. »
Échos Vedettes

« L'œuvre de Sylvia Day tient du phénomène. »
Le Parisien

« Quand il s'agit de créer une synergie sexuelle malicieusement jouissive, Sylvia Day a peu de rivaux littéraires. »
American Library Association

« *Dévoile-moi* éclipse toute compétition. [...] Unique et inoubliable. »
Joyfully Reviewed